花颜策

卷六

西子情 著

目錄

第七十一章　剪青絲結同心

來到藏書閣，花顏在臺階處停住腳步，回頭看著身後一直跟著她的雲遲。

雲遲輕抿著嘴角，看著花顏，臺階上的女子，纖細柔軟，清麗素雅，似如雨後天空的那一抹彩帶，絢麗明媚得令整個東宮都明亮起來。

他心中不可抑制地柔軟又酸疼，看著她，移不開眼睛，卻鑽心地疼入心肺。

花顏彎起嘴角，清風般的暖意拂過，笑著說：「走得這麼慢，磨磨蹭蹭的，在想什麼呢？」

雲遲眉目凝定了片刻，似受不住花顏這般明媚，微微低下頭，低聲說：「在害怕。」

花顏扯了扯嘴角，軟聲說：「不怕的，有什麼好怕的呢。」話落，對著他笑，「堂堂太子呢，可不能慫了啊！」

雲遲用力地捏了捏袖角，邁步上了臺階，與花顏並肩而立，低聲說：「即便身為太子，自小歷經磨礪，但依舊怕得很。」

花顏心中倏地被揪扯的生疼，一下子酸了眼眶，伸手想去抱他，但生生壓制住了，仰著臉微笑著說：「故事而已，權當聽書了。」

雲遲慢慢地點了點頭。

花顏轉身推開了藏書閣的門，走了進去。地上扔著一卷書，她彎身撿了起來，見是一本野史，她拿著書問雲遲：「昨日，我來找你時，你在看這卷書？」

雲遲「嗯」了一生，聲音低低沉沉。

花顏拿著書卷，隨手翻弄起來，她看書素來快，不一會兒，就翻看完了，自然看到了那樣的一段話。

「淑靜皇后飲毒酒後，太祖皇帝傷心欲絕，遍天下尋陰陽師，復生淑靜皇后，最終徒勞無功，冰鎮淑靜皇后於冰棺，空置六宮，一生無后無妃無嬪，連宮女侍婢也未臨幸一人，終生無子。死後，未入皇陵，化骨灰放於淑靜皇后冰棺內。」

花顏手中的書脱落，發出了一聲響聲。

雖是野史，但想必十有八九是事實了。

太祖雲舒他竟然……竟然……

她一時手足冰冷，氣血翻湧，眼前發黑，身子俱震。

「花顏！」雲遲再也忍不住，從身後抱住她，急聲說，「你方才說過，你不會……」

花顏閉了閉眼，手捂住心口，頓時給自己出手點了心口處的心海穴，無力地靠在雲遲的懷裡，低聲啞然艱澀口齒帶著絲絲血味地說：「是我沒用。」

雲遲搖搖頭：「不是的。」

花顏在雲遲的懷裡氣息不穩片刻，低聲說：「抱我去窗前，去那裡坐著。」

雲遲打橫抱起花顏，坐去了靠窗的軟榻上。

花顏坐下來，靠在雲遲的懷裡，歇息了片刻，似舒緩過來後，對雲遲低聲開口：「雲遲，你一直想知道我的癔症是什麼，如今我便告訴你。」頓了頓，她叩緊貝齒，輕聲說，「我是淑靜，前朝末代皇后淑靜。」

雲遲雖已經猜到，但是聽到花顏親口對他承認，他還是心神俱震。

花顏感受到雲遲震撼的情緒，她緩了緩，艱難地說：「匪夷所思是不是？但我確實是淑靜，四百年前，前朝亂世，懷玉引毒酒而亡，我尾隨他後也飲了毒酒……」她說著，哽咽了一下，「再睜開眼睛，便是四百年後了，我便是花顏了。」

雲遲在這一瞬間，呼吸都要停止了。

花顏繼續說：「出生後，我日日困在魔障裡，扎根在我靈魂裡的東西，我無論怎樣都忘不掉，只能將之塵封，但塵封久了，塵土滿屋，牆固腐蝕，總有坍塌的那一日，如閘水泄開，洪流傾注，一發不可收拾了。」

雲遲手臂收緊，一緊再緊，艱澀僵硬地開口：「是因為我。」

花顏笑了笑，笑意未溢出唇瓣，便抹平在唇角：「是我的魔障，總歸逃不開，躲不過，不是因為你。」

雲遲搖頭：「是我的身分。」

他如今總算是明白了，她雖然只說了這麼兩句話，但他卻明白了許多，前朝末代帝后的故事，至今四百年後，依舊在民間流傳著，正史野史，都有記載。

曾經，他讀後樑末代歷史時，也曾感慨一句懷玉帝可惜了。

卻不成想，他選的太子妃，卻是……

他一時間心血翻湧，手指輕顫，以著強大的意志力才控制住自己不全身顫抖。

花顏閉著眼睛，低聲說：「雲遲，如今你知道了，我的癔症，與生俱來，命裡帶的。」

雲遲默了許久，才讓自己鎮定下來，儘量以最平靜溫和的口吻，低聲說：「說說吧！我想聽，關於懷玉帝，關於淑靜皇后，關於太祖爺，一切的一切。」

花顏扯動嘴角，輕笑了一聲，嗓音有如雨後天空中的浮雲一般的空浮幽遠：「說什麼呢？說當年我有負懷玉，在他支撐著孱弱的身子殫精竭慮地拯救後樑天下時，我親眼看著他千辛萬苦，卻為了保臨安一地，而暗中送信讓家裡打開了臨安的大門，放太祖爺兵馬入關嗎？」

雲遲驚異地看著她：「家裡？淑靜皇后出身不是南陽府的小姐嗎？」

花顏搖頭，輕聲說：「淑靜皇后出身臨安花家，是花家花靜，年少時遇到懷玉後，自逐家門，改了身分，成了南陽府的小姐，入了東宮，嫁給了太子懷玉。花家要想隱瞞一件事兒，全天下人都不會知道，後世自然也無人知曉。」

雲遲恍然，半晌才低聲說：「原來是這樣，怪不得你誓死不想嫁給我，不入東宮，怪不得你要自逐家門。」

花顏雖然只說了這麼幾句話，全身卻似乎被抽盡了力氣：「雲遲，我不好，我一點兒也不好。」話落，她似乎用盡所有的力氣，輕聲說，「你與我悔婚吧！我過不了心裡的坎，也爭不過天命，悔婚於你於我都好，雖是你提出，但這個決定，就讓我來下好了，我雖答應嫁你，但……恐怕我要毀約食言了。」

雲遲這一瞬間，覺得眼前黑了黑，又白了白，腦中嗡地一聲。

他想說我不同意，但僅存的理智告訴他必須同意，他沒得選擇。

愛一個人應該如何呢？他以前覺得，只要娶了她，待她好，為她空置東宮空置六宮一生一世同床共眠枕席相伴。

可是如今，他忽然發現，不能如此，他想讓她活著，哪怕不能日夜相伴，但只要她好好地活著。

但又想到她除了他不能嫁，嫁誰大抵都可以，他心裡便痛得不能呼吸。

他二十年來的唯一所求，他從沒有想過沒有她的日子，五年前未見其人便傾慕不已時，便已定下了她的太子妃位置。

可是如今，她就在他懷裡，他反而要把她推出去。

他閉上眼睛，難受得覺得靈魂都在被一刀一劍生生凌遲。

花顏說出這一番話，也是生生的劇痛，似靈魂被人用鐵鞭子沾了鹽水在打，這疼痛似乎如四百年前她遲一步發現懷玉先一步飲了毒酒時的感覺，讓她的身子也顫了起來。

但她到底是覺得她僅有的生命裡，不能害雲遲，既是所愛，便不能所害。

快刀斬亂麻，與許對他才是最好。

她也閉上眼睛，忍著痛徹心扉，低聲說：「雲遲，對不起。」

雲遲伸手捂住她的嘴，難受得說不出話來，好半晌，才抖著嘴角說：「你沒有對不起誰，更沒有對不起我，別道歉。」話落，他暗啞地說，「若是說對不起，應該是我，死活非要拉著你嫁我，導致你開啟了心裡塵封的魔障，飽受折磨，我若是早知道，我……」

花顏反手又捂住他的嘴，拿掉他的手，低聲說：「是我的決定，不關你的事兒，與生俱來的魔障，怨不得你，雲遲，你我這幾個月，我雖受了幾回傷，但著實快樂。」

雲遲不再說話，住了口。

花顏咬唇又沉默片刻，輕聲說：「你要聽四百年前的事兒，我便撿記得的與你說說吧！我們今日就好好說說話。」

雲遲艱澀地點點頭。

花顏便與雲遲說起了她與太子懷玉從相識到相知再到兩相傾許那些刻在她靈魂深處的過往，

被她出生後每逢想起便發瘋的難受的咬牙塵封起來的記憶，似乎一直在就靈魂深處待著，從未淡去，談起來，依舊如在四百年前。

那些風花雪月，海誓山盟，那些山重路遠，一路扶持愛重，那些支離破碎的卻綿綿長遠的記憶，似劃破了時空，穿梭回了後樑。

雲遲靜靜地聽著，翠園湖畔，曲江河畔，春江水邊，登天樓上，楊柳依依，杏花盛開……杏花……

他想起了她命人送來東宮的那一枝乾巴巴的杏花枝……

是他自己要聽，卻在聽著的過程中，將自己嫉妒得骨子裡都酸澀得要瘋了。

若非愛且深，情且長，又怎麼會刻進了靈魂深處淡不去化不開解不除，哪怕重活一世四百年後依舊成了魔障？

他忽然聽不下去了，伸手重新捂住花顏的嘴，啞聲說：「不要說了！」

花顏陷在回憶裡，腦中光影紛飛，片段層層閃現，她自己也才發現，原來無論過了多少年，無論什麼時候，她都忘不了忘不掉。

哪怕她愛上了雲遲，四百年前的過往依舊深深地刻在骨子裡，剜不掉拔不去。

她知道聽這些，對於雲遲來說，無異於抽打他的心，但他想知道，她既然說了，除了魂咒二字，別的便也就不想隱瞞了。

多少年，除了那一次哥哥逼問，她從未吐口一言半語，如今對雲遲說出來，她反而莫名地輕鬆了些。

雲遲開口阻止，她便住了口，似泄了一身力氣，軟倒在了雲遲的懷裡。

雲遲從來沒有一刻這麼清晰地認識到他的嫉妒，嫉妒得發瘋，嫉妒那個刻在她靈魂深處記憶裡的人，與他有著同樣身分的太子懷玉。

天下人人皆知，後樑懷玉帝，身為太子時，一身才華，身為帝王時，同樣悲憫天下，一身抱負生不逢時，雖是末代帝王，但卻成了後樑江山唯一的一顆也是最後的一顆啟明星。

她嫁入東宮，做他的太子妃，他稱帝，她陪著他做他的皇后。

他忽然不甘心他與花顏就止步於此，忽然不甘心自己就這般窩囊的想退縮悔婚。

他心中猛地生起了一個想法，她若是真的癔症無解，有朝一日天命大限，那麼，他就陪著她，一起死，來世，也一起生！

什麼江山帝業，這一刻，在他的腦中，什麼都可拋卻，唯獨她……

不行！

想要她這一生都屬於他，想要抹平她刻在靈魂裡的記憶，刻畫上自己的印章和印記。

他從來不知道傾慕戀慕愛慕一個人能使人發瘋，他自詡因為執著地要娶她，已經做了讓朝野上下天下人非議也不在乎算是到了極致，但如今才發現，那些都微不足道。

如今他才方知，他嫉妒死了，嫉妒一個四百年前的古人，那個人，太子懷玉，帝王懷玉，他滿腹才華，只不過是生不逢時而已。

她與他相知相愛嫁給他陪著他伴著他，從太子到皇帝生死追隨，來世亦不忘。

他嫉妒得覺得胸腹裡住了一座火焰山，讓他覺得似乎要把自己燒著了，這一刻，他只想抹平那個人，在她的記憶裡刻畫上自己最重的分量。

他心裡如今只有一個想法，就是要擁有占有她，管不了如今是在哪裡。

什麼悔婚，什麼對她好，什麼放手，早先的所有掙扎痛苦考量理智通通地煙消雲散。無論是誰，哪怕他自己，這一刻，都攔不住他。

花顏睜大了眼睛，看著雲遲發紅的眼睛，眼底濃濃的嫉妒，瘋狂如堤壩決堤，毫不掩飾也掩飾不住地傾瀉出來，讓她心驚，但同時心裡又不可抑制地蔓延起心疼和疼痛。

自從答應他嫁給他，她便傾盡了自己的所有力氣決定對他好，但是人不由命，如今到底還是將自己的滿身塵埃沾染給了他，將他從雲端拉了下來，陪著她一起滾進了泥裡。

她閉上眼睛，順從地摟住他脖子，她早就想將她自己交給他了，如今若是他想，她自然不會拒絕。

兩世，她依舊沒學會如何愛一個人，唯一身，唯一心，傾盡所有相付。

雲遲在花顏摟住他的脖子後，那僅有的一絲理智霎時被拋去了天邊。

這個人，他思了五年，慕了五年，謀劃了五年，不惜一切代價讓她答應他嫁給他，曾有數次，她主動以身相托，他卻保存著理智落荒而逃。

可是如今，他不想逃了，也不想要什麼理智了，只想要她。

天下之大，他只想要她。

天命不由人，願死卿此身。

花顏看著雲遲，心膽俱顫：「雲……雲遲……」

雲遲揮手，落下了床前的簾幕。

「讓所有人都撤離藏書閣……」花顏道。

雲遲懂了，對外吩咐：「雲影，命所有人，包括你，都撤離藏書閣，沒有我的命令，誰也不准靠近。」

雲影似乎明白發生了什麼事兒，含著笑意的聲音大聲應是：「殿下放心！」話落，他大聲吩咐，「殿下有命，所有人，撤離藏書閣，沒有殿下吩咐，不得入內。」

看守藏書閣的明衛暗衛瞬間撤離了藏書閣。

被雲遲請來等在外的天不絕哼了一聲，他急急忙忙趕來，本來以為花顏又出了什麼事兒，沒想到是這個事兒，他嘟囔：「有什麼大不了的藏著掖著。」說完，扭頭走了。

小忠子抽了抽嘴角，高興地也跟著出了藏書閣，暗想著，殿下總算是開竅了。

雲影在所有人都離開後，也聽命地離開了藏書閣。

藏書閣在經過一陣氣流波動後，內外皆安靜下來，別說無一人，連一隻耗子也沒有了。

花顏紅著臉閉緊了眼睛。

雲遲自然聽到了天不絕的話，臉也紅了，可他受不了花顏悔婚，更受不了她離開他嫁給別人，四百年前的人已經讓他嫉妒死，更遑論如今？

花顏身子顫了顫，輕抿嘴角，慢慢地又睜開眼睛，清楚地看到雲遲的眼底，那嫉妒掩都掩不住，她不由自主地生出退意。

雲遲豈容她退，他似被花顏的聲音催化，哪怕就此而死，也覺得不枉此生。

花顏這一刻再也想不起來其它，滿腦滿心都是這個年僅弱冠的年輕男子，他容姿傾世，豐儀無雙，卻甘願為她效死卿前。

藏書閣寂靜至極，只餘兩人耳鬢廝磨的親暱……

尤雲殢雨漸平息。

過了許久，雲遲低啞地開口：「上窮碧落下黃泉，雲遲與花顏生死相隨。」

花顏聽著，臉色一下子就變了，血色盡褪，勃然惱怒：「胡說什麼！」

雲遲一怔。

花顏猛地抬手，一把推開了他，倏地坐起身，因動作太猛，「嘶」地倒抽了一口涼氣，又軟軟地倒回了軟榻上。

雲遲被花顏推開，有一瞬的錯愕，但很快就明白了她的意思，他抿了抿嘴角，還沒說話，便見她難受得又倒了回去，他立即上前又伸手抱住了她。

花顏再想打開雲遲的手，已然是沒了力氣。

她惱怒地瞪著雲遲，咬牙說：「將你剛剛的話收回去。」

雲遲緊抿嘴角，清俊至極的面色有著誰也不容置疑的倔強：「不收。」

花顏氣急：「你堂堂太子，說什麼生死相隨的話，我今日就死，你也陪著嗎？南楚的子民呢？你便不管不顧了？這樣做，豈不是枉為太子！」

雲遲抱緊她，啞聲說：「花顏，我愛你入骨，即便枉為太子，也顧不得了。」不等她開口，他低聲說，「除非，你活著。你活一日，我活一日，你陪我一日，我好好為蒼生一日，你陪我一生，我便好好為黎民百姓造福一生。你若是棄我而去，那麼，我不能沒有你，也只能負了這天下了。」

花顏臉色蒼白，一下子流下淚來，伸手打雲遲，氣恨地用力捶他：「早知你生了如此之心，我今日無論如何也不會讓你得了我。」

雲遲任花顏捶打，疼惜入骨，低啞地說：「無論我得不得你，早已經愛你入骨，慕你入心，改不了了。」

花顏似受不住，心血翻湧，眼前一黑，手滑落，暈厥了過去。

雲遲面色大變，急喊了一聲：「花顏！」

花顏倒在他懷裡，自然再無法回答他。

雲遲一下子慌了，對外喊：「小忠子，請天不絕！」

小忠子躲去了藏書閣外十多丈遠的距離，心裡美滋滋的，想著太子殿下和太子妃成了好事兒，以後真真正正夫妻一體了，他這個做奴才的，也踏實下了心。

太子殿下有多想太子妃，他這個自小伺候的人比誰都明白，如今殿下得了圓滿，他也跟著高興。

他迷迷糊糊地想著睡著了，聽到雲遲的喊聲，一下子驚醒，懷疑自己聽錯了，揉著眼睛看向藏書閣。

雲遲又喊，聲音很大：「小忠子！」

小忠子這回聽清了，騰地站起身，連忙跑向藏書閣，來到門外，對裡面試探地問：「殿下，您喊奴才？」

雲遲沉聲吩咐：「去喊天不絕！」

小忠子大驚，不敢多問，連忙應是，一溜煙地向天不絕住的院子跑去。

雲遲在吩咐小忠子後，也冷靜了下來，他對外喊：「雲影！」

「殿下！」雲遲出現在門外。

雲遲吩咐：「去拿衣物來，本宮的，太子妃的。」

雲影應是，立即去了。

雲影比小忠子動作快，很快就取了雲遲和花顏的衣物，在距離窗外很遠的地方，抖手扔進了藏書閣內。

雲遲順著窗子伸手接住，為昏迷的花顏和自己穿戴妥當，他毫不猶豫地抱著花顏出了藏書閣。

雲影本來想待雲遲和花顏出來帶著十二雲衛說一聲恭喜，但見如今花顏似又出了事兒，只能悄不出聲地退立在一旁。

雲遲看了雲影一眼，沉靜吩咐：「去告訴天不絕，前去西苑。」

雲影應是，立即去了。

雲遲抱著花顏大踏步回了鳳凰西苑。

來到西苑，進了房間，雲遲將花顏放在床上，自己則坐在床前，看著她。

她的臉上猶掛著淚痕，但不如往常昏迷一般死氣沉沉，如今昏迷著，但依舊掩飾不住眉梢眼角處剛剛綻開的風情。

這風情是因他而綻開，他便心裡軟化成一湖溫泉水，似將自己化在了水裡。

小忠子領著天不絕去藏書閣的路上被雲影攔住，立即轉道來了鳳凰西苑，小忠子走到院中，喘息著開口：「殿下，天不絕來了！」

雲遲回過神，嗓音低沉：「進來。」

天不絕不敢耽擱，衝進了房間，一眼所見，便是花顏昏迷不醒地躺在床上，雲遲坐在床前，見他來到，雲遲起身，讓開了床前。

天不絕立即給花顏把脈，片刻後，他撤回手，對雲遲說：「不是癔症發作，是心裡受了極大的衝擊，心情起伏，大起大落，怒火攻心，本就心血薄弱，氣血不足，才導致了昏迷，用不了多久就會醒。」

雲遲微鬆了一口氣，看著天不絕問：「可要開藥方子用藥？」

天不絕搖頭：「還用我早先開的方子就行。」

雲遲點點頭。

天不絕看著雲遲，雖然對面的人是太子殿下，但是打了幾次交道，他對雲遲也有幾分瞭解了，知道他對花顏看重得怕是抵過了他這個身分的負重，便也大了膽子開口說教：「太子殿下，不是我老頭子說你，待女子要溫柔，如今這是一朵嬌花，哪裡抵得住你這般，你就算下手，也要輕點兒啊，你這般重法，她不幾次就被你折騰死了，癔症更不用解了。」

雲遲的臉騰地一紅，被天不絕這樣一說，當真是無言得很，但是此時也不能跟天不絕解釋個中種種，只能由著他說了。

天不絕見雲遲紅了臉，稀奇不已，他欣賞片刻，也不敢過分地讓太子殿下沒面子，便囑咐說：「讓廚房做些藥膳和補湯給她，一會兒我將藥膳列出單子來，她身子骨近來弱得很，需好好調養，也切忌不能過於情緒波動，太子殿下往後還是要克制著些，不能太勤快了。」

雲遲掩唇低咳一聲：「本宮曉得了。」

天不絕滿意，覺得古往今來，他還沒聽過哪位太子如雲遲一般，看著涼薄冷情厲害至極無人敢惹的一個人，也會這般臉紅地乖覺聽訓，半絲不反駁，讓人稀罕的很。

他走出內室，在畫堂裡拿起紙筆，列出了一張藥膳，遞給了小忠子：「從今日起，除了每日三餐喝藥外，就讓廚房按照這個藥膳單子來做。」

小忠子連忙雙手接過：「多謝神醫。」

天不絕擺擺手，出了西苑。

安十六和安十七、花容見花顏無事兒，也跟著天不絕走了。

出了鳳凰西苑，安十七問安十六：「十六哥，咱們是不是該去信給公子報喜？」

安十六琢磨了一下，撓撓頭說：「跟公子說一聲吧，總該讓公子知道。」

安十七點點頭。

雲遲在天不絕離開後，又坐回床頭，他輕撫著花顏的臉龐，把玩著她柔順的髮絲，纏繞在指尖許久，忽然想起了什麼，將自己的一縷青絲扯到身前，與花顏的一縷青絲纏繞在一起，打了個死結，然後，雙指併攏，斬斷了兩個人纏在一起的青絲。

雲遲捏著兩縷被他斬斷纏繞在一起密不可分的青絲，方才想起這青絲結髮最好是要用香囊隨身存放的，可是，他沒有香囊。

確切說，沒有花顏親手繡來送給他的香囊。

於是，他捏著髮絲思索許久，還是暫且將之放在了枕頭下，用枕頭壓住。

即便天色還早，即便知曉花顏無大礙，即便他有一堆朝事兒要處理，此時，他卻哪裡也不想去，只想陪著她。於是，他脫了鞋襪，合衣躺在了花顏身邊，眼睛一瞬不瞬地看著她。

他掙扎了這麼久，終於在今日，讓她真真正正地變成了他的女人，他的太子妃。

也就是在今日，讓他徹底地明白了，他這一輩子，對她做不到放手，哪怕他理智地覺得放手是對她好，但是他也做不到。

對她，他死也不放手！

他不明白，這樣的一個人兒，懷玉帝怎麼捨得棄她先走？

那些風花雪月，他只要想起，就嫉妒得發狂。

他閉上眼睛，以自己一貫強大的抑制力來平復心底的情緒，可是心裡波濤洶湧，久久不退。

福管家匆匆而來，采青見了，立即迎了上去，將福管家拉到一旁，低聲說：「福伯，可有重要的事兒？殿下和太子妃在屋裡歇著呢。」

福管家自然不曉得東宮發生了什麼事兒，他見采青十分謹慎的模樣，立即壓低聲音問：「可是發生了什麼事兒嗎？」否則天色還早，晌午未到，殿下和太子妃怎麼會早早歇著？

采青想著福管家是東宮的總管，殿下的事兒也好讓他曉得斟酌行事。但她畢竟是女兒家，有些不好意思地小聲說：「殿下和太子妃……提前圓房了。」

她的聲音細若蚊蠅，即便如此，福管家還是聽到了，猛地歡喜地睜大了眼睛，脫口的聲音有些大：「當真？」

采青笑著點頭：「自然是當真的。」

福管家高興地搓手：「這可是一件大喜事兒，可入宮稟了皇上和太后？可著人記了檔？」

采青無言地瞅著福管家，小聲說：「福伯，您糊塗了，太子殿下和太子妃還未大婚呢，此事怎好張揚？自然更不能去宮裡稟告，記檔也不能，只能我們私下記著了。」

福管家一拍腦門：「是了，是了，殿下和太子妃還未大婚呢，你瞧我高興的糊塗了。此事是不能張揚。」

采青點頭：「我見您匆匆而來，可有要事兒？若是沒甚打緊的事兒，就別叨擾殿下了。」

福管家搓搓手，向正屋看了一眼，小聲說：「趙宰輔來了，要見殿下。是關於川河谷水患調度供給一事，這……算是重要的事兒吧？」

采青琢磨著，歎了口氣：「小忠子去廚房盯著藥了，我去稟一聲殿下吧！」

福管家頷首。

采青折回了畫堂，在外間對裡面輕喊：「殿下？」

雲遲「嗯」了一聲。

采青立即將福管家的話說了一遍。

雲遲雖然捨不得離開花顏床邊，就想這麼陪著她，哪怕陪個天荒地老也心甘情願，奈何趙宰輔和川河谷一帶水患之事尤為重要，關係到安書離治理進展是否能順利，於是，他起身，對外吩咐：「請趙宰輔去書房，本宮這就去。」

采青應是，連忙出了房門，告訴了福管家，福管家立即去請趙宰輔。

雲遲穿戴妥當，出了房門，見到采青，對她吩咐：「守在門外，太子妃醒了，就說我去書房了，很快就回來。」

采青點頭。

雲遲出了西苑，剛離開房間不久，花顏便緩緩地睜開了眼睛，看到了熟悉的房間擺設，知道是回到了西苑，但對於怎麼回來的，她沒有印象，只記得雲遲說了一句話，她怒火攻心，氣恨不已，一下子暈了過去。

她躺了一會兒，緩緩坐起身，對外輕喊：「采青。」

采青本就守在門外，聞言立即進了屋，滿臉喜色地看著花顏，福身道謝：「恭喜太子妃。」

花顏扯動嘴角，淺淺地笑了一聲：「恭喜什麼？有什麼可恭喜的。」

采青一怔，不解地看著她，見花顏面上雖笑著卻笑不達眼底，她不由得脫口想問難道是殿下強迫了您，但幸好立即驚醒這話無論如何也不能說出口，立馬閉上了嘴。

花顏何等聰明，看到采青變化的神色，就知道她想歪了，她笑著糾正道：「你家殿下沒強迫我，是我自願的，只是……」她眉頭擰了擰，心頭又湧起惱怒，「他胡說八道讓我不高興。」

采青恍然，她自然不敢再詢問殿下胡說八道了什麼，笑著上前說：「趙宰輔方才來了，殿下去了書房，說您若是醒了，讓奴婢告訴您，殿下很快就會回來。」

花顏此時不想見到雲遲，她雖不後悔今日之事，但是頗有些後悔早知他今日會瘋，她就該死死地瞞死他，不該因為心疼他夜晚不睡覺查史籍而坦誠對他說那些過往之事。

他如今竟然吐口說出生死相隨這樣的話來，讓她焉能受得住？

她已經對不起後樑江山一次了，萬不能再對不起南楚江山。

更何況，皇帝待她不薄，自始至終，都對她和顏悅色，哪怕她鬧騰得悔婚的日子裡，就連太后都對她厭惡透頂，皇帝也沒怪罪她，她實在做不出將他最得意傾盡力氣培養的太子拖下深淵。

更何況，他有那樣偉大的宏願，肅清朝局，熔爐百煉天下。

她忽然覺得，她自己做的最錯的事兒，就是該在雲遲提出悔婚時，立馬同意，那麼，便不會有今日之事，也就不會讓他生起這般生死相隨的想法了。

她最多不過五年而已，五年，彈指一揮間。

她指甲摳進肉裡，感受到鑽心的疼痛，一直延伸到她的心裡，但心尖那一處，木木的，卻感受不到疼了。

「太子妃？」采青小心翼翼地喊花顏。

花顏閉了閉眼睛，一時也再想不到什麼法子來解這個難題，她對采青溫聲說：「讓人抬一桶水來，我要沐浴。」

采青見花顏面色雖不好，但聲音冷靜，微鬆了一口氣，應了一聲，立即去了。

不多時，采青帶著人抬來木桶，放去了屏風後。

花顏起身，去了屏風後。

解開衣裙，才看到自己周身斑斑痕跡，她肌膚本就嬌嫩，稍有碰觸，便是一片紅，雲遲當時如瘋了一般，下手不輕，下嘴也不輕，如今導致她周身如被種了滿身梅花一般，斑斑點點。

她想起早先發生的事兒，臉一下子又如火燒，咬了咬牙，進了水裡。

采青在外面小心翼翼地問：「太子妃，奴婢侍候您沐浴？」

花顏這般模樣，哪裡好意思讓采青幫忙，她咬著牙搖頭：「我自己來。」

采青應了一聲，退出了門外。

花顏將自己沉浸在水裡，剛醒來的滿心怒意被腦中驟然溜出的畫面給打了個七零八落，當時，雲遲迫著她一直睜著眼睛，她便始終未曾閉眼，是以，如今細節都如在她腦中放了個匣子一般存了起來，只是那匣子沒落鎖，畫面不停地往外跑。

她強迫自己不去回想，奈何控制不住，整張臉整個人都如被火燒了起來，本不是太熱的水，她卻覺得熱得不行。她在浴桶裡待了許久，直到水涼了，心裡平靜了，周身的熱度散去了，她才從水中出來，換了乾淨的衣裙。

采青見沐浴完的花顏氣色似乎好了些，進來小聲說：「殿下怕是還要等些時候回來，要不然您先用膳吧，餓到您，殿下定會……」

她的心疼二字還沒說出口，便聽到了熟悉的腳步聲，轉頭看向窗外，見雲遲進了鳳凰西苑，立即住了口。

花顏偏頭，看向窗外，透過浣紗格子窗，便見到雲遲疾步走來，他腳步雖快，但絲毫不損豐儀，陽光打在他的身上，姿容如玉，身姿秀挺，清俊毓秀，整個人，如詩如畫。

雲遲真是一個好看到了極致的人，花顏從第一次見他時便有這個深刻的認知且一直埋根在她心裡，無論什麼時候見他，依舊如是。

此時看著他踱步走來，由遠及近，每走一步，都似一幅畫卷鋪開，如在天際飄下一抹青雲，伴著徐徐清風，劃開了一片朗月清空，渲染了水墨山河。

她本來醒來滿心惱怒，心煩得不想見他，但此時見他，不由得癡了。

采青迎了出去，給雲遲見禮：「殿下！」

雲遲已看到了窗前坐著的身影，眉目溫軟地「嗯」了一聲，腳步不停，隨口問，「太子妃什麼時候醒的？」

采青立即回話：「殿下剛走，太子妃便醒了，沐浴之後，便在桌前喝茶呢。」

雲遲點頭，吩咐：「讓方嬤嬤吩咐廚房做補湯端來。」

采青乾脆地說：「不必殿下吩咐，方嬤嬤早已經讓廚房燉補湯了。」

雲遲滿意，不再多言，進了畫堂。

穿過堂屋，來到裡屋門口，透過水晶簾的縫隙，更清晰地看到了坐在窗前的花顏，她一手捧著茶盞，一手托腮看著窗外，茶盞傾斜，茶水滴滴答答地順著她手灑出，她似猶不自知地在發著呆，不知道想什麼。

雲遲隔著水晶簾看著花顏，明明尋常是那樣清麗明媚懶散隨意的一個人兒，如今卻如千花萬花在他眼前綻開，瑰麗如火燒雲，讓他驚了眼，豔了心。

花顏發癡又發呆了片刻，忽然覺得被一道灼熱的視線給燒得回過了神，轉向門口，透過水晶簾，便看到了站在門口一動不動的雲遲，正一眨不眨地看著她。

看到他臉上的紅暈她先是一怔，然後又發現他連耳根子也紅了，不由得眨了眨眼睛，瞬間福至心靈地想到了今日在藏書閣的事兒，她臉也不由得一下子染紅。

她即便臉皮厚，四目相對，此時也頗有些被他瞧得不自在，不由得又扭過頭，看向窗外。

雲遲就在她扭過頭時，揮開了面前的水晶簾一陣風地衝進了屋，來到了花顏的面前。

花顏此時心跳如鼓，偏不看他。

雲遲來到近前，沒了珠簾阻隔，更能清晰地看到花顏臉上每一寸神色，一把抱住了她。

花顏本來隨意握著的杯盞被她忘記，沒拿住，脫手落在了案桌上，細微的響聲，在安靜中，分外地清晰。她一怔，脖子臉頓時紅了個徹底，羞惱地開口：「你做什麼？水都灑了。」

雲遲才不管水灑不灑，此時他只想……

花顏伸手推他：「雲遲……」

雲遲暗啞地「嗯」了一聲。

「我……我餓了……」

雲遲動作一頓。

花顏費力地瞪了雲遲一眼：「我要吃清湯麵，你去做。」

雲遲揉揉眉心，歎了口氣，還是無法壓住心底的奔湧……

雲遲看著她幾乎是轉眼就睡得沉了，心中是又愧疚又疼惜，暗暗地想著，枉他自小到大二十年鍛鍊的自制力，擱在她身上，真是一朝化作浮雲，悉數打了水漂。

他忽然也拿自己沒法子起來，扶額逕自歎息片刻，起身拿了帕子，收拾了自己，穿戴妥當，又拿著帕子幫花顏擦拭。

花顏周身痕跡斑斑，幾乎沒一處好地方，全被他種了梅花印記，他看著又是滿足又是心疼，尤其是那一處，有些紅腫，凌亂不堪，著實讓他擦著都有些想罵自己。

但即便這人兒成了這個樣子，他擦拭了沒兩下，剛褪去的火熱卻還是又升了起來，讓他又狠狠地揉了一回眉心。

他深吸了好幾口氣，才平復了下去，將花顏收拾乾淨清爽妥當後，才擱下帕子，向外走去。走到門口，他忽然想起了一件事兒來。

小忠子和采青都守在門外，見雲遲出來，二人臉上都有些紅不敢看太子殿下，方才雖關著門，但是在花顏苑當值的人自然都隱隱約約聽到了裡屋傳出的聲音。

無論是在小忠子的認知裡，還是采青，太子殿下自小就是個冷清涼薄的人，雖有了花顏後，變得溫和，染了人間煙火氣，但也是冷靜理智的，決計不是那等在青天白日裡胡作非為的人。可這一日，真是打破了他們的認知，先是在藏書閣，後來是回到這鳳凰西苑，真是……

二人偷眼看雲遲，連忙見禮：「殿下！」

雲遲「嗯」了一聲，看著明媚的陽光，面上雖不見笑意，但任誰也能看出他春風滿面，心情極好，對采青吩咐，「守在門口，太子妃睡了。」

采青立即應是。

雲遲向外走去。

小忠子眨了眨眼睛，立即跟上，走出幾步後，小聲試探地問：「殿下，您……去哪裡？」

雲遲道：「去藏書閣。」

小忠子看了一眼天色，立即說：「殿下和太子妃還沒用膳呢，方嬤嬤已經讓人做好了，就等著殿下傳膳了。」

雲遲「嗯」了一聲，「太子妃睡著了，不急，她要吃清湯麵，一會兒我給她做，我先去一趟藏書閣。」

小忠子立即說：「您是要取什麼書嗎？奴才去取就是了。」

「不是，我自己去取。」雲遲搖頭，「早上我帶著太子妃離開藏書閣後，無人去吧？」

小忠子連忙搖頭：「沒殿下的吩咐無人去。」

雲遲頷首，不再多言。

小忠子心下納悶，隨著雲遲一路去了藏書閣。

來到藏書閣後，雲遲擺手，示意小忠子等在門口，他自己推開了門進去。

藏書閣內果然如小忠子所說，沒他的吩咐，無人敢踏進來。他進入之後，一眼就看到了凌亂的軟榻以及榻上和地上散落的撕碎的衣袍和衣裙。

榻上的床單紅梅點點，是花顏的處子紅，他來這裡，就是想起了這個。

這個自然是要他親手收起來的。

他伸手扯下床單，拿在手裡，清俊的容色不由得又紅了紅，手上拿著的輕薄的床單也覺得滾燙的不行，拿著站了片刻後，才慢慢地將之疊好，捧在手裡。

然後他看著撕碎的衣袍和衣裙，又慢慢地一片片地將之拾了起來，也與床單一起疊好，之後，他環視了一圈，收進了不遠處牆壁的暗格裡，仔細地放好，又看了片刻，才關了暗格。

小忠子機靈，等在門口也猜出了點兒什麼，不由得暗暗偷笑。

雲遲出了藏書閣，隨意地瞥了小忠子一眼，臉依舊有些紅：「走吧！」

小忠子應是，自然不敢取笑殿下，乖覺地跟上了他。

雲遲回了鳳凰西苑，徑直去了廚房。

小忠子暗暗地想著，太子殿下又要洗手作羹湯啊！但，想到太子妃的身子骨，連天不絕都束手無策的病，由不得人不憂心。

方嬤嬤見雲遲下廚，分外地感慨，想著皇后娘娘在九泉之下大體也是想不到的。誰又能想到太子殿下為人洗手作羹湯呢？

方嬤嬤見雲遲有條不紊地做湯，感慨的同時，不忘對雲遲道喜：「恭喜殿下，總算是如願以償了，奴婢真是替殿下高興，娘娘在九泉之下也定會高興的。」

雲遲微笑：「是啊！母后定也會替我高興的。」

方嬤嬤忍不住抹了抹眼角，笑著說：「奴婢如今就盼著侍候小殿下了。」

雲遲嘴角彎起，眉眼俱是濃濃的笑意：「怕是你要等上兩年了，她需十八才能有孕。」

方嬤嬤笑著說：「十八正好，依奴婢看，太子妃如今身子骨弱，是該好好地養養身子，再說女子年歲小有孕於生產上恐不順利，還是要長開些，再過兩年最好。」

雲遲想起花顏的癔症，慢慢地收了笑：「她一定會養好身子的。」

方嬤嬤點頭：「我聽采青說，子斬公子的寒症都被天不絕治好了，太子妃哪怕身子有什麼病症，也一定會治好的。」

雲遲「嗯」了一聲，肯定地說，「不錯。」

雲遲做好了清湯麵，端著回到房間，後面方嬤嬤帶著人跟著魚貫入內，將飯菜擺了滿滿的一大桌子。

擺好之後，雲遲擺手，方嬤嬤知道二人用膳從不喜歡人侍候，便退了下去。

雲遲洗了手，來到床邊，輕輕喊花顏：「花顏，醒醒，麵好了。」

花顏睡得香睡得沉，一動不動。

雲遲瞧著她，實在是不忍喊醒她，但是奈何她早先就對他說餓，這般讓她餓著肚子睡他更於心不忍，怕將她的胃口餓壞了，還是忍著心疼喊她：「花顏，醒醒。」

花顏終於被雲遲喊醒，費力地睜開眼皮，瞅了雲遲一眼，又睏倦地閉上。

雲遲一把將她撈起，抱在懷裡，低頭吻她，在她耳邊含著笑意說：「你再睡，我也陪著你上床睡了啊！」

這話意味不明，聽著暖昧異常。

花顏一下子醒了，一雙水眸瞪著雲遲，沙啞地開口：「雲遲，你還是不是人？」

雲遲微笑，低頭吻她唇瓣，蜻蜓點水：「總算是醒了，你想吃的清湯麵，我抱你過去。」

花顏聞到了一陣濃郁的飯菜香味，其中最香的自然是清湯麵，這味道她吃過幾次，熟悉至極，她肚子空空，確實餓極了，沒力氣地順從地點頭。

雲遲連人帶被子抱著花顏去了桌前，坐下身後，一直抱著她在腿上，挑了麵餵她。

花顏張口，心安理得地享受他的侍候，清湯麵下肚，她早先對他有的氣惱和鬱氣也散了。

雲遲餵她吃一口麵，又餵她吃一口菜，然後再餵她喝一口補湯，就這樣，不停地換著，不多久就將花顏餵飽了。而他一口沒吃，自始至終都忙著顧花顏。

花顏直到吃不下時，才對他搖頭，有了些說話的力氣：「將我放去床上，你趕緊吃吧，一會兒涼了。」

「不怕。」雲遲搖頭，「你先等等，消消食，一會兒把藥吃了再睡。」

花顏自然不敢耽擱自己吃藥，她從來沒有想到自己有朝一日成了個藥罐子，只能點點頭：「好，我等著，你快吃吧！」

雲遲吃飯的功夫，花顏雖說等著，但耐不住睏意，在他懷裡睏乏地又睡著了。

呼吸均勻，輕輕淺淺，在雲遲的角度看來，她在他懷中乖巧得不得了，只看著她這模樣，便讓他整顆心都軟得快化掉了。

他想著今日真是將她累壞了，以後萬不可如此了。

第七十二章　研製失憶藥

小忠子端來藥，站在門口，小聲試探地說：「殿下，您和太子妃的藥熬好了。」

雲遲「嗯」了一聲，「端進來吧！」

小忠子兩手都端著藥碗，放在了桌子上，滿滿的兩大碗湯藥，黑乎乎的，他看了雲遲一眼，小聲說：「這一碗是太子妃的，那一碗是您的。」

雲遲頷首。

小忠子又悄聲地退了下去。

雲遲待藥溫了，喊醒花顏，花顏閉著眼睛不睜開，卻是將嘴張開了。雲遲看著她的模樣，愛極了，忍不住低頭先吻了她一下，才端起藥碗喂她。

花顏閉著眼睛，一口氣將藥喝了。

雲遲抱著她躺去床上，輕柔地拍拍她的臉：「乖，睡吧！這回不擾你了。」

花顏又睡了過去。

雲遲回身走到桌前喝了湯藥，捨不得想躺去床上陪花顏，奈何還有一堆的奏摺已經送來了，他琢磨了一下，對外吩咐：「去將書房的奏摺都搬來這裡。」

小忠子連忙應是，立即去了。

方嬤嬤帶著人將飯菜撤下去，不多時，小忠子帶著人將奏摺搬來了西苑，搬進了房間，奏摺摞了一大桌子。

連帶著奏摺送來的還有兩封信，一封信是陸之凌的，一封信是梅舒毓的，卻都齊齊地寫著太子妃親啟的字樣。

雲遲坐去了桌前，拿起兩封信看了一眼，笑了一聲，又放下，拿起奏摺，開始批閱。

花顏這一覺睡得沉睡得熟，無人叨擾地睡到掌燈時分方醒。

她睜開眼睛，屋內燈燭泛著昏黃的光，光暈打在床帳的帷幔上，素色帷幔上的紋理似被一層層蕩開柔和的暖色。她晃神片刻，方才透過帷幔看到了坐在窗前批閱奏摺的身影。

他輕抿著嘴角，眉目間神色寡淡溫涼，落下最後一筆，將奏摺合上，隨意地擱置在一旁，又拿起了下一本。就在這時，他似乎察覺到了什麼，猛地轉過頭，向床榻看來。

花顏隔著帷幔，對他眨了眨眼睛，忽然不知怎地，心情很好地調笑：「太子殿下這是將御書房搬來這裡了嗎？」

雲遲長身而起，三兩步便來到了床前，一把挑開簾幕，看著帷幔內躺著笑吟吟地看著他的人兒，心情也驀地極好，眉眼的溫涼之色盡褪，嗓音清朗含笑：「被你猜對了。」

花顏嗔了他一眼，不客氣地說：「怪不得我睡覺一直不安穩，原來是你沙沙的落筆聲打擾了我。」

雲遲挑眉：「怎麼不說我一直聽著你的呼嚕聲在批閱奏摺受了影響？」

花顏翻白眼：「胡說八道，我從小就不打呼嚕。」

雲遲低笑，敲敲自己額頭，一本正經地說：「嗯，那大約是我聽差了。」

花顏失笑，伸手一把將他拽住。

她一手抓著他手腕，一手摟住他的腰，霸道地說：「從今以後，你就是我的人了，要記得凡事聽我的，別在我面前再說什麼生死相隨的話，否則休了你。」
雲遲揚了揚眉，對上花顏淺笑盈盈的臉，睡醒了一覺的她疲憊盡褪，氣色極好，一如初見。但是他近來有好久都不曾見到了，那調皮的，揶揄的，活潑的，靈動的。
就如今日⋯⋯
他這時方知，該死的懷念。
他忍不住低頭。
花顏暗想著果然男人一旦開了頭，便會昏了頭，這人堂堂太子呢，真是半點兒不含糊，她伸手推他：「你是不打算讓我下榻了是不是？混蛋！」
雲遲被罵了，也不生氣，笑著說：「什麼都聽你的，唯有生死相隨這一樣⋯⋯」他頓了頓，一字一句地說，「做夢！」
花顏一噎，驀地又升起滔天的怒意，一把推開他，自己擁著被子騰地坐了起來：「你要氣死我是不是？是想我現在就抹脖子嗎？」
雲遲見她真怒了，就如早先在藏書閣，他們相處至今，自從她答應嫁他，從未對他動過怒，偏偏今日，就怒了兩次，上一次都氣暈過去了。
他緊抿嘴角，立在床前，臉上笑意慢慢地收起：「四百年前，你甘願隨懷玉帝生死相隨，為何到了我這裡，你便不行了？他棄你不顧，我卻甘之如飴。花顏，你的公平呢？」
花顏勃然被氣笑，看著雲遲，嘲諷地說：「公平？自我出生起至今，上天便沒給我公平！你少找我要什麼。」
雲遲傾身，一把抱住她。

花顏伸手捶他，但無論她如何用力地捶打他，他似打定了主意，說什麼也不放過她。

花顏氣得落下淚來，眼淚如他的吻一般，洶湧而下。

雲遲的身子僵了僵。

她壓抑得太久，以至於，哭起來，如長江黃河開閘，一發不可收拾，眼淚就跟不要錢似的，一籮筐一籮筐地往外倒。

雲遲終於停止了動作，低頭看著她。

雲遲的確是沒見過花顏這般哭，這麼久了，他幾乎沒見過她落淚，哪怕眼眶發紅，也是少有的。如今見她這般哭，他頓時手足無措起來，溫聲哄她：「是我不對，是我不好，別哭。」

他不擅長哄人，與花顏未曾約定嫁娶前，花顏不需要他哄，一門心思就是悔婚氣他，與花顏約定嫁娶之後，她待他極好，每日都含著笑意與他說話，處處為他思量，更不需要他哄。

按理說，他身為太子，但凡遇到事兒，不該慌不該怕，不該沒有自制力，不該恐懼，但是偏偏，擱在花顏身上，這一切的不該出現的情緒都有。

她這般哭，讓他幾乎都六神無主，一時哄不住，只得不停道歉。

花顏哭著聽著雲遲道歉了一會兒，淚眼中瞇起一條縫來對他說：「收回你的生死相隨的話，我就不哭了。」

雲遲看著她，咬牙，寸步不讓：「哪怕你今日哭死，我也不收回，大不了今日就隨著你死了罷了。」

花顏氣急，拿起枕頭，對著他砸了過去。

花顏是深刻地知道雲遲的執著和固執的，他若是認準一件事情，是會從天黑走到天亮再從天亮走到天黑一直走下去的，有一句話說「不見棺材不掉淚，不到黃河不死心。」，擱在雲遲身上，全然是不管用。

他要娶她時，一心認定，非娶不可，他說生死相隨，自然也不是在開玩笑。

但是花顏最是受不住他這句「生死相隨」，恨不得耳朵聾，聽不見。

雲遲老老實實連躲都不曾，任由花顏扔過來的枕頭將他砸了個正著，枕頭砸到他胸前，力道不輕，他發出一聲悶哼，然後枕頭掉落，又掉回了床沿。

花顏氣得還想再砸，伸手隨便又撈了一把，抓到手裡一縷輕飄飄的事物，她剛要扔過去，發現手感太輕了，定然砸不疼他砸不醒他，剛要扔了，餘光一掃，見是兩縷纏在一起的青絲，她動作猛地一頓。

雲遲自然也見到她撈起的那兩縷纏在一起的青絲，唇邊倏地溢出些許笑意。

花顏捏著那兩縷纏在一起的青絲瞅了瞅，滿是淚痕的臉抬起，對他問：「這是什麼？」

雲遲溫聲說：「結髮為夫妻，恩愛兩不疑。」

花顏狠狠地瞪了他一眼，氣怒地想說誰跟你是夫妻，但話到嘴邊，又住了口，不滿地看著他：「這能是隨便就扔著的嗎？你怎麼不好好地收起來？」

雲遲微笑：「沒有香囊，等著你醒來給我繡一個香囊，裝裡面，我佩戴上。」

花顏惱怒地看著他：「我不會繡。」

雲遲淺笑：「會的，我不嫌棄你的繡工。」

花顏冷哼了一聲，慢慢地將手中的兩縷青絲放下，本來在氣得哭著對他撒潑，驟然弄出了這東西，讓她哽了一下，再繼續哭也哭不下去了，便繃著臉看著他。

雲遲見她總算是不哭了，萬分感謝早先他弄的這兩縷青絲結，他微微傾身，用衣袖輕柔地擦掉了她臉上的淚痕，看著她一雙紅紅的淚眼，溫柔地問：「不哭了？」

花顏板著臉看著他：「我不哭死你高興？」

雲遲低笑：「自然，我不想你死，我也不想死的，我與你的日子還沒過夠呢。」

花顏惱怒：「那你還說那樣的話？」

雲遲認真地看著她的眼睛，嗓音低且沉且柔：「花顏，你不會死的，不要自暴自棄，不要總想著熬不過天命，天不絕一定會有法子治好你的。你便陪著我，你答應過我的，看四海河清，海晏盛世，你不能說話不算數。我可以不再說生死相隨，但你也不要不向生，好不好？」

花顏看著雲遲，驀地心疼起來，生來就尊貴無匹，立於雲端的太子殿下，他何曾對誰低聲下氣的哀求過？何曾惶惶恐恐過？何曾無措慌亂過？在她的身上，她真是讓他體驗了個遍。

她沉默了許久，伸手抱住他腰身，將自己的頭埋在他懷裡，一切的惱怒氣恨散去，滿心的心疼，哽咽地說：「雲遲，是我不好，讓你……」

雲遲伸手摸著她的頭，用力地揉了揉，溫聲說：「你沒有不好，是我強求了你，這一輩子，都是我強求了你。」

「胡說！」花顏方才哭得太狠了，鼻音濃濃地，「是我心甘情願的。」頓了頓，她低聲說，「我答應你一心向生，只要能活著，誰會願意死呢？但若是……」

「沒有但是。」雲遲截住她的話，肯定地說，「什麼時候，都沒有但是。」

花顏住了口，她能體會雲遲對她深厚的情意，在蠱王宮奪蠱王時，她便認識到了，那時她才乾脆義無反顧的答應了他。

她深深地暗暗地歎了口氣，也罷，話說到這分上，對於此事再多說也無用。唯有兩條路可走，一條是她拼命地活下去，一條是，她若真熬不過天命，那麼只能拜託天不絕在他身上想想法子了。

她這樣想著，有些輕鬆，但又有些苦澀，抱著雲遲死死地不鬆手。

雲遲任她抱了許久許久，直到她抱得手臂僵了，才艱難地鬆開他，將手臂遞給他：「麻了，快給我揉揉。」

雲遲微笑，伸手輕輕地幫她揉按手臂。

這時花顏才發現，她手臂上也是斑斑痕跡，她又生起羞惱，水眸瞪著他：「都是你做的好事兒，屬狼的嗎？」

雲遲低笑，眸光溫柔似水：「嗯，是我做的極好的事兒。」

花顏臉一紅，羞憤地呸了他一聲：「你以後不准碰我。」

雲遲眸光動了動，搖頭：「不行。」

花顏惱怒：「你方才答應了除了那句話，以後什麼都聽我的。」

雲遲搖頭：「不包括床笫之間。」

花顏感覺手臂不僵麻了，伸手掐他。

雲遲任她掐了兩下，溫聲說：「我身上也是痕跡斑斑呢，要不然我脫了衣服讓你看看，你就知道了。」

花顏手一頓，猛地想起似乎第二次時，他時間太久，她受不住，被他吻著開不了口時，便推他，推不動，便掐他，依稀似乎在他身上落了不少痕跡。

她訕訕撤回手，推他：「我渴了。」

雲遲瞧著她，笑著點她眉心，帶著寵溺和溫柔，「好。」

花顏拂開他的手，覺得這一番真是夠任性地撒潑鬧脾氣，難得他好性子地哄他，即便她素來厚臉皮，也有些不好意思了。

雲遲給花顏倒了一杯水，直接端到了她嘴邊。

花顏順著他的手，一口氣將水喝了，然後，看了一眼天色，只見已經入了夜，月色掛在天邊，似十分明亮，她不由問：「今日是什麼日子了？」

近來她都過得渾渾噩噩的，確實是不記得什麼日子了。

雲遲隨手放下杯子，淺笑說：「再過幾日就是中秋佳節了。」

花顏暗想著時間過得可真快，竟然轉眼已經快到中秋了，她說：「我來了京城有幾日了，還沒去過敬國公府拜見，明日……」她剛想說明日去好了，猛地想起自己脖子上都是痕跡，高衣領的衣服都掩飾不住，頓時臉色又倏地不好了：「都怪你，讓我怎麼出去見人？」

雲遲瞧著花顏，覺得這樣子的她，有血有肉，生動極了，一改她與他之間隔著的那層薄薄的紗，分外地讓他心動成癡，他笑著說：「有活血化瘀膏，稍後抹上些，頂多明日一日，後日大約痕跡就淡了。後日去吧！敬國公和夫人都不是細緻的人，粗線條得很，看不出來的。」

花顏點點頭：「但願如你所說。」

雲遲微笑：「今日收了兩封信函，是陸之凌和梅舒毓隨奏摺送來給你的，現在要不要看？」

花顏一喜：「要看，快去拿來。」

雲遲轉身，將兩封信函拿到花顏面前，意味不明地說：「他們倒是膽子大，寫著太子妃親啟的字樣也敢送到我手裡。」

花顏失笑，嗔了他一眼，一邊拆信一邊說：「這個醋你也吃，堂堂太子呢，出息。」

雲遲被她這一眼的眼波流轉給看得頓時又心猿意馬心蕩神馳，呼吸一窒，扶額而笑：「你說得對，的確是有些沒出息。」

厚厚的兩封信，她先讀了梅舒毓的，又讀了陸之凌的，二人的信都先是問了她的境況可好，又問了雲遲是否欺負她，與雲遲相處是否如意等等，然後又說了西南細細碎碎的瑣事兒，大多都是雞毛蒜皮的，亦或者有趣的，字裡行間，顯然二人除了練兵穩定軍心和民心外，其餘大多數時候都無聊得很。

二人信的內容雖然不盡相同，但是卻有著異曲同工之妙。

雲遲坐在一邊瞧著，末了說了句：「真是讓他們太閒了。」

花顏抿著嘴笑，又嗔了他一眼，收好了信函，對他說：「你讓人給我拿針線來。」

雲遲看著她，笑容深深：「給我繡香囊？」

花顏與他鬧夠了脾氣，自然又恢復了好性子，笑著點頭：「反正我睡了一日也不睏了。」

雲遲頷首：「先用飯吧！用過飯後，我陪著你。」

花顏雖然還不餓，但想著雲遲批閱了那麼多奏摺自然餓了，晚膳不能不吃，遂點頭。

用過晚膳，喝了藥，花顏拿了針線來繡香囊，采青睜大眼睛，沒想到太子妃真的會做繡活，她暗暗地想著，太子妃大約沒有不會做的事情吧？

雲遲還有奏摺沒批閱完，用過晚膳後便坐去了桌前批閱奏摺，小忠子悄悄地候在一旁侍候。

小忠子對於花顏拿針線也很是新鮮，所以，也不時地偷偷看花顏。

花顏動作雖稱不上熟練，但慢悠悠地看著也不像是手生，在采青幫著她分完線後，她便開始繡香囊，繡的是東宮的鳳凰木，繡針穿插，不緊不慢。

枝幹繡出來後，采青便睜大眼睛讚歎地說：「太子妃，您繡工真好。」

小忠子聞言也湊到近前來瞧，也讚歎不已地說：「奴才見過趙府小姐的繡工，跟您這繡工一比，可沒得比了。柳府小姐繡工最好的是如今武威侯府繼夫人柳芙香，奴才也見過她的繡工，這樣一比，比您的繡工還要差些，您繡的這是雙面繡，這繡法真是十分奇巧，栩栩如生。」

花顏淺笑，拿著針線瞧了瞧：「嗯，還算能入眼。」

雲遲聞言放下奏摺，走過來，采青和小忠子立即讓開了花顏身邊。他靠近，仔細地看了一眼，也笑著稱讚：「的確是難得一見的繡工，如今這樣的繡工似乎在本宮出生後也不曾見過。」話落，他挑眉，「這便是臨安花家失傳的飛天繡吧？」

采青和小忠子聞言更驚奇了，齊齊看著花顏，原來這就是飛天繡嗎？

花顏笑了笑，點頭：「你猜對了，是飛天繡，只是我長久不動針，生疏得很。」

雲遲溫柔地看著她：「不急，慢慢來。」

花顏點頭，這一世，自她出生起，就沒學做過繡活，如今能拿起來就繡，自然是倚仗四百年前身為花靜時學的，那時，獨步天下的繡工還沒失傳。如今她給雲遲繡香囊，第一次做繡活，也是送他的第一件禮物，不能隨便繡繡就算了，自然要用最好的繡工。

最好的繡工莫過於臨安花家百年前失傳的飛天繡了，天下聞名。

雲遲站在花顏身旁看了一會兒，不再打擾她，回轉身坐去了桌前，繼續批閱奏摺。

半個時辰後，雲遲批閱完所有奏摺，吩咐小忠子：「將這些奏摺，現在就派人送去議事殿。」話落，隨手一指，「這幾本，明日早朝堂議。」

小忠子應是，立即帶了人搬動奏摺。

雲遲擱下筆，這才又看向花顏，見她坐在燈下，眉目溫軟，看起來分外的嬌弱溫柔，賢淑端靜，手中的繡針比初始時嫻熟不少，一針一線，繡在香囊上，初見形狀的鳳凰木舒展華麗，好看至極。

他想起四百年前她的封號「淑靜」，這樣看來，確實人如封號。

他心中又不可抑制地嫉妒起來，想著四百年前，天下傳聞，帝后情深，淑靜皇后喜愛為懷玉帝作畫，有幾幅她的畫作流傳到民間，皇宮便收著兩幅。

他曾感歎後樑懷玉帝生不逢時，也曾看過那兩幅畫作。

不由得想著，除了畫作，她會的東西極多，他以深情待懷玉帝時，是否為懷玉帝洗手作羹湯？是否為懷玉帝繡過香囊，是否待懷玉帝也如如今待他一般，甚至更好？

他閉了閉眼，猛地打斷心中奔湧不息的想法，理智地克制住自己不能再想下去，否則她的癔症還沒找到解法，他怕是自己也會入了她的魔障。

花顏若有所感，抬起頭，向雲遲看來，他湧起嫉妒的面色正巧在這時克制地收去，她微微愣了一下，笑問：「想什麼呢？這般面色？」

雲遲輕抿嘴角看著她，須臾，倏地一笑：「我在想，你除了會繡香囊，還會做什麼？」

花顏揚眉看著他：「怎麼？你還有所求？」

雲遲頷首：「本宮忽然不喜御衣坊了，以後都想穿太子妃做的衣袍。」話落，他起身走到她身邊坐下，溫聲補充，「從內到外。」

花顏臉一紅，瞪了他一眼：「你的意思是想讓御衣坊的所有人都失業？人人私下裡罵我搶了御衣坊的飯碗？」

雲遲失笑：「不至於吧？」

花顏認真地看著他，肯定地說：「很至於。」話落，兩指捏著繡針，輕輕地避開針鋩拍了拍他，溫柔似水地說，「太子殿下，別太貪心，這輩子，太祖母、祖父母、爹娘，甚至於我哥哥，都沒穿過我一針一線呢。」

雲遲眸光動了動，趁機握住她的手，也失笑說：「罷了，被你這樣一說，我可不敢貪心了，這豈不是和整個花家人作對？」

花顏誠然地笑著看了她一眼：「難得你有自知之明。仔細針扎到你，還不快鬆手。」

雲遲鬆了手，同時說：「你已經繡了許久了，別繡了，仔細傷了眼睛，我們早些歇著吧。若是你不睏，咱們也可……」

「打住！」花顏瞪著他，用不是人的眼神。

雲遲無奈地好笑地伸手扶額：「我的意思是說，咱們也可躺下來說說話。」

花顏氣笑，放下了繡了三分之一的香囊。

二人躺在床上，花顏確實依舊沒多少睏意，便腦袋枕著雲遲胳膊與他說話：「你想說什麼？」她以為，今日被他打斷的話，是否如今想再提起。

雲遲卻笑著說：「說說我們的孩子吧？」

花顏睜大眼睛看著他，仔細地端詳了他片刻，見他一臉嚮往期待，無語好片刻，才摸摸他額頭說：「你想的是不是太早了？」

「不早。」雲遲握住她的手，手骨纖細皓腕如雪，身段嬌軟，躺在他懷裡更顯嬌弱，他把玩揉搓著她的手指說，「我們可以先想想他的名字。」

花顏深深地覺得雲遲今日魔障了，原來不做什麼的時候，他要聊的是這個，她還不知道能不能活到為他留下子嗣的那一日，她心裡又難受起來，但不想破壞他的心情，便語氣輕鬆地笑著說：「想名字的話，是不是先想男女？」

雲遲「唔」了一聲，「也對！那就先生個女兒，再生個兒子好了。」

花顏挑著眉梢瞧著他，側臉如畫，瑰麗得如江南煙雨下過之後上空的那一抹霞光，她搖頭，故意與他爭執說：「我就想要個兒子，不要女兒。」

雲遲臉上笑意一收：「為何？」

花顏哼唧一聲：「生女兒也是為別人養，生兒子是娶媳婦兒進門，才划算。」

雲遲失笑：「多慮了，皇家公主有自己的府邸，無論什麼時候，都是皇家人。」

花顏咳嗽一聲，倒忘了這事，她看著雲遲：「你喜歡女兒？為何？」

雲遲抱緊她，低頭輕吻她臉頰：「我雖見過你小時候的畫像，但卻沒陪著你長大，若是生個如你一般的女兒，我便從小就看著她長大，如看你一般，想必是極好的事兒。」

花顏心下觸動，好半晌，才低低地說：「我小時候調皮搗蛋不省心，哥哥恨不得把我扔去別人家換個人家的妹妹回來養。」話落，她又笑起來，「偏偏你還有這個想法，快快打住，免得到時候養著愁死。」

雲遲失笑：「不怕，再難養的小丫頭，落在我手裡，也要乖乖聽話。」

花顏嘲笑地看著他：「太子殿下啊！我真該把這話記下來，你可別到時小丫頭要星星你就摘星星，要月亮你就去摘月亮，誰聽誰的話，還不一定呢！」

雲遲笑出聲，摟緊她，柔聲說：「好，那你就記下來好了，到底是你說得對，還是我說得對，屆時生出來養著，就見分曉了。」

花顏又氣又笑，這好好地說話，轉眼倒被他當成了賭約了，不過誰要給他生女兒了？要生的話，也是兒子，像他一樣的，想必，那才是極好的一個小人兒。

二人說了一會兒話，就生兒子還是女兒，也沒討論出個所以然來，各有堅持。

夜深了，雲遲見花顏終於有了睏意，便輕柔地拍拍她：「睡吧！」

花顏已經睏了，但是不甘休地說：「兒子。」

雲遲失笑，見她已然睏得睜不開眼睛，還在固執地堅持著，他先敗下陣來，笑著點頭說：「好，聽你的，你說兒子，便是兒子。」

花顏終於心滿意足地睡了。

雲遲見她很快就入睡了，因今日他讓她變成了女人，如今她褪去了少女的那麼一絲絲青澀，眉眼間如水墨畫被打了那麼一層日光，綻開了淺淺的絢麗的風情，嬌媚得入骨，他看著她，恨不得時刻化身為狼。

他真是愛極了她，所以更難以想像，四百年前，懷玉帝怎捨得先她而死？

他不由得又想著，四百年前，末代帝后無子女。

他閉上眼睛，克制著，深深地知道不能再想了。

一夜無話，第二日五更，雲遲悄悄起身，前去上朝。他剛一動作，花顏便醒了，抓住他的手，迷糊地問：「去上朝？」

雲遲點頭，聲音帶著一絲好聽的暗啞：「你繼續睡，好好歇一日。」

花顏乖乖地放手，睏意濃濃地說：「好。」

雲遲逕自穿戴梳洗。

花顏閉眼睡了一會兒，又想起了什麼，問：「你晌午回來用膳嗎？」

雲遲想了想，說：「今日是有兩樁關於北地的要事兒，若是我被朝事兒拖住，晌午不能回來的話，派人知會你，你就逕自用，我晚上早些回來，可好？」

花顏又點頭：「好。」

雲遲實在是有些捨不得，他如今總算明白了那句「春宵苦短」的話，似乎剛剛躺下沒多久，時辰便到了早上了，以前時，他從不覺得夜裡漫長，如今方體會真是短暫。

他收拾妥當，又來到床前，低頭吻了吻花顏眉心，看不夠似地看了她片刻，才磨磨蹭蹭地出了房間。

出了房間後，他沒立即走而是對采青吩咐：「仔細照看太子妃，她未睡醒，不得打擾她。」

采青應是：「殿下放心，奴婢曉得，一定仔細侍候。」

雲遲又對方嬤嬤說：「待太子妃醒來，將天不絕叫來，再給她把把脈。藥膳也不得馬虎，讓廚房近來都仔細些。」

方嬤嬤垂首，笑著應道：「殿下放心，奴婢省得。」

雲遲也覺得沒什麼可交代的，但不囑咐一句他就像是心裡空落落的，終於出了鳳凰西苑。

小忠子明顯地感受到太子殿下不想去上朝的心思，十分驚異地覺得殿下被太子妃改變得可真是太多了。以前他從不敢想太子殿下這樣的人，怎麼有朝一日會不想去上朝呢！？

花顏在雲遲醒來後沒睡實，直到他磨磨蹭蹭許久才出了房門，又囑咐了兩句根本不必要囑咐的多餘話語，心中好笑又溫暖。

誰能想像到雲遲那樣冷清淡漠的一個人，會有如今這般的模樣？

她心裡愛極了的同時，卻又升起說不出的難受，她能陪他幾個春秋呢？她想著，便再也睡不著了，翻了幾個身，最終還是起了。

采青聽到動靜，有些驚訝，小聲問：「太子妃，您……起了？」推門進來，見花顏已穿戴好衣裙，小聲地說，「太子殿下剛走，還囑咐奴婢不得吵醒您。」

花顏笑了笑：「睡不著了，便起了。你去找天不絕，他若是起了，就讓他們過來一趟。」

采青應是，立即去了。

天不絕、安十六、安十七、花容等人都有早起的習慣，采青去喊時，四人倒也剛起，便收拾一番，立即來了西苑。

花顏收拾妥當，站在門口的臺階上，頂著晨霧看著天邊日色未升起前的那一大片火燒雲。

所謂「朝霞不出門，晚霞行千里」，這樣一看，近日裡又要有雨了。

如今大雨剛停，除了川河谷一帶，其餘的地方都或多或少也有災情，北地今年雨水不小，昨日有兩封摺子，便是北地受災的情況，其中一封摺子是一位朝廷的監察御史在北地的臨止縣被河水沖走下落不明一事。若她所料不差，這北地的導火線，怕是就從那位被水沖走的監察御史身上開始了。

天不絕和安十六、安十七、花容四人來時，便看到的是花顏倚著門框，看著東方的天空，臉上神色變化不明的模樣。

天不絕先是哼了哼鼻子，見花顏扭頭看來，他硬邦邦地開口：「臭丫頭，你自己難道不知道自己如今身子骨是個什麼狀況？怎麼能由著自己胡鬧得很。」

花顏笑了笑，無所謂地說：「男女紅羅帳暖這樣的事兒若是都能傷筋動骨，那普天下，還有幾個敢談嫁娶帷幔歡愉？一大早上的，大驚小怪什麼？我竟不知你這個神醫何時覺得我如紙糊如麵捏，風一吹就倒了？」

天不絕吹了吹鬍子，氣得反駁：「你如今難道不是風一吹就倒的身子骨？」

花顏誠然地笑道：「不是，我好著呢！」

天不絕又冷哼了一聲：「有本事別再嘔血昏迷，才是真叫好著呢！」

花顏斜眼看著他：「一大早上的，你吃了炮仗了嗎？」

天不絕這回沒了話，眉毛豎了豎說：「我是想警告你，別縱慾過度，不等找到治病的法子，先丟了命。」

花顏無語，念在他好心，也不再與他硬頂：「好好好，我省得了。」

天不絕見她嘴上承認，便也放過她，住了嘴。

安十六和安十七對看一眼，安十七向著花顏對天不絕說：「太子殿下是個有分寸的人，你多慮了。」

天不絕倒也承認雲遲知曉分寸，便也不再多說什麼，伸出手，對花顏說：「拿手來，我給你把脈。」

花顏將手遞給天不絕。

天不絕給花顏兩隻手都把了脈，撤回手說：「還行，沒壞到藥石無醫的地步，只要你不再嘔血，這身子好養得很。按照我的藥方子按時吃藥，用不了十天半個月，便能活蹦亂跳了。」

花顏不說話，請四人進屋，吩咐采青去廚房準備四人的早膳在西苑用，采青立即去了，屋中無人後，花顏示意花容多注意點門外動靜，花容機靈，頓時知道她有話要說。

花顏看著天不絕，壓低聲音說：「你可有使人不知不覺間能失去一部分記憶的藥？」

天不絕皺眉：「你問這個做什麼？」

花顏將她的打算低聲說了：「雲遲要陪著我生死相隨，我死活不能應允的。他有大志，將來南楚會在他的治理下，一日比一日強，千秋史冊，我都不想讓他的身上有任何的汙點。四百年前，懷玉是力不從心，江山是他的負累，我甘願與他生死相隨，上窮碧落下黃泉，但是如今雲遲不行，他好得很，江山不是他的負累，是他的千載功業，我不能誤了他，所以，我想問問你，若有這樣的藥，在有朝一日，我若是真不行時，便給他服下，讓他忘了我。」

天不絕聽完，難得一張滄桑的臉變了變。

花顏這樣子與其說是未雨綢繆，不如說是交代後事。

安十六和安十七的臉色也一下子變得發白。

安十七脫口說：「少主，您不能這樣想，您的……不見得真的無解，公子一直在找辦法，近來住在了雲霧山上不下來，興許很快就會有收獲，您不能自暴自棄。」

花顏搖頭，低聲說：「我沒有自暴自棄，只是，我想先安排好，方才踏實，否則這般，我每日都不能與雲遲踏實地在一起。」話落，她看著天不絕，「可有？」

天不絕看著花顏，許久，搖搖頭，又點點頭：「沒有，但是我可以研製出來。」

研製出讓人不知不覺間失去一部分記憶的藥，對天不絕這個醫術出神入化的人來說，不是一件極難的事兒。

花顏聞言鬆了一口氣，對他低聲說：「那你便琢磨著研製吧！在真的找不到辦法我天命大限之前，能夠給我就行。」

天不絕咬牙點頭：「你若是能活五年，我一定可以將藥給你了。」

花顏「嗯」了一聲，笑了笑，語氣輕飄飄，「五年雖也是奢望，但我儘量。」

「不是儘量，是一定要。」天不絕緊繃著臉說，「這藥對我來說，雖不十分難，但也不簡單，畢竟你只想讓他忘了你和你相關的事兒，其餘的都不忘，尤其是擱在太子殿下身上，這必須精準，所以，時間也不能太短，否則，我也做不到。」

花顏點頭：「好，我咬牙總能撐五年，哪怕……我覺得撐不到。」

天不絕不說話了。

安十六眼睛發紅：「少主這又是何必呢？何必把什麼事情看得這麼清楚明白？」

誰不知道糊裡糊塗得才會快活？可是花顏一直以來，心裡偏偏明白得很。

花顏淺笑，得知天不絕能製出藥來，她被壓得沉重的心思驟然輕鬆了，她懶洋洋彎著嘴角一笑：「人只有活得明白，才不會後悔，每一條路，都是一個選擇，不能糊裡糊塗的走，哪怕前途無路可走，也要明白地踏進懸崖，溝壑千重，也不能閉眼。」

安十六也沒了話。

安十七看著花顏，誠然地說：「無論什麼時候，少主都是我們的少主，少主的決定，我們臨安花家上下，哪怕是公子，都會隨您心意支援您的。」

花容在一旁表態：「十七哥哥說得對，我們都會聽十七姐姐的。」

花顏伸手摸了摸花容腦袋，笑容深了些，語氣輕柔：「十七乖，花容也乖。」

安十七猛地咳嗽起來，臉一時憋的通紅。

花容靦腆地笑笑，有幾分不好意思。

天不絕大翻白眼：「臭丫頭慣會收買人心，你做好了準備，安頓了雲遲，那你哥哥呢？就沒考量他？」

花顏收了笑，輕聲說：「哥哥有秋月在呢，況且，哥哥不必擔負江山天下社稷朝綱，不會耽擱芸芸眾生黎民百姓，哥哥便記著我吧，有我這樣的一個妹妹，他一直覺得是他的幸運，哪怕我有朝一日不在了，他也會幸運下去的。」

天不絕難得歎息一聲：「罷了，說這些憑白地讓人難受，況且五年，說短也不短，說不準就有法子了。」

花顏點頭：「有法子最好，我也不想死，但你答應我好好製藥，我才能寬心地活在當下。」

天不絕哼了一聲：「放心好了。」

幾人又說了一會兒話，用過早膳，天不絕安十六等人出了西苑。

花顏在四人離開後，便拿起昨日繡了三分之一的香囊來繡，采青陪在她身邊，見太子妃今日似乎心情很好，落針雖還是不緊不慢，但時而與她有說有笑，十分輕鬆，這種輕鬆舒坦，是她從骨子裡透出的。

方嬤嬤進來送了兩回廚房做的點心，也察覺了花顏和往日不大相同，這種不同，體現在眉眼間極為舒展的神色上，漫不經心地懶散和輕鬆隨意，似太子妃第一次來東宮時，她與秋月一起，就是這個模樣。

她覺得這樣的太子妃，說不出的讓人賞心悅目，喜歡與她親近，讓侍候的人見了她，也一陣輕鬆舒暢。

晌午時分，小忠子親自回了東宮一趟，告訴花顏，太子殿下被朝事兒拖住，不回來用午膳了，讓她自己用。

花顏笑著問小忠子：「太子殿下可是因為北地之事？」

小忠子點點頭，被花顏問起後，小臉上一片愁雲：「回太子妃，正是呢。要說這北地往年都省心，可是今年，偏偏趕在殿下朝事兒多時生出許多事端，近來有兩樁事兒十分棘手，殿下正在擇選人去北地督辦。」

花顏頷首：「讓殿下注意身子，將藥給他帶去，別忘記喝。」

小忠子聽得花顏關心雲遲，頓時又眉開眼笑：「奴才曉得。」

花顏在小忠子走後，對采青吩咐：「去打聽打聽，程子笑在哪裡？」

采青應是，立即去了。

不多時，采青回來，對花顏稟告：「回太子妃，程子笑此時在墨寶閣，據說他在墨寶閣訂了一批貨，正等在墨寶閣出貨呢。」

花顏當即放下了手中的繡活，對她吩咐：「讓管家備車，我去一趟墨寶閣。」

采青立即小聲說：「太子妃，殿下讓您今日休息呢！」

花顏笑著看了她一眼：「你看我這樣，是必須關在屋子裡哪裡也不能去的人嗎？」

采青搖搖頭。

花顏笑道：「那就走吧！」

采青只能點點頭。

方嬤嬤聽聞花顏要出門，立即攔住她：「太子妃，您要出門，那午膳呢？」

花顏擺手：「不在府中用了。」

方嬤嬤頷首，試探地說：「您只帶采青侍候太少了，京中雖安平，但也不是沒有肖小生事兒，您多帶幾個人隨扈吧！」

花顏失笑，京中就算有肖小，有人敢動到她的頭上嗎？基於方嬤嬤的好心，她笑著說：「我不喜歡帶太多的人，讓采青點幾個人，跟在暗中就是了。」

方嬤嬤點點頭，看向采青。采青立即表態：「嬤嬤放心，奴婢一定護好太子妃。」

出了垂花門，福管家已經備好了馬車，花顏見掛著東宮的車牌，便對福管家說：「將車牌摘了。」

福管家不解地看著花顏。

花顏笑著說：「我不想到街上後被人圍著觀看太張揚，出一趟門，整個京城的人都知道我去幹什麼了。」

福管家領會，連忙聽從吩咐，命人摘了車牌。

花顏和采青上了馬車，車夫駕著車出了東宮。

第七十三章 夢憶過往

街道上十分熱鬧，熙熙攘攘，人聲如潮。花顏頭上戴著笠帽，面前一層輕紗遮擋，外人看不到她面容，她卻能將外面看個大概，便由采青挑著車簾，坦坦然地欣賞著街景。

一路來到墨寶閣。

車夫剛停下，花顏便輕輕跳下了馬車，裙擺劃出一道優美的弧度，動作雖說不上淑女文雅，但偏偏好看極了。她一下車，惹得在門口搬東西裝車的夥計們都齊齊地轉頭看來。

花顏今日穿著一件翠青色的裙子，下擺繡了纏枝海棠，頭上的笠帽是青白色的，絹紗下她露在笠帽外的青絲烏黑絲滑，脖頸繫著絹花，身段纖細窈窕，雖不見容貌，但這般隨意灑脫的姿態中透著十分的素淨清雅，讓人一見便浮想聯翩。

采青見許多人向這邊看來，盯著太子妃，凶狠地瞪了回去：「再看挖掉你們的眼睛。」她明明是個豆蔻年華的小姑娘，但這一聲十分凶狠凌厲，頓時嚇退了一大片小夥計，齊齊地縮了縮脖子，不敢看了。

夥計們都不敢再看時，懶洋洋地站在門口的一個人卻例外地沒移開視線。

這人是名年輕男子，也約弱冠年紀，與花顏一樣，戴著笠帽，不過他的笠帽是黑色的，雖被笠帽遮擋，不見容色，但他行骨風流，懶散而站，頗有幾分意態。

他的視線不灼，但是直，落在旁人的身上，或許是極為不舒服，但是花顏卻不覺得，她偏頭瞅了露凶狠之相的采青一眼，頗有幾分好笑，這丫頭跟秋月學的，也變得凶了。

采青被花顏一看，乖乖地收了神色又站好。

花顏向前走了兩步，來到門口，程子笑面前兩步距離，淺笑地揚眉：「程七公子，久仰。」

程子笑瞇了一下眼睛，忽然伸手，手腕一抖，摘下了頭上的笠帽，露出他那張年輕的惑人的桃花容色來，看著花顏，一雙桃花面微微溢出三分的風流之態，嗓音輕魅風流：「在下不知竟在這裡有幸得見太子妃，同樣久仰。」

花顏笑了笑，程子笑這張臉，可比程顧之那張臉耐看多了。

她隨意地看了他一眼，笑著說：「程七公子若是方便，我做東，一起用午膳如何？」

程子笑先是愣了一下，隨即笑容蔓開：「在下雖十分榮幸得太子妃邀請，可不想吃完飯後被太子殿下打斷了腿。」

花顏淡笑：「不至於，太子殿下寬容和善，愛惜子民，程七公子不做違法犯忌之事，太子殿下不會打斷你的腿的。」

程子笑眉梢挑高，聞言不再客氣：「那就多謝太子妃了。」

花顏轉身，隨口問道：「山珍館，如何？」

程子笑微微訝異，仔細地瞧了花顏一眼，說：「無論是王孫貴裔，還是平民百姓，山珍館幾百年老字型大小，需提前半個月定席，太子妃難道早就定了席？」

花顏搖頭：「沒有。」

程子笑看著她，因她的口氣太隨意：「難道太子妃吃一頓飯還要以勢壓人？」

花顏失笑：「臨安花家在京城別無營生，唯這幾百年老字型大小，倒是留了下來。我去自家吃一頓飯，廚子還是會給面子做上一桌的。」

程子笑一愣，隨即失笑：「原來如此，倒是我多慮了。」頓了頓，道，「天下都在傳山珍館是皇家的產業，以至於幾百年屹立不倒，原來是花家的。」

花顏淡淡地瞥了他一眼：「是誰的不重要，能請程公子吃一頓無人打擾的飯菜就夠了。」

程子笑聽花顏話音，便知曉她是有話與他說，且還是絕密的不能被旁人知曉的話題，便收了笑：「借太子妃的光了，我早就想吃一頓山珍館了。」

山珍館的路程有些遠，花顏上了馬車，程子笑也上了自己的馬車。

兩輛馬車一前一後，離開了墨寶閣。

趙府的暗衛一直得趙宰輔吩咐盯著程子笑，此時見他跟一名女子走，那女子雖沒露真容，但她身邊跟著的采青露過幾面，熟悉的人還是曉得那女子十有八九是太子妃，連忙前去趙府稟告。

趙宰輔昨日從東宮回去之後便一下子病倒了。

說到底，銀子私庫是小事兒，他的官途和趙家的未來卻是大事兒。

鬱結之下，病來如山倒，一下子就臥床不起了。

他躺在床上，琢磨著問題出在哪裡，按理說，他做得私密，安書離不該知道才是，再加之程子笑與他多年關係，他的生意之所以能夠做大到遍布北地，也是因為他背後支持的緣故，程子笑沒理由背叛他堵死自己的路。

他想不通之際，還是讓人暗中盯緊程子笑，雖不至於動他，但也想弄明白。

這一日，暗衛稟告，說疑似東宮太子妃去了墨寶閣找程子笑，然後帶著他去了山珍館。

趙宰輔一聽，霍然地從床上坐了起來：「你說太子妃找了程子笑？」

暗衛頷首：「似乎是，太子妃戴著笠帽，不見容貌，但她身邊跟著的婢女是東宮太子殿下的人，在南疆時，撥給了太子妃，貼身侍候。」

趙宰輔縱橫朝堂一輩子，雖插不進去手攪動東宮，但是對於東宮的人手安排，還是能查探得門清的。他一時不解，臉色變化了一番說：「可查探到她找程子笑做什麼？」

暗衛搖頭：「不敢跟著太緊，太子妃背後有東宮的暗衛護著。」

趙宰輔心神不定地思索片刻，又重新躺下，說：「有臨安花顏插手的地方，素來不是小事兒，不知道她又打什麼主意？」

暗衛自然不敢接這話。

趙宰輔尋思半晌，也得不出個所以然來，閉上眼睛擺手：「罷了，暗中盯緊程子笑，待他與太子妃會面出來，便請他來一趟。」

暗衛試探地問：「可是來府裡？」

趙宰輔點頭：「往年不讓他來府裡，是不想讓人知曉他與我的關係，如今連太子殿下都知曉了，想必也早已經知曉我私下做的扶持他的那些事兒，罷了，讓他來吧！」

暗衛應是。

山珍館座落於一處安靜偏僻的巷子裡，車夫趕著馬車左拐右拐，拐了好幾條街，來到了北街處的山珍館。

雖然這一處地方十分背靜，但整整一條街全都是山珍館的地盤。整條巷子裡，排了一排馬車，或華麗的，或樸素的，足可見山珍館無論貧窮富貴，一視同仁。

東宮的車夫將馬車趕到山珍館門口，花顏從懷中掏出一塊牌子遞給采青：「將這個東西給掌櫃的，他自明白。」

采青應是，拿了那塊牌子，進了山珍館。

不多時，采青出來，背後跟著一名步履急匆匆的年輕男子，見到已經下了馬車站在車前的花顏，面上盡是喜色，連忙見禮：「十三拜見少主！」

花顏對他笑笑：「你什麼時候也來京城了？」

這年輕男子是安十三，是安十六和安十七上面的排行十三的哥哥，俊眉秀目，周身書卷氣，聽花顏問起，立即說：「昨日進京的，還沒來得及知會少主。」

花顏揚眉：「是哥哥的吩咐？讓你來京可有要事兒？」

安十三看了一眼另一輛馬車下來的程子笑，點點頭：「是公子的吩咐，確實有些事兒，稍後稟於您。」話落，他看著程子笑問，「這位可是與少主一起來的？」

花顏回頭看了程子笑一眼，說：「北地程家的七公子，裡面可有我們吃飯的地方？」

安十三立即點頭：「自然有，少主請隨我來。」

花顏頷首，示意程子笑與她一起進去。

程子笑點頭，跟在花顏身後。

二人由安十三領著進了山珍館，這山珍館外面看著背靜，只掛了一塊普普通通的牌子，進入了裡面才知道別有洞天，亭臺樓閣碧湖環繞著一處處獨立的精緻的雅舍，外面雖然數輛馬車，可見人不少，但裡面卻聽不到什麼喧鬧聲音。

這樣精緻的地方，還沒用膳，便可料想能夠傳承了幾百年，定然不負這口福。

安十三領著花顏穿過了兩道門扉，來到了一處獨立的小院：「就是這裡了，少主請，我去吩咐人布菜。」

花顏點頭，邁步進了屋舍內。

程子笑跟了進去。

只見屋舍內一應陳設十分考究，纖塵不染，古樸精緻，花顏擇了窗前的黃梨花木椅子落坐，程子笑也走到她對面坐下。

很快，有小夥計來到，沏了一壺上好的清茶。

花顏摘掉了笠帽，隨意地擱在一旁，端起茶來喝，並沒有急著與程子笑說話。

程子笑也不急，在花顏摘掉笠帽後，默默地觀察花顏，發現她果然如傳言一般極美，極賞心悅目，甚至可以說傳言她的美貌也不及此時他所見十之一二，但美貌尚在其次，她周身的氣度，閒適隨意，卻是他平生僅見。

他不由得暗暗地想著，怪不得太子殿下獨斷專行固執地非臨安花顏不娶，鬧得滿天下皆知他的執拗，原來臨安花顏確實與別的女子不同。

有一句話說，美人在骨不在皮，花顏便是這樣哪怕她容貌再好，也首先讓人忽略她的容貌，而注意到她一身閒散隨意淡然處之的氣質上。

見花顏喝完了一盞茶還沒有開口的打算，他終於放下茶盞，忍不住開口：「不知太子妃何故找在下，不如有話直說，你說完了，在下這一頓美食方才能吃得下。」

論比耐性，除了哥哥和雲遲，花顏不覺得誰能在她面前是對手。

只喝了一盞茶程子笑就坐不住了，也在她的意料之中，她端著茶盞輕輕地晃動，茶水沿著杯壁輕輕流動，她淺笑地看著程子笑：「恐怕我說完了，這一頓飯你就不想吃了，不如先吃？」

程子笑頓時瞇起了眼睛，眉梢挑起，一雙桃花面上盡是探究：「難道我擋了太子妃的路了？

要將我當作釘子拔掉？」

花顏失笑：「那倒不至於。」

程子笑道：「洗耳恭聽。」

花顏放下茶盞：「北地的生意你大約是做膩了吧？不如給我如何？」

程子笑的臉頓時變了：「太子妃什麼意思？」

花顏淡笑著說：「就是字面的意思。」

程子笑騰地站了起來，咬牙說：「恕難從命，哪怕你是太子妃。」

花顏笑看著他：「我就說嘛，程七公子先問了，這頓飯估計就不想吃了。」

程子笑臉色發黑，盯著花顏：「太子妃這玩笑開大了。」

花顏搖搖頭：「我沒與你開玩笑。」

程子笑想甩袖就走，但理智地知道花顏不會無緣無故找上他，他忽然想起了他曾對安十六說想拜會太子妃，賜教一番。安十六勸他還是不拜見為好，說她那樣的人，誰見了，誰悔恨終生。他當時挑眉，安十六說有朝一日，你見了就知道了。如今，他真是知道了。

可是，不是他主動找上花顏的，而是花顏找上他的，這倒楣就算躲也躲不過。

他看著花顏，黑著臉磨牙說：「太子妃這是要以身分仗勢欺人了？為何要我北地的生意，願聞其詳，在下可沒做膩呢！」

花顏看著程子笑，早先若說像一株桃花，那麼如今就像一株炸了毛的桃花，她笑著說：「你不是喜歡銀子也喜歡京城嗎？趙宰輔給你一成淮河鹽道，我給你三成，用淮河鹽道的三成利，換你北地的生意，如何？」

程子笑頓時一愣。

花顏慢悠悠地說：「淮河鹽道是重商之地，無異於兵之必爭，如今趙宰輔事敗，你以為你還能拿到他應允的那一成淮河鹽道嗎？他如今得罪了安陽王府，以後趙府無論做什麼事兒，安陽王妃都不會讓他順利，總會盯著他，趙宰輔這一回元氣大傷，離退不遠了，他再扶持不了你了，所謂人要往高處看，程七公子既然有心淮河鹽道，就是不想一輩子窩在北地吧？以整個北地，換淮河鹽道三成，長遠計考量的話，你也不虧。」

程子笑臉上的黑色漸漸散去，沉默片刻，看著花顏抿唇：「太子妃的意思我不懂，丟了北地，我等於沒了根基，還拿什麼來運營淮河鹽道？你這等於掏空了我的窩底。」

花顏淺笑：「我只要北地的生意，你這些年賺的銀子，有多少餘轉，還都是你的。而淮河鹽道，我也會讓花家人暗中幫你立足，要知道，要了淮河鹽道，你也就是皇商了，手也就伸向了京城，這天下之大，不止北地一處土地，天下第一首富將來也未必不是你的。」

程子笑心下一動，盯緊花顏：「我雖對臨安花家瞭解不深，但是這些年也不傻，自認比某些眼拙之人看得更明白，以太子妃花家少主的身分，太子殿下未來太子妃的身分，應該看不上我北地的那些生意，但為何非要拿取？請太子妃明示。」

花顏淡笑，語氣輕飄飄的：「這個簡單，倒也沒什麼不可說的，北地近年來有些亂七八糟，我看不慣了，想收拾一下。但以花家的名義，總會給家裡惹麻煩，你在北地的生意遍布北地，正好我可以打個幌子。」

程子笑是個聰明人，若是不聰明，也就不會以庶子身分把生意開遍北地了，固然有趙宰輔的扶持，但他也不是爛泥扶不上牆：「是太子殿下想要整頓北地？所以，太子妃要幫太子殿下，我說得可對？」

花顏另眼相看地瞧著程子笑，默認地笑道：「程七公子聰明，與聰明人打交道，就是省心省力。」

程子笑臉色凝重：「太子殿下首先要對付的就是程家吧？」

花顏挑了挑眉：「太后還健在呢，程七公子多慮了，太子殿下孝順，太后年歲大了，他不會惹太后傷心的。」

程子笑默了默，須臾，倏地一笑：「就是動了程家，我也沒什麼意見的，看著樹大根深，其實內裡早就腐朽了。」

花顏微笑：「這麼說程七公子做了決定了？同意了？」

程子笑重新坐下身：「我似乎沒有不同意的理由。」

花顏輕輕地叩了叩桌面：「那好，就這麼說定了。明日我讓十六來和程七公子對接，契書什麼的就不必找衙門過戶了，我要的就是程公子這個身分，東家還是你，但北地的一切主張，要聽我的。」

程子笑雖不捨，還是果斷地覺得，與太子妃做生意，比與趙宰輔做生意靠譜得多，畢竟這棵大樹比趙宰輔的那棵大樹要樹大根深得多。

誠如他自己所說，他愛美食與銀子。

今日花顏請他吃一頓美食，用北地的生意換淮河鹽道三成的利，他沒虧，且有野心，就是想做天下第一首富，他沒有拒絕的理由。

花顏與程子笑達成協議，也餓了，抬手擊了兩下掌，安十三帶著人從外面進來，頓時屋內一陣飯菜飄香。

山珍館傳承幾百年，自然有它的立足之道，皇宮大內的御廚，也不見得比得了。

程子笑愛美食，花顏也愛，於是安十三作陪，采青也在花顏的示意下坐下，四人也不多說話，用膳的動靜都極輕。

一頓飯，花顏心情舒暢，就連飯後采青端來的苦藥湯子也不覺得苦，一仰脖一口氣灌了下去。

安十三看著花顏喝藥，面上露出憂心之色，但沒有說什麼。

程子笑頗感意外，沒想到花顏似有病症，他狀似不經意地問：「太子妃身子不太好？」

花顏隨意地「嗯」了一聲。

程子笑仔細地打量花顏，她看起來瘦了些羸弱了些外，實在看不出像是有病的樣子，但他經營藥鋪，有個神醫谷的奶娘，所以，方才花顏喝那藥，他只需一聞，便知道不是普通的藥。

他不由的問：「這是天不絕開的藥？」雖是問句，但語氣卻是肯定的。

花顏揚了揚眉，笑著說：「只聞著藥便聞出是天不絕開的藥方，程七公子看來精通醫術。」

程子笑點頭：「我對醫術自小有些興趣，不過是聞著這藥不同尋常，加上聽聞天不絕在東宮，是太子妃帶來的人，有他在身旁，太子妃自然不喝別人開的藥了。」

花顏笑了笑：「那程七公子可能聞出這藥是用來治什麼病的？」

程子笑搖頭：「未曾聞出來，不過有一味藥，卻是治心疾的，可見太子妃的病，不是尋常普通病症。」

「程七公子於醫術上，確實有天賦。」話落，她不欲與他多說，對安十三道，「我有些累了，找個地方，天色還早，讓我先睡一覺。」

安十三站起身：「少主請隨我去後院。」

花顏點頭，站起身，拂了拂衣袖，對程子笑說：「程公子自便吧！再會了！」話落，隨著安十三出了房門。

采青立即跟了出去。

程子笑看著花顏隨手戴了笠帽離開，笠帽遮住了她那張傾城絕色的容顏，她的身影走遠不見後，屋中只剩下了他自己一人，他沾了茶水，在桌子上寫了「心疾」，又寫了「補心」，然後再寫了「養血」，寫完之後，看了片刻，拂手擦掉了桌子上的字，一時間若有所思。

花顏被安十三領著到了後院，進了屋，打發采青守門，無人時，對安十三壓低聲音問：「哥哥派你進京，是否關於我？說吧！」

安十三點頭，也壓低聲音，用兩個人能聽見的聲音低聲說：「公子查到，皇室關於雲族禁術的古籍，在太祖爺駕崩前，供奉在了皇宮的一處溫泉池內。」話落，他看了花顏一眼，「還有淑靜皇后的冰棺，以及太祖爺的骨灰。」說完見花顏沒反應，提著心又說，「公子得知那一處有太祖爺留的一支暗衛看守，不亞於蠱王宮，所以，特命屬下帶著人來幫少主，您既不想讓太子殿下知曉您的病症，只能暗取了。」

花顏聽著安十三的話，久久不語。

她從花家來京前，本來是打算暗中進宮查探南楚皇室留下的關於禁術的祕笈，可是來了之後，她踏進皇宮兩次，一次是陪雲遲在議事殿，一次是拜見皇帝太后，一次癔症被她壓下了，一次在高閣處她壓制不住，癔症發作，嘔血昏迷，性命垂危，天不絕和雲遲將她從鬼門關拉了回來。

也正是因為這一次癔症發作得厲害，讓她深刻地認識到她哪怕構築起最堅固的心房，也擋不住洶湧而來的衝擊，她只看一眼那處皇宮的禁地，便險些要了命，只怕她真正踏足進去，大約會乾脆地死在那裡。

所以，她還沒打算去闖皇宮的那處禁地。

早先她打定主意瞞著雲遲，但是在高閣時，她沒能控制住，便那樣嘔血昏迷在他眼前，雲遲聰明已有猜測。她心疼他因不敢逼問她不睡覺地查史書，只能瞞了魂咒之事，其餘的都和盤托出了。

如今，這剛過了一日而已，她尚不知雲遲是什麼想法。

南楚的皇宮不同於南疆的蠱王宮，雖同是有暗衛看守，對於南疆的蠱王宮她可以沒有顧忌放心大膽的謀劃，可對於南楚的皇宮禁地，她卻不敢輕易踏入。

一旦踏入，不說會驚動皇帝，也許還會驚動朝野文武百官，不是在南疆時天高地遠能輕易掩蓋下的。

更何況，即便她敢踏進去，若是她的目的太明顯的話，魂咒之事也許就瞞不住了。

安十三見花顏久久不語，試探地看著她：「少主？」

花顏打住思緒，對他低聲說：「此事容我好好想想，暫且不要安排，太子殿下除了不知我中的是魂咒外，其餘的我皆告訴他了。」

安十三一驚，睜大眼睛：「您……親口告訴太子殿下了？」

花顏點頭：「在皇宮的高閣內，他與我說起那處禁地，提到太祖爺在淑靜皇后死後，沒讓入前朝陵寢，屍體就放在那處禁地的溫泉宮內，我聽了，一時受不住發作了，被他猜到了，索性就告知他了。」

安十三頗有些揪心地看著花顏提起此事，仍有些發白的臉，壓低聲音問：「那您告訴他後，太子殿下是什麼想法?可有決定?」

花顏想著雲遲當時嫉妒得發了瘋，他一直都克制著在她身體未好之前不碰她，可是昨日偏偏忍不住，不讓她繼續說了，瘋狂地要了她。

她想起昨日，臉不自在地紅了紅，撇開臉，看著窗外輕聲說：「我還不知道他什麼想法，等等吧，先不要有什麼動作，興許……」她頓了頓，低聲說，「他對那處禁地自有道理，用不到咱們安排也說不定。」

安十三發覺花顏神色不對，但闖皇宮禁地不是小事兒，既然雲遲已然知曉些事情，自然要經過他，他見花顏如此說，也不再多問，遵從道：「聽少主安排。」

花顏有些累了，安十三出去後，她索性便在房中的軟榻歇下了。

采青守在門外，不打擾花顏。

花顏躺了不多久，便睡著了，迷迷糊糊地竟夢到了四百年前太祖爺兵臨城下，雖然兵馬未攻城，但帝京城內一片兵荒馬亂，她陪著懷玉帝坐在高閣上，彼時那一處高閣還不是前兩日雲遲帶著她登上的那處高閣，但從高閣上，能望到整個帝京城。

懷玉看了許久，對她說：「靜兒，後樑江山終究是在我手中毀了。」

身為淑靜的她白著臉看著帝京城的一切，沒說話。

懷玉又說：「我愧對後樑列祖列宗，九泉之下，總要去請罪的。」

她緊緊地握住了他的手，輕聲且鄭重地說：「我陪你一起。」

懷玉聽了這話，似乎對她笑了笑，那笑容一如幾年來他待她一樣溫暖，如日色之光，伸手摸了摸她的頭，溫聲說：「你還這麼年輕……」

這句話，似愛重，似歎息，似有著綿延不絕的悵然。

她偏頭瞧著他，他臉上是不正常的蒼白，身姿瘦弱，身上的明黃袍子為他鍍了一層金光，更襯得他的臉如玉溫和，他一直以來身子便不好，苦苦支撐後樑江山，她心疼不已地說：「你也只比我大了兩歲而已，我年輕，難道你很老嗎？」

她二十一，懷玉也不過二十三而已。

懷玉笑著點頭：「嗯，我心裡很老了。」

她想到他自小到大，嘔心瀝血，心境早已滄桑，又難受起來，輕聲說：「無論如何，我都陪著你，上窮碧落下黃泉。」

她這話不是玩笑，鄭重地說出來，是她早就做好的打算，堅定得沒半絲波動。

懷玉身子似震了震，半晌，才笑著將她攬到懷裡，輕輕呢喃：「傻丫頭。」

這句話，便成了最後一句話。

然後他們下了高閣，她陪著他去御書房寫拱手山河的最後一道聖旨，她站在御書房外看著日落西山，想著這殘破的山河落幕，一夜的夜涼露重洗禮，她與懷玉與後樑江山一起落幕，明日一早，太陽升起，便是新的江山天下。

而她與懷玉，永世都不分離。

送旨的公公走出宮門許久，她也不見懷玉出來，裡面也無動靜，厚重的門似乎將她隔絕在外，她終於察覺到不對，猛地推開了門，入眼看到的便是懷玉坐在玉案前，似趴著睡著了，他的手臂垂落在身側，面前倒著一盞酒盞……

她瘋了地去搖他，伺候的小太監才哭著說：「陛下去了，陛下留話，請皇后好好活著。」

是他故意丟下了她，先一步走了。

她哭不出聲來，心裡卻難受得似萬千利刃在淩遲她，她拿出早已準備好的毒酒，小太監哭著爬到她腳下，抱著她腳裸哀求：「皇后娘娘，您不能啊！陛下……」

她看也不看小太監，仰脖飲了毒酒，然後，踢開哭得幾乎斷氣的小太監，伸手抱住懷玉已經僵硬了冰涼的身子：「上窮碧落下黃泉，你都不能丟下我……」

可是，雲霧茫茫，彼岸茫茫，生死茫茫，他到底是把她給丟下了，再也找不到了。

她終於難受地哭出聲來，任眼淚恣意地流淌。

「花顏！」

有人在喊她，十分焦急緊張，似比她還難受。

她不想理，但是耐不住一聲一聲的急迫，她茫然四顧，雲霧突然破開，她也倏地睜開了眼睛，眼前映出雲遲的臉。

雲遲這一張容色，舉世無雙，容冠天下。

此時一臉的難受心疼，但眉眼溫潤柔和，伸手抱著她，溫聲說：「做噩夢了嗎？我剛來，便見你睡得不安穩，哭得這般傷心欲絕，讓我難受得很。」

花顏怔怔地看著雲遲，這才發現，她已經是滿臉淚痕，乍然看到他，仍是心悸不已。

她不說話，只看著他。

雲遲用指腹擦了擦她眼瞼處的淚，淚被擦掉，眼前驟然清晰起來，也將她從夢中拉了出來，她恍然地記起，這裡是山珍館的後院，安十三給他安排的房間。

她定了定神，終於開口，嗓音沙啞：「你怎麼來了這裡？」

她看了一眼天色，天色還早，她不過是睡了一小覺而已，不成想，便做了這樣真實的夢。四百年前似倏地轉換到了今日，一時讓她仍覺得撕心裂肺，緩不過來。

雲遲見她臉色蒼白，全無血色，不說夢到了什麼，不說為何而哭得這般揪人肺腑，他隱約地猜到，大約是夢到了四百年前，可見何等的根深蒂固。他壓下難受，低聲說：「我處理完事情，想早早見你，聽聞你不在東宮，來了這裡，便到這裡來接你。」

他覺得他是一刻也離不得她，僅僅大半日不見，就相思入骨，恨不得拴她在身邊，著實沒出息，可是來到這裡，見她在睡夢中哭得揪心扯肺，忽然覺得沒出息算得了什麼，只要她好好的，無論是夢裡，還是醒著，都對他言笑晏晏便夠了。

花顏看著雲遲，伸手勾住了他的脖子，將頭埋在他懷裡，似取暖一般，好一會兒，才哽著嗓音低聲說：「雲遲，這世上最要命的便是情深似海，你少喜歡我些吧！」

雲遲搖頭：「未見你時，我便早已經情深似海，如今是一分也少不得了。」

花顏被一場夢折磨得筋疲力盡，如今黏在雲遲的懷裡，怎麼也不想鬆手。腦袋不甚清醒地想著，她今日怎麼就會夢見四百年前最後那一幕了呢？

懷玉刻在她靈魂深處，已經刻了許多許多年，但從未入過夢。

雲遲抱著花顏靜坐了片刻，輕輕地拍著她後背，做著無聲的安撫。

過了許久，花顏心緒平靜下來，從雲遲的懷裡抬起頭，看著他，還是如實相告：「我是做夢了，但也說不上是嚇人的噩夢，就是我夢到了四百年前最後時的情形了。」

雲遲抿唇，雖然嫉妒讓他發瘋，但還是問：「是什麼樣的？」

花顏低聲說了。

雲遲伸手抱緊她，嗓音低柔：「無論對錯，都已經斗轉星移了，別再想了。」
花顏點頭，聲音輕飄，眼神迷離：「是啊！斗轉星移了。」
雲遲心疼地看著她，又是嫉妒又是難受：「你如今有我了，就別想他了。」
他這這語氣帶著深深的吃味和醋意，花顏聽著愣了一下，忽然扯開嘴角，伸手彈了彈他眉心，驀地泄了周身的緊繃和濃霧，語氣也嬌軟下來，帶著親昵：「是呢，我如今有你了。」
四百年時光長河，更何況隔著生死和陰陽，她已經找不回來，明明也知道再念著無用，但是魂咒刻在靈魂裡，由不得她。
不過她雖做不了自己靈魂的主，但總能作得了自己心裡的主。
她是愈來愈深地喜歡上了雲遲，心裡清楚明白得很。
雲遲見她心底鬆快了，伸手拉起她：「走吧，我們回宮！讓你做這等夢，以後不要來了。」
花顏沒意見，隨著雲遲起身，理了理衣裙，攏了攏散亂的髮髻，隨著他出了房門。
安十三站在門口，恭謹地見禮：「太子殿下。」
雲遲正兒八經地打量了安十三一眼，隨意溫和：「有什麼事情，可隨時去東宮。」
安十三點頭：「多謝太子殿下。」話落，看向花顏。
花顏已重新戴了笠帽，畢竟一雙眼哭腫了，笠帽到底能遮著些：「程子笑可離開了？」
安十三搖頭：「程七公子還未走。」
花顏想了想說：「他若是喜歡待在這裡，就給他安置一處地方。」
安十三應是。
花顏不再多說，與雲遲出了山珍館。

坐上馬車，走了一段路後，雲遲忽然說：「山珍館開了有四百年了吧？」
花顏一怔，點點頭，模稜兩可地說：「是吧！」
雲遲看著她：「臨安花家的產業，你不曉得？」
花顏搖頭：「對於京城的產業，我沒多留心，素來不大在意，還真不知山珍館開了有多久了，只知道也就幾百年的事兒。」
雲遲凝眉：「你第一次來山珍館？」
花顏點頭：「嗯，第一次。」
雲遲握緊她的手：「你以前，可曾做夢哭成這般？」
花顏搖頭：「我鮮少做夢，這種夢，更是從來沒有，多少年了，我沒夢見過他。」話落，她揉揉眉心，笑了笑，有些無可奈何，「倒不知今日為何，偏偏做了這個夢。」
雲遲忽然吩咐車夫：「掉頭，折回山珍館。」
花顏納悶地看著他：「怎麼了？為何要折回去？」
雲遲抿唇：「你只在山珍館歇了短短的功夫，便做了這樣一個夢，我覺得倒不似尋常，再去那間屋子看看。」
花顏頓時意會：「你的意思是……」
雲遲揣測道：「也許是有什麼讓你發夢的東西也說不定，還是去看看。」
花顏頷首，不再多言。
聽到有人稟報雲遲和花顏折返回山珍館，安十三愣了愣，連忙又迎了出來：「太子殿下，少主！您二人可是落了什麼東西？」

雲遲看著安十三，停住腳步，眉目不復早先溫和，帶著些冷意：「山珍館自開業起，經營多久了？」

安十三被問得一愣，不由看向花顏。

花顏對他說：「太子殿下問什麼，如實回答就是了。」

安十三想了想，立即說：「四百年前。」

雲遲面色寡淡：「是末世時，還是新朝建立時，具體些。」

安十三立即說：「末世時。」

「有沒有山珍館的卷宗？」雲遲又問。

安十三頷首：「有的，太子殿下若是要看，我這就去取來。」

「好。」雲遲拽著花顏的手往裡走，同時吩咐，「送回剛剛那個院子和那個房間。」

安十三雖心中納悶，但也不多問，應了一聲，立即去了。

雲遲與花顏重新來到了那處院子，房間乾淨，陳設古樸，有幾樣東西價值連城，早先花顏來休息時沒仔細看，如今方才注意到。

雲遲沿著房間轉了一圈，又在花顏躺過的床榻上看了看，沒發現什麼，便拉著花顏坐去了窗前的椅子上，等著安十三送來東西。

不多時，安十三拿了一卷卷宗來到，恭謹地遞給了雲遲。

雲遲伸手接過，翻開閱覽，看了兩頁，目光便定在一處，眼底暗潮翻湧。

花顏湊過身，對他輕聲問：「怎麼了？可有什麼問題？」

雲遲偏頭看了她一眼，眼底似有什麼壓制不住，但也沒避著花顏，將卷宗攤開在她面前。

花顏低頭去看，只見有一行字寫著，「懷玉帝幼年時設山珍館，時常來此會見有識之士，帝臨終前，將山珍館託付給臨安花家家主花恒，永代相傳。」

花顏嘴角有些發白，也就是說，這山珍館，原來是懷玉的，後來給了花家，這事兒她卻一直不知道，原來，她睡的這間屋子，這個床榻，便是四百年前懷玉曾時常待過的地方嗎？

她坐著的身子晃了晃。

雲遲伸手攬住她：「坐在馬車上時，我忽然想起，這屋中有幾件擺設，是前朝古物，便想著，你今日之所以做噩夢，想必這地方有些不同尋常，沒想到竟是這麼不一般。」

花顏沉默地不說話，她此時甚至能想到懷玉以什麼坐姿，與人閒談政事，甚至更能想到他談政事時神態如何，語氣如何，舉止如何，她閉了閉眼睛，將頭忽然又埋在雲遲懷裡，聲音暗啞：「走吧，我不想待在這裡了！」

雲遲丟開卷宗，攔腰將花顏抱起，幾步便出了房門。

安十三臉色也有些白，沒想到原來花家在京城傳承了幾百年的山珍館，是懷玉帝臨終前託付送給花家的！他來了山珍館後，也不曾看過這卷宗，今日找出來，卻沒想到知曉了這件事兒。

重新坐回馬車上，花顏閉著眼睛，任由雲遲抱在懷裡，腦中渾渾噩噩地想著四百年前懷玉估計早就知道她是花家的花靜，她雖然封號淑靜，他卻一直不喊她淑靜，從來都喊她靜兒，她卻是一直到死都沒發現個中緣由。

他是安排好一切去的，所以，離去時，才那麼平靜安詳。

她身子發顫，死死地抱著雲遲，低啞的聲音哽在喉嚨，許久才出聲：「雲遲，我……」

她想說我受不住了，但想到他怕是不比她好受，近來一直受她折磨，縱然是心裡再有強大的設防，也禁不住她的折騰，於是，她又住了口。

雲遲將她摟緊，又如早先一般輕輕地拍她：「花顏，你有我，我是雲遲，我比他好。」

花顏的心奇跡地定了定，身子不再顫抖，忽然安靜了下來。

雲遲微鬆了一口氣，又低聲說：「一個棄你不要且還在來生折磨你的人，他哪裡好呢？不值得你刻骨銘心，永世不忘。」頓了頓，又低聲說，「我，會比他好！」

花顏睫毛動了動，手臂環緊他的腰，許久，細若蚊蠅地應了一聲。

雲遲低頭看著她，嬌柔的人兒，不盈一握，輕得沒有分量，此時軟軟柔柔的，讓他愛極了，他忍不住地教她說：「你說，雲遲最好了！」

花顏抬眼瞅他，雲遲青泉的眸光一眼望到底的情緒，瞳孔裡，滿滿地裝著都是她，她心裡翻湧的情緒頓時悉數散去，扯動嘴角，順著他的話說：「嗯，雲遲最好了！」

馬車回到東宮，來到垂花門前，雲遲下車，抱著花顏回了鳳凰西苑。

花顏在山珍館歇息那片刻，夢到前世臨終前一幕，耗盡了力氣，雖未嘔血昏迷，但到底又傷了精氣神。在雲遲抱著她進了房間，將她放在床上時，她已經疲憊地睡了過去。

雲遲給她蓋上薄被，便坐在床邊看著她。

花顏的呼吸似乎也透著幾分虛弱感。

雲遲攏了攏她散落在枕畔的青絲，站起身，出了房門。

采青站在門口，見雲遲出來，小聲地福身見禮：「太子殿下。」

雲遲點頭，低聲吩咐：「太子妃睡了，你進去陪著她，本宮去見天不絕。」

采青點了點頭，悄聲進了屋。

雲暹出了西苑，去了天不絕的住處。

天不絕正在搗騰研究怎樣讓一個人失去關於另一個人所有記憶的藥方。東宮的庫房裡有許多珍貴的藥材，一直都閒置著，如今他來了，算是派上了用場。

早先得了花顏的囑咐，他對於魂咒半絲不解，所以，只能先琢磨這個。

雲暹來時，便見天不絕一副苦惱的模樣，他看了一眼他面前擺著的幾種藥材，沉聲開口：「是給太子妃研究藥方？」

天不絕研究的認真，而雲暹又沒讓人報知他，突然聽見雲暹的聲音，他嚇了一跳，猛地抬頭，見雲暹站在他身邊的桌前，他頓時有些心慌：「太……太子殿下，你什麼時候來的？」

他懷疑剛剛自己有沒有自言自語說了不該說的被雲暹聽到了。

雲暹淡淡地說：「剛來不久，我問你，你這是研究在給太子妃用藥？」

天不絕聽這言語鬆了一口氣，心思轉了轉，愁眉苦臉地說：「是啊！可是老夫左思右想，也不得其解，找不到治太子妃癔症的好法子。」

雲暹坐下沉聲說：「她讓你瞞我的，無非是四百年前之事，她已告訴本宮了。今日，本宮忽然想著，她的癔症，有沒有可能是她自己的執念？因執念太深，才自己禁錮了自己的靈魂？」

天不絕一愣。

雲暹眉目溫涼，眼底湧著深深的情緒，語氣低暗：「天生癔症，是不是生來的執念？執念太深，自己把自己困住了？」

天不絕看著雲暹，試探地問：「太子殿下的意思是，癔症是她的執念？若想要解除，就是消弭了她的執念？」

雲遲頷首，沉聲道：「我是這個意思，所以，來問問你，是否覺得有道理？」

天不絕聞言心砰砰地跳了幾下，深深地思索，想著太子殿下不知道她的癔症其實是中了魂咒，但卻有這樣的想法，把癔症代替魂咒的話，那豈不是說她的魂咒是自己給自己下的？

他猛地搖搖頭，若是自己給自己下了魂咒，她自己如何會不知呢？甚至公子猜測是懷玉帝給她下了魂咒，而她自己也說不明白。

他一時心驚不已，看著雲遲說：「太子殿下因何有這等想法？是不是發現了什麼？」

雲遲將花顏今日在山珍館做的夢簡單地說了，然後看著天不絕道：「哪怕是懷玉帝生前待過的地方，都足夠她夢上一場，這樣豈不是執念太深？」

天不絕點頭：「這樣的話，可以說是執念太深。」

雲遲薄唇抿成一線，看著天不絕，聲音驀地低了低：「有沒有能夠讓她失憶的藥，最好連靈魂深處的東西也能忘得乾淨。」

天不絕猛地睜大了眼睛：「失憶的藥？」

雲遲沉沉地頷首：「哪怕他忘了我也好，但至少，不會每逢想起，或者遇到事關前朝末代之事便發作。」

天不絕一時只覺得驚心膽顫，他沒想到今日一早花顏找他要失憶的藥給雲遲，而晚上雲遲就來找他要失憶的藥給花顏。這二人還都是為對方打算。

他壓下心驚，思索片刻，對雲遲搖頭：「刻在靈魂裡的東西，不是凡俗的失憶藥能夠抹平的，若是抹平，也只會抹平當世也就是目前的記憶。」

雲遲暗下臉：「也就是說，失憶藥無用了？」

天不絕頷首，雲族的魂咒豈能是普通的凡俗藥物能解？失憶的藥自然也不管用，所以，失憶的藥，對花顏來說，大體是沒用的，若是能的話，也許只能用雲族的術來抹平，但是雲族有什麼靈術能匹敵禁術魂咒？至少他沒聽說過。否則也不會有魂咒是禁術，無解的說法了。

但是花顏要求的就不同了，讓雲遲失去關於她的所有記憶，這藥雖然要經過長時間研磨，但卻不是不可能實現的事兒，只是需要時間。

雲遲抿唇，沉默了片刻，說：「你是神醫，研究醫術一生，你心中對她的癔症想必有些隱約的想法，與本宮說說。」

天不絕點頭，除了魂咒一定不能讓雲遲知道外，別的他倒是可以說說，他捋著鬍子說：「太子殿下能喊醒太子妃這一點，甚是關鍵，老夫不知為何殿下能喊醒她，想必這一世她與殿下，是天定的緣分，與她的癔症，可以揪扯拉鋸一番。」

雲遲點點頭：「還有呢？」

天不絕尋思著又道：「她愈不能接受的東西，愈要擺在她面前，躲避逃避不是法子，畢竟事情始終擺在那裡。所以，老夫覺得，她更應多接觸讓她癔症發作的事物，只要壓制著不讓她嘔心血，便不會有性命之憂。」

雲遲又點點頭：「還有嗎？」

天不絕歎了口氣，本來想說雲族的術法南楚皇室承接了一脈，太子殿下可以仔細地研究琢磨一番，但怕說出來以雲遲的聰明會想到魂咒，那麼花顏一定會掐死他，只能作罷地搖頭：「如今老夫能想到的，也就只有這麼多了，老夫給她開的藥方，大多都是補心血的藥，只要心血不耗損沒，她身體就不會有事兒，至於靈魂裡的東西，老夫也沒法子。」

雲遲盯著他，敏銳地說：「你是不是還有什麼事情瞞著我？」

天不絕連忙拱手：「老夫不敢。」話落，道，「老夫認識太子妃十多年了，但凡有一絲法子，老夫也不會眼睜睜地看著她一次次癔症發作，太子殿下相信老夫，但凡為她好的事兒，老夫是不說二話的。」

雲遲聞言似是相信了，站起身，沉聲道：「罷了，本宮也不逼你，你真是為她好便好。」說完，出了天不絕的住處。

天不絕看著雲遲走遠，直到不見了身影，才長舒了一口氣，暗暗地想著，不愧是太子殿下！他不過是歎了一口氣，便被他險些抓住，南楚皇室建朝四百年，歷代子孫為了皇權帝業，雲族的東西承襲的不如花家多，連花灼和花顏都沒法子的事兒，雲遲也不見得有法子，無非誠如花顏所說，若是知曉魂咒，怕是害了他。

如今南楚雖也是有動盪，但到底天下百姓也算是安居樂業，哪怕時而有兵戰動亂，也禍害不到黎明百姓身上，雲遲是南楚江山新一代的繼承人，他確實不能被毀了。

雲遲出了天不絕的住處後，沒有回鳳凰西苑，而是備車進了皇宮。

他徑直來到溫泉宮的禁地外，負手而立，看著宮門。

駐守溫泉宮的暗衛識得雲遲，一位暗首模樣的人現身，恭敬地見禮：「太子殿下。」

雲遲眉目涼薄，眼底暗沉，看著眼前的人，一身黑衣，黑紗遮面，全身上下包裹得嚴實，只露出一雙眼睛，看不到容貌，哪怕在他這個太子面前，不露真容，也不會被治大不敬之罪。

這是太祖爺留下的一支暗衛，生活在皇宮，但卻不歸後世皇室子孫管，無論是皇上，還是身為太子的他。

所以，自從太祖爺駕崩以來，幾百年，南楚歷代皇室子孫，無一人敢闖進這片禁地。

這一片禁地，是與太祖爺打下來的江山一樣長存了幾百年。

這一支暗衛，幾百年來，不生事，不闖禍，不禍國，似乎不沾染塵埃，只守著這裡，代代相傳。

雲遲曾經也沒想過要闖進這處地方，免得不敬先祖。

可是如今，他不得不來。

第七十四章　天生的執念

雲遲看著面前的黑衣暗首，暗首對雲遲見完禮後，也不卑不亢地看著雲遲。

雲遲沉默地看了暗首片刻，緩緩開口：「本宮想進溫泉宮，在什麼樣的情況下才能進入？」

暗首猜到雲遲既然來這裡，想必不為別事兒，如今見雲遲開口便是這樣的話，垂首，木著聲音說：「回太子殿下，太祖爺有令，江山不傾，後世子孫不得踏足。」

雲遲微眯了一下眼睛，沉聲問：「什麼叫做江山不傾？」

暗首木聲回道：「天下亂，社稷崩，朝綱塌，國將亡。」

雲遲忽然笑了一聲，嗓音寡淡而孤冷：「天下不亂，社稷不崩，朝綱不塌，國家不亡。但是本宮就想進去拜拜太祖爺，又當如何？」

暗首木聲說：「太祖爺有令，任何人闖入，殺無赦。」

「無論是父皇，還是本宮，亦或者皇祖母，都不例外？」雲遲盯著他問。

暗首點頭：「都不例外。」

雲遲不再言語，又看向眼前溫泉宮的宮門，宮門厚重，玄鐵鑄造，宮牆深深，一眼望去，除了看到玄鐵的門，只能看到一片宮牆，其餘的，什麼也看不到。

雲遲負手站了一會兒，對暗首說：「你覺得太祖爺留下你們這一支暗衛，與本宮東宮的暗衛相比如何？」

暗首一怔。

雲遲眉目溫涼：「南疆的蠱王宮累世傳承了千年，如今已然不復存在，你覺得你們與南疆的活死人暗人相比如何？」

暗首眼神瞬間變了。

雲遲寡淡地道：「本宮想進這溫泉宮，便與你明說了吧！給你三日的時間考慮，三日後，是你打開宮門，讓本宮進去，還是本宮破開這宮門，自行進去，你選擇一個。」

暗首心下一震，看著雲遲，見他不似玩笑，周身氣息低暗沉冷，他默了片刻，木聲說：「太子殿下是要破壞太祖爺的遺詔嗎？」

雲遲笑了笑：「太祖爺一生英明睿智，本宮作為太祖爺的後世子孫，按理說，不該不遵遺詔不敬太祖爺，但本宮有非進溫泉宮不可的理由，也只能不顧遺詔，大逆不道了。」

暗首又沉默下來。

雲遲深深地看了他一眼：「你好好考慮，太祖爺留的這一支暗衛，四百年來，代代相傳，守護這一處禁地，一代一代，可膩了？」

暗首垂下頭，不語。

雲遲不再多說，轉身離開了溫泉宮。

暗首目送著雲遲身影離開。從雲遲出生被立為太子之日起，數年來，他以太子之尊，文治武功，當世少有，名傳天下，為世人所稱頌，儼然成為南楚歷時數百年來的一顆冉冉之星。

太祖爺留下的這一支暗衛，傳承了四百年，守護禁地，從來無人敢闖，也就不曾與人交過手。很難斷定這一支暗衛是不是能抗得過東宮的暗衛。

雲遲走出禁地不遠，王公公迎面匆匆而來，見到雲遲，連忙見禮：「太子殿下。」

雲遲「嗯」了一聲，停住腳步，「父皇有事兒？」

王公公偷偷看了雲遲一眼，只見他眉目一如既往地溫涼，周身氣息如常，但他在皇帝身邊侍候多年，自小看著雲遲長大，隱約能分辨出他心情不好，他頓時小心謹慎了些，小聲說：「皇上聽聞您去禁地了，便打發奴才過來看看。」

雲遲淡聲道：「也沒什麼，就是過去看看。」

王公公不覺得雲遲只是隨便地過去看看，從小到大，太子殿下也不曾踏足禁地，他低聲咳嗽了一聲：「那……老奴就這樣對皇上回話？」

雲遲「嗯」了一聲，隨意地說，「就這樣回吧！你與父皇說，讓他好好養身體，別操心太多，勞累太過，過兩年沒力氣看孫子。」

王公公不由得樂了，笑著垂首：「是，老奴一字不差地回給皇上。」

雲遲不再多言，向宮外走去。

王公公在雲遲走遠，向前看了一眼禁地，暗自裡也琢磨不出太子殿下為何來禁地，也不敢胡亂猜，連忙折回了帝寢殿。

雲遲出了宮門，回到東宮。

他回宮時已然天黑，進了西苑，見了方嬤嬤詢問：「太子妃可醒了？」

方嬤嬤笑著點頭：「太子妃醒了，正等著您用晚膳呢。」話落，試探地詢問，「奴婢這便去吩咐廚房擺膳？」

雲遲頷首，腳步不停：「去吧！」

方嬤嬤應是，立即去了。

雲遲來到門口，透過珠簾，看到花顏坐在桌前低頭繡著香囊，鳳凰木已經被她繡了一小半，可見醒了有一會兒了。

這樣看著她，分外地嫻靜秀美。

他挑開珠簾，踏進門內，花顏抬頭看了他一眼，溫柔淺笑：「去了哪裡？」

雲遲來到她身邊，認認真真地看了一眼她穿針引線自如的模樣，含笑說：「進宮一趟。」

花顏也不打聽他進宮做什麼，歪頭瞅著他：「怎樣？你這般認真地看著我可看出了什麼？」

雲遲坐於她身邊的椅子，也偏頭瞅著她，呵氣在她頸窩處輕柔微笑：「繡工美，人更美。」

花顏臉一紅，伸手推了他一把，躲開他的挑逗，瞪了他一眼：「離我遠點兒。」

雲遲失笑，見她臉頰漸漸地爬上一層煙霞，如染了胭脂，分外清麗動人，他不遠反近地伸手摟住她的腰，將她拽到了自己懷裡，低聲說：「不遠。」

花顏被他清冽的氣息包裹，臉更是發紅：「不怕針扎到你嗎？」

雲遲低笑著搖頭：「不怕。」

花顏一時沒了話：「你這樣抱著我，我沒辦法繡了。」

雲遲低頭吻住她的唇瓣，低啞地說：「那就不繡了。」

花顏無奈，只能扔了手裡的香囊。

方嬤嬤帶著人端來飯菜，小忠子在外面攔住她，小聲說：「嬤嬤等等吧！」

方嬤嬤一怔。

小忠子用眼神示意地瞟了瞟裡面。

方嬤嬤意會。

花顏聽到動靜，又用手推了推雲遲，小聲說：「我餓了。」

雲遲意猶未盡，只能放開她，「唔」了一聲，對外吩咐，「端進來吧！」

方嬤嬤本來剛要帶著人下去，聞言連忙又帶著人進了屋。

飯菜依次擺上，侍候的人連頭也不敢抬，又悄聲地魚貫地退了下去。

雲遲在人下去後，低笑著對花顏說：「你可以抬起頭來了。」

花顏聽出他語氣調笑戲謔，暗想著打獵的被大雁啄了，如今她臉皮倒是不及他的厚了，她抬起頭，又氣又笑：「欺負人！」

雲遲目光溫柔似水：「就是愛欺負你！」

花顏無言以對，只能瞪了他一眼。

雲遲輕笑，拿了筷子遞給她：「吃吧！不欺負你了。」

花顏接過筷子。

二人無聲地吃著飯，雖不再說話，但氣氛溫馨。

飯後，雲遲笑問：「還睏嗎？」

花顏搖頭：「睡了一日，哪裡還睏。」

雲遲想了想說：「那與我去書房吧，我批閱奏摺，你陪著我。」

花顏拿起繡了一半的香囊，笑著點頭：「好。」

當日晚，雲遲在書房批閱奏摺，花顏便坐在他身邊，一邊繡著香囊，一邊陪著他。

雲遲偶爾針對奏摺上的某一件事兒，詢問她意見，花顏隨口說上那麼一兩點見解，引得他眉眼裡盡是讚賞的溫柔。

自古以來，常有人說紅袖添香，雲遲以前從沒有心思，如今不必花顏給他磨墨沏茶，只需要她坐在他身邊，他便覺得枯燥乏味的批閱奏摺，竟也成為了十分怡人的一件事兒。

雲遲批閱完奏摺見天色還早，不由微笑對花顏說：「以後我批閱奏摺時，你都要陪著我。」

花顏抬眼瞧他，見一大堆奏摺批閱完，他依舊十分精神，含笑問：「每日？」

雲遲肯定地點頭：「每日。」

花顏頷首，痛快地答應：「好，以後若是沒什麼事情。我便陪著你。」

雲遲伸手又去抱她。

花顏靈巧地躲開，嗔了他一眼：「別鬧，我還差一點兒就繡完了。」

雲遲伸手拿掉她手裡的繡品：「明日再繡，時間長眼睛疼。」

花顏被他打擾，無奈地看著他，只能依了他。

雲遲到底將她抱到了懷裡，讓他看個夠。

花顏只能用一雙眼睛水濛濛地瞪著他。

雲遲對上懷裡的人兒這張臉，這雙眼睛，最終伸手捂住了她的眼睛：「不要這樣看我。」

花顏的眼睛被溫潤的手掌蓋住，眼前一黑，聽到雲遲的話，她撇開了頭：「真不該讓你開了頭。」

雲遲一手拿過她的手，啞聲說：「是啊！可已經開了怎麼辦呢，只能你以後辛苦些了。」

花顏臉如火燒：「今天不行了，你別再鬧我了。」

雲遲也知道花顏受不住了，理了理她被揉亂的青絲，聞聲說：「走吧！雖天色還早，但也要早些歇著，畢竟明日你要去敬國公府。」

花顏點頭，伸手拂了拂臉上的熱氣，心裡蔓延無限的暖意，這個人愛她至極，才用最大的限度來克制他自己。

普通人這般也是很難，更何況堂堂太子。

二人出了書房，雲遲笑著說：「明日一早，我命人去敬國公府傳信，告知一聲，免得你突然前去，敬國公府手忙腳亂。」

花顏笑著點頭，「好。」

當日夜，雲遲先是摟著花顏睡，不過片刻，在她睡著後便放開了她。

但是睡著的花顏卻是不知，察覺到雲遲躲開，她沒了溫暖，無意識地又向他靠攏，兩次後，她果斷地雙手抱住了他的腰。

雲遲看著花顏睡得香甜，最終只能不再躲開，被她反抱著，無奈苦笑。

第二日，到了上朝的時間，小忠子沒聽到裡面的動靜，在門外低聲喊：「殿下，時辰到了，該早朝了。」

雲遲「嗯」了一聲，似帶著濃濃的睏意。

小忠子在外眨眨眼睛，退遠了些。

雲遲低頭看花顏，見她動了動身子，醒來了，慢慢地睜開眼睛看著他，一夜好睡，讓她眸光剛醒了便十分清亮。

他沒笑著開口：「醒了？」

花顏點頭：「嗯。」話落，納悶地看著他，「眼底怎麼都是青影？沒睡好？」

雲遲笑著，輕輕「嗯」了一聲。

花顏瞧著他，納悶：「你不是與我一起睡的嗎？」

雲遲歎了口氣：「是與你一起睡的沒錯，但因為你讓我沒睡好，你要補償我。」

花顏頓時恍然大悟，無言了一會兒，小聲說：「你該上朝了，再耽擱誤了時辰。」

雲遲「唔」了一聲，有些賭氣地說，「不管早朝了。」

花顏無語，這話執拗和孩子氣，她忍下好笑，伸手推他：「你先忍忍，等晚上……」頓了頓，用更小的聲音在他耳邊說，「趕緊去上朝，我也要去敬國公府，若是再被你折騰一場，我怎麼能出去見人？」

雲遲不滿：「那就不要出去見人了。」

花顏伸手捶他：「不行。」

雲遲擒住她的手，輕哄：「乖。」他含糊地說，「我保證不會讓你沒法出去見人。」

花顏無奈，只能任由了他。

這一折騰，便是大半個時辰。

雲遲心滿意足地抱了抱她，然後簡單地收拾了自己，又動手要為花顏收拾。

花顏費力地抬手攔住他，搖頭：「你快去上朝吧！不用管我，我再睡一覺。」

雲遲看著她累極的模樣有些愧疚，溫柔地說：「要不然今日別去敬國公府了，明日再去。」

花顏搖頭：「我進京幾日了，早就該去，沒事兒，我就小睡片刻。」話落，推他，「你快去上朝，都已經誤了時辰了，別磨蹭了。」

雲遲點頭，快速地穿戴收拾妥當，出了房門。

花顏費力地睜著眼皮看著他神清氣爽春風滿面，眼底的青影幾乎都消失不見了，她無語地閉上眼睛，又睡了過去。

小忠子眼看著天色不早，但也不敢打擾，靜靜地等著雲遲，如今見他出來，連忙抬腳跟著他往外走。

雲遲一邊走一邊對小忠子吩咐：「讓管家給敬國公府備些禮，太子妃醒來去敬國公府。另外，現在就派人去敬國公府知會一聲。」

小忠子立即應是。

雲遲上了馬車，太子車輦前往皇宮。

滿朝文武守著時辰，早已經到了金殿，等了許久，不見雲遲出現，不由得紛紛猜測太子殿下今日是不是要免早朝。

在紛紛猜測中，雲遲緩步進了金殿，喧囂的金殿因為他的到來，頓時安靜下來，滿朝文武依位而立。

早朝十分順利，所有人都覺得太子殿下今日心情比往日看起來都還要好。

花顏這一覺又睡了一個時辰，方才醒來，睜開眼睛，她緩緩坐起身，對外面喊：「采青！讓人抬水來，我要沐浴。」

采青應是，連忙去準備了。

不多時，兩個粗使婆子抬進來一桶水，放在屏風後，又悄無聲息退了下去。

花顏下床踏進浴桶中，水裡倒影出她的模樣，她不由得咬牙低罵：「屬狗的。」罵著，漸漸地臉紅了起來。

敬國公府一早得到了雲遲派人傳的話，敬國公夫人大喜，連忙派人知會已經前去上朝的敬國公，問如何招待太子妃。

本來聽聞花顏已經進京的消息後，敬國公夫人當即就打算前往東宮，還是敬國公攔住了她，讓她別急，太子妃既然進京了，總會得見的，若是敬國公夫人緊趕著跑去見得太急，不太好，畢竟太子妃連宮裡還沒去呢。

敬國公夫人想想有理，當即壓下了想見花顏的想法，耐心地等著。

這一日終於等來了東宮的傳話，敬國公夫人頓時喜不自勝，不知拿什麼來招待花顏，只能派人跟上朝的敬國公討主意。

敬國公府的小廝遞話給敬國公後，彼時雲遲還沒到金殿早朝，敬國公想了想，說：「拿好的招待，不過也不必誠惶誠恐，熱情些，細心些，太子妃與凌兒八拜結交，闔府將太子妃當作家人就是了，她也會自在一些。」

小廝得了話，連忙傳回敬國公府給夫人。

敬國公夫人如吃了一顆定心丸，連忙安排迎接花顏入府諸事，從瓜果茶點到布置花廳，安排廚房膳食，事事親力親為地安排了下去。

雖早就有所準備，但她還是打起了十二分精神。

花顏來到敬國公府時，已經日上三竿，采青叩了府門後，管家早就等在府門口，見了花顏，連忙見禮，然後笑臉相迎地說：「夫人一早得了太子殿下話後就在等著太子妃了，老奴先迎您進去，夫人得了信，馬上就來接您。」

花顏微笑：「自家人，何必興師動眾，管家帶我進去就好了，不必夫人親自迎接。」

管家連忙笑呵呵地說：「夫人聽聞您進京後，早就想見您，若非國公爺攔著，早就去東宮了，您今日能來，她歡喜得緊。」

花顏笑著說：「來京幾日，早就想見夫人，今日方才抽出空來。」

管家笑著帶著花顏往裡走。

花顏打量敬國公府，這是她第一次來，不出意外地如敬國公給人的感覺一樣，整體風格都是偏冷硬，甚至每走一段路，都設了兵器架。

管家見她對兵器架頗感興趣，連忙笑著說：「世子從小到大都愛玩耍，國公爺為了督促他練武，便將府內好多地方都設了兵器架，以便什麼時候遇到世子時，隨手就能拿起傢伙來……咳咳，訓練他。」

花顏好笑地想著是揍他吧？畢竟聽聞敬國公時常拿著軍棍或者大刀追殺陸之凌，這在南楚京城不是祕密，甚至已經傳出了京外。

走了不遠，便見敬國公夫人得了信，帶著人匆匆迎了出來。

花顏老遠便已看到她臉上收都收不住的笑容，與敬國公身上的冷硬和鐵血不同，敬國公夫人是位溫柔柔美的人。花顏也綻開笑容，快走了兩步迎上敬國公夫人，笑著先見禮：「夫人。」

敬國公夫人嚇了一跳，連忙伸手拉住她：「使不得使不得。」

花顏淺笑，順著敬國公夫人的手直起身，笑著說：「一是給夫人賠禮，上一次來京時，拖了夫人下水，造成了國公和夫人的困擾，實在對不住，二是我本是小輩，拜見長輩是應該的。」

敬國公夫人握住她的手，笑靨如花：「哪裡的話，你上一次來京，我便覺得你是一個好孩子，雖當時嚇壞我了，也不至於嚇得怕了。後來聽聞你和凌兒八拜結交，我歡喜得很，我一直就想要一個女兒，如今終於得償所願了。」

花顏趁機改口：「夫人若是喜歡，我以後就喊您乾娘？」

敬國公夫人喜不自禁：「好好好，就喊我這個，我愛聽。」

花顏笑著喊她：「乾娘。」

敬國公夫人激動地「哎」了一聲，眼眶有些濕，「我生了凌兒後，就盼著有一個女兒，奈何一直沒再懷上，真應了敬國公府的魔咒了，三代單傳，傳到凌兒這一代，還是只他一顆獨苗。」

花顏笑著說：「以後大哥娶了妻子，讓他給您生一堆孫子孫女。」

敬國公夫人愛聽這話，眼眶的濕潮散去，笑著說：「嗯，就讓他生一堆。」

花顏想像陸之凌養一堆兒女圍著他轉地鬧騰他的頭疼模樣，不由得笑出聲。

敬國公夫人拉著她的手不鬆開，一邊向內院走去，一邊與她介紹府內景色，同時也說些陸之凌從小到大讓她印象深刻的有趣事兒，聽得花顏每每發笑。

敬國公夫人帶著花顏來到花廳，二人便就著陸之凌閒聊起來。

敬國公夫人說了些陸之凌不少的笑話後，開始埋怨起來：「這個死小子，從去了西南境地後，只給家裡來了一封信，就是太子殿下捎回來的那一封，言簡意賅，似讓他多寫一個字都不樂意，之後就再沒隻言片語了。」

花顏眨眨眼睛，想著陸之凌昨日夾在奏摺裡給她寫的那一封厚厚的信，絮絮叨叨的，足足寫了好幾張信紙，她咳嗽一聲，這事兒自然得瞞著，不能讓敬國公夫人知道，只能笑著說：「大哥在西南境地駐守百萬兵馬，每日訓練兵士，繁忙得很，過一段時間，西南徹底安寧平靜下來，他大約就能抽出時間了。」

敬國公夫人拍拍花顏的手，笑著說：「顏兒不用給他說好話，他就是個小混帳，他是我兒子，我自然知道他是個什麼德行，難得你不嫌棄他，願意與他八拜結交，是他幾輩子修來的福氣。他就是懶得給家裡寫信，自小就恨不得脫離這個家。」

花顏笑著搖頭：「大哥雖然不喜拘束，但也不是恨不得脫離這個家，大哥與我說過，待西南境地有人接手後，他就回來安心地在家待著，孝敬您和國公。」

敬國公夫人訝異：「他真這樣說？這可不像是他會說的話。」

花顏笑著點頭，肯定地說：「大哥真是這樣說，西南一行，讓他感悟良多。」

敬國公夫人歎了口氣：「好男兒志在四方，按理說，我和你乾爹不該橫加阻攔他的志向，但敬國公府只他一個男丁，這門楣他不擔起來，還有誰能擔起來呢，也是沒法子。」

花顏笑道：「大哥願意擔起來的。」

敬國公夫人又拍拍她的手，悄聲問：「太子殿下對你好不好？」

花顏大方地點頭：「極好。」

敬國公仔細打量她眉眼，上一次在京城見她那一次，眉眼雖笑著，但十分淡，整個人都淡極了如風如雲，如今這回一看，與上次大大地不同，提起雲遲，秀美的臉上微染霞色，溫柔溫婉得與上次幾乎看不出是一個人。

她笑起來，壓低聲音說：「極好就好，太子殿下從不近女色，一心娶你，費了許多心思，以太子殿下的身分來說，極為難得了。可以說，古往今來，十分少見。」

花顏誠然地點頭，笑著說：「乾娘說得是。」

二人又說了一會兒話，敬國公府的點心做的香甜可口，與東宮的點心口味頗有些不同，酸酸甜甜的，十分符合花顏胃口，她多吃了幾塊，笑著誇讚點心好吃。

敬國公夫人笑起來：「難得你喜歡這個口味，這是我陪嫁丫鬟做的點心，我懷著凌兒時，便喜歡吃這種酸酸甜甜的，她便費勁了心思琢磨，做出了這個，後來我生下了凌兒，依舊讓她常做給我吃。」

花顏點頭：「好吃。」

敬國公夫人歡喜：「往常請了各府的夫人小姐來府裡做客，有許多人都吃不慣，覺得偏酸，難得你不嫌酸。」話落，她乾脆地說，「我將她送與你吧，她不止會做這一種點心，還會做許多種。」

花顏連忙推卻：「以後國公府就是我半個娘家，我什麼時候想吃，什麼時候來就是，乾娘可不要割愛給我，豈不是堵了我常來府裡的路？」

敬國公夫人大樂：「你說得倒極有道理，好，那就不給你了。」話落，忽然說，「要不然，今日就住府裡吧，別回東宮了。」

花顏聞言眨了眨眼睛，住在敬國公府嗎？雲遲會同意嗎？

以著他如今黏她的模樣，大體是不會同意的。但是面對敬國公夫人期盼的眼神，她難以開口說出拒絕的話，便笑著說：「聽乾娘的，您若是不嫌棄我麻煩，我便在這裡住一日。」

她沒敢說住幾日。

敬國公夫人沒料到花顏這麼痛快地答應，可見真沒拿敬國公府當外人，當即大喜，吩咐身邊人：「快，快去給太子妃收拾院子，就凌兒旁邊的院落，仔細地收拾一番，務必乾淨無一塵。」

有人應是，連忙去了。

敬國公夫人站起身：「走，我領你去園子裡轉轉，這敬國公府，唯有一處是按照我的心意修建，只占了小小一塊的花園。國公爺喜歡兵器，練武場，凌兒又是個混小子，糙得很，唯我一個女人，只能由了他們。這個時節，園子裡的幾株蘭草牡丹正是受賞時。」

花顏笑著站起身：「好。」

敬國公夫人攜了花顏的手，一路走向花園。

敬國公府的花園顯然是經過敬國公夫人精細打理的，各種名花，處處透著花香，有幾株花是珍品名品，誠如敬國公夫人所說，此時正是受賞時，分外耐看。

二人一邊喝著茶，一邊就著養花賞花聊起來。

敬國公夫人沒想到花顏看起來不像是特別愛花之人，但是對花的品種和見解張口就來，比她這個愛花之人還要認識獨到深刻。

她心裡暗暗驚訝的同時，更是對花顏喜歡得緊了。

不知不覺，已經到了晌午，敬國公夫人打發小廝去問敬國公可回來用膳，小廝很快就回來了，說不止國公回來用膳，國公說了，太子殿下也來國公府用膳。

敬國公夫人一聽更是樂開了：「快去廚房吩咐，再多加幾個菜，太子殿下要來用午膳。」

敬國公夫人吩咐完，轉頭笑著對花顏說：「太子殿下對你真是緊張得很，我們女子這一輩子，無外乎就是找一個知冷知熱知心的人，但是歷來嫁入皇室宗親者，難有兩全，但太子殿下如今所作所為已是例外，不說別的，只說這份待你之心難得。」

花顏笑著點頭：「是很難得，讓我都不知該怎樣才是還他十倍的好。」

敬國公夫人一聽，伸手拍拍她，壓低聲音說：「不必你還他十倍的好，身為女子，比男子更為不易，有些好，要留一些給自己。如今太子殿下只你一人，但是你們大婚後，他難道真能不立側妃良娣？就算你們大婚後他不立，那登基後呢？文武百官總會推著他的。」

花顏笑了笑，聲音忽然很輕：「不瞞乾娘，太子殿下立誓願為我空置東宮，甚至將來空置六宮。但是我怎麼能夠呢？我只求幾年而已，幾年後，我盼著他納妃的。」

敬國公夫人一怔，聽著花顏聲音有些不對，但是看她神色，是笑著的，又說不上哪裡不對，她驚異地說：「太子殿下竟然立誓了？」

花顏點頭：「嗯。」

「那……」敬國公夫人看著她，「他既有此心，那你為何要幾年後盼著他納妃呢？」

花顏壓下心酸，對敬國公夫人俏皮地擠擠眼睛：「情啊愛啊什麼的，哪有那麼長的保鮮期？幾年後，我們膩歪夠了，不等他煩我，我就膩他了，他身邊擇選些美人，不止愉悅他，也能讓我賞心悅目得些趣嘛，所以，自然盼著了。」

敬國公夫人愕然，須臾，笑起來，伸手點她眉心：「你這丫頭，竟有這想法。」

花顏吐吐舌：「這想法極好呢。」

敬國公夫人順著她的話說：「好好好，是不錯。」說著，也不由樂起來。

二人又說了會兒話，終於有人來報敬國公回府了，太子殿下果然也來了。

敬國公夫人要迎出去，花顏按住她的手：「乾娘坐著吧，自家裡，太子殿下也不喜太多虛禮的。」

敬國公夫人聞言，笑著又坐了回去。

不多時，敬國公與雲遲來到了花園，遠遠地，雲遲便見到花顏與敬國公夫人坐在涼亭內，花顏閒散隨意地坐著，看起來不甚端莊，但十分悅目好看，她周身洋溢著暖洋洋的氣息，顯然在敬國公府待得很是舒服。

敬國公也看向花顏，看太子妃與看自家女兒自是不同，怎麼看怎麼賞心悅目，他也滿臉笑容。

敬國公夫人站起身，花顏也站起身，一個對雲遲見禮，一個對敬國公見禮。

雲遲笑著虛扶敬國公夫人：「夫人不必多禮，本宮是沾了太子妃的光，前來蹭飯。」

敬國公夫人笑開：「太子殿下哪裡話，您什麼時候來，敬國公府的大門都是敞開著的，哪裡用得著說蹭飯？」

敬國公大手一揮，比起敬國公夫人的溫婉，他看起來鐵硬得很粗糙得很，對花顏道：「快免禮，乍然被喊了一聲乾爹，我倒無所適從了。哈哈哈，真沒想到啊，那個臭小子自己混不吝，倒是給我弄了個乾女兒！三生有幸啊三生有幸！」

雲遲失笑。

花顏也有些好笑。

二人入座，敬國公夫人立即吩咐擺宴。

不多時，一道道菜端到了涼亭內，擺了滿滿的一桌子，道道精緻。

席間，敬國公夫人對敬國公笑著說起留花顏住在敬國公府之事，雲遲筷子一頓，偏頭看向花顏。

花顏被他這一眼看得像是犯錯的孩子，眨巴了兩下眼睛，沒說話。

雲遲慢悠悠地開口說：「夫人好意，太子妃今日不能留在府上。」

敬國公夫人沒料到雲遲這樣說，一怔，問：「這是為何？」話落，看向花顏。

花顏頓時如有被架在火上烤的感覺，不知該給敬國公夫人什麼表情。

雲遲笑了笑，伸手隨意地摸了摸花顏的頭，對敬國公夫人溫聲說：「前些日子大雨，她不小心染了風寒，身體不適至今，天不絕給她開了藥方子，極苦，她不愛喝，別人管不住她，只能本宮盯著她喝藥。」

敬國公夫人看著花顏，嗔怪道：「你這孩子，染了風寒，身體不適怎麼能不喝藥？」

花顏見雲遲這模樣，說什麼也不會讓她住敬國公府了，只能配合苦著臉說：「那藥苦啊！」

「苦也要喝。」敬國公夫人道。

雲遲微笑：「待她身體好些，再來府上住吧！她慣會撒嬌耍賴，夫人將她留在府上，管不住她的。」

花顏嘴角抽了抽，誰……慣會撒嬌耍賴了？

敬國公夫人露出不捨，但看著花顏，這麼一個嬌嬌軟軟的小姑娘，若是對她撒嬌的話，她的確也受不住會什麼都應了她，尤其她一直沒女兒，就想要一個女兒，這初次留她在府上住，自然她想如何就如何。

這樣一想，敬國公夫人乾脆地點頭：「那今日我還是不留你了，還是跟太子殿下回東宮吧！」話落，又說，「我說你怎麼比上次來京瘦了很多呢，原來是身體一直不適，一定不要大意，好好喝藥，仔細將養。」

花顏只能點頭，偏頭瞪了雲遲一眼，又扭過頭對敬國公夫人笑著說：「嗯，聽乾娘的。」

雲遲含笑，對於花顏瞪他半絲不受影響。

敬國公夫人看到二人眉眼間的動靜，相信了雲遲的話，想著從小陸之凌就活蹦亂跳的，從不生病，她是聽不少夫人說自家的女兒都嬌氣得很，隔三差五就要請太醫，她沒有女兒從沒體會過，今日還琢磨著花顏怎麼這般清瘦，原來是身體不適。

用過午膳，又閒聊片刻，雲遲笑著告辭。

花顏在雲遲的示意下站起身：「乾娘，我改日再來，您忙了大半日，快去歇著吧！」

敬國公夫人搖頭：「不累，哪裡就累了？你什麼時候來，什麼時候派人知會一聲就是，我們娘倆還沒說夠話呢。」

花顏笑著點頭：「好。」

敬國公看著夫人一直拉著花顏的手不鬆開，咳嗽一聲：「以後太子妃嫁入東宮，就在京中生活了，來日方長。」

敬國公夫人這才放開了手，笑著說：「說的也是。」

雲遲和花顏在敬國公夫人依依惜別中出了敬國公府。

從敬國公府出來，坐上馬車，雲遲一把將花顏拽到懷裡。

花顏伸手推他，他不理，直到花顏覺得快被他憋死了時，雲遲才放開她，看著她問：「以後還自作主張不回家嗎？」

花顏好半晌才順過了氣，氣笑地瞪著雲遲：「國公夫人盛情難卻，我不好推脫。」

雲遲哼了一聲，箍著她的腰說：「敬國公府再親近，也沒有你與東宮和我的關係近。」

花顏失笑，伸手捶他，見他似乎真氣了個夠嗆，又伸手勾住他脖子，湊上唇主動地吻了吻他唇角，柔聲說：「是是是，敬國公府再親近，也沒有東宮和你與我親近，我與你最親最近，不生氣了啊，以後哪怕不能推卻，我也說等你做主。」

雲遲被她這般一哄，臉色當即陰轉晴地好看了起來，不由得彎起嘴角：「記住你的話。」

花顏點頭：「記住了。」她敢不記住嗎？這副炸毛的樣子，她也領教了。

馬車回到東宮，花顏才想起：「天色這麼早，你沒有別的事情了嗎？」

雲遲溫聲道：「我將你送回宮，再去議事殿。」

花顏失笑：「不用你送，已經回宮了，我自己進去就好了……」話未說完，雲遲已經將她攔腰抱起，下了馬車。

花顏窩在雲遲的懷裡，看著他抱著她邁進垂花門，伸手推他：「怎麼這麼黏人？」

雲遲笑著低頭看著她：「不喜歡我黏你？」

花顏伸手掐了他一把：「自然不是。」話落，笑起來，目光盈盈地看著他，「太子殿下英明睿智，我怕將來被人罵成禍國妖妃。」

雲遲一邊走一邊低頭瞧她：「我怎麼瞧著哪裡也不像妖女呢。」

花顏氣笑：「妖女的臉上沒寫著字。」

雲遲失笑。

二人一邊說笑著，一邊回到了鳳凰西苑。

花顏與敬國公夫人說了半日話，的確是有些累了，回到房間後，喝了藥，便躺去了床上，見雲遲坐在床邊陪著她不走，她好笑：「近來有沒有人說太子殿下不務正業了？」

雲遲伸手輕彈她腦門：「朝事兒本宮一點兒都沒落下，誰敢說？」

花顏輕笑，伸手輕柔地摸摸他的臉，柔聲說：「快去吧，我睡一覺，但願我醒來時，你已經回府了。」

雲遲也有些好笑自己這濃的捨不得與她離開的情緒，想將她拴在自己腰帶上帶著，他伸手揉揉眉心，溫聲道：「明天陪我去議事殿。」

花顏笑著點頭：「好，明天陪你去議事殿。」

雲遲這才低頭吻了吻她，站起身，理了理衣擺，出了房門。

花顏在雲遲離開後，閉上眼睛，很快就睡了。

京中但有風吹草動，便會滿城皆知，更何況太子妃前往敬國公府做客而太子殿下在下了早朝後也與敬國公一起前往敬國公府相陪的消息，更是如石子投進了碧湖一般，頓時激起了浪花。

花顏與陸之凌八拜結交的消息不脛而走。

京中各大貴裔府邸頓時收到了一個信號，再不能如以前一樣看待敬國公府了。

如今的敬國公府，於東宮來說，便算是半個姻親了。

誰也沒想到陸之凌會和花顏八拜結交，早先，因花顏為與太子殿下退婚，拉了敬國公府下水，明眼人都知曉，甚至有些人幸災樂禍看敬國公府笑話，但是如今，既驚異又羨慕。

尤其是趙宰輔府，趙夫人聽聞這個消息後，十分地悲憤。

數日前，太子殿下將西南境地百萬兵馬都交給陸之凌時，朝野震驚，不明白太子殿下怎麼如此信任陸之凌，信任敬國公府，一直紛紛猜測，如今，花顏與陸之凌八拜結交的消息真正地傳出後，才恍然大悟。

太子殿下對太子妃情深意重，陸之凌也跟著一飛沖天，手握重兵。

趙夫人心中十分不舒服，趙府弄到這步田地，千算萬算，讓她感覺再無昔日風光了，聽了這個消息後，對比敬國公府的顯貴和笑語歡聲，趙府內便顯得淒涼。

她坐在趙宰輔窗前對著他用絹帕抹眼淚：「老爺，您這些年積攢的私庫，都給了安書離帶走去川河口治理水患，連咱們溪兒嫁妝都捐獻出去了，您讓妾身將來拿什麼給溪兒做陪嫁啊！」

趙宰輔心中也嘔得很，可失了錢財，總比保不住門楣好。

趙宰輔歎了口氣，對趙夫人道：「你也別想不開，溪兒一時半會兒也尋不到合適的人家，你不是還有幾個陪嫁的鋪子嗎？總有收益，再攢攢。若是不依照安陽王妃大力支持安書離治水，那件事兒傳揚出去，才是毀了溪兒。」

趙夫人自也是明白這個道理，但是還是難受得很：「敬國公府怎麼這麼好命。」

趙宰輔想到敬國公一條鐵漢，只知道喊打喊殺的粗人，尤其是陸之凌一脈單傳，自小就紈褲不化，時常在敬國公嘴角掛著沒出息的兒子，不止在西南立了大功，如今還駐守百萬兵馬大權，真真正正的成了門楣重府了。

他心中也鬱氣不散，但還是說：「自古以來，手握重兵者，有幾個好下場的，你也不必羨慕敬國公府，以後且看吧！皇親國戚沒那麼好當。」

趙夫人想想也是，有趙宰輔這話，讓她心下舒服了些，擦乾了眼淚，還是反酸地問：「溪兒這兩日一直將自己關在房裡，妾身怕她悶出病來。」

趙宰輔也沒什麼好法子：「給她些時間，溪兒聰明會想通的想開的，人這一輩子，哪能一直順風順水？我這一輩子，經歷的波折也多了，就算如今，不是依舊做著宰輔的位置？」

趙夫人點頭：「老爺說得對。」

二人話落，管家前來稟告：「老爺，程七公子來了。」

趙宰輔臉色一沉：「昨日請他，他不來，今日倒是來了。」話落，沉聲說，「讓他進來。」吩咐完，對趙夫人說，「你去看看溪兒，我見見程子笑。」

趙夫人頷首，出了內室。

不多時，管家領著程子笑來見趙宰輔。

程子笑今日一身湖水色的衣袍，緩步走來，三分倜儻，七分風流。正巧在門口遇到趙夫人，程子笑不卑不亢地對趙夫人見禮。

這些年，趙宰輔雖扶持程子笑，但是程子笑一直未進京來，趙夫人也是第一次見到程子笑，見他儀表堂堂，不由得一愣，面上的笑容多了些，停住腳步笑問：「你就是北地程家的七公子嗎？」

程子笑直起身，笑道：「正是。」

趙夫人笑著說：「老爺一直誇你，說你頗有經商才華，人也聰透，十分難得。」

程子笑淡笑：「多謝宰輔誇獎了。」

趙夫人擺手：「快去吧！宰輔等著你呢。」

程子笑邁進門檻，進了內室，見到趙宰輔，虛虛一禮後，便笑起來：「宰輔要嫵媚之藥時，我便與宰輔說過，嫵媚之藥輕易用不得，尤其是用到聰明人的身上。可惜，宰輔不聽我的勸。」

趙宰輔想起程子笑當時是有這樣的話，深深地歎了口氣，擺手：「如今說這些還有什麼用？打雁的被雁啄了眼，長江後浪推前浪啊，就不該招惹安陽王府。坐吧！」

程子笑坐下身。

趙宰輔看著他問：「聽聞太子妃昨日見了你？什麼目的？」

程子笑已然猜到趙宰輔找他的目的，笑著說：「宰輔猜猜。」

趙宰輔猜測花顏找程子笑不見得有什麼好事兒，但是他也猜不出來她會找程子笑做什麼。畢竟他未曾與花顏打過交道，只知道是個不好相與且心思頗深的女人，否則也不會讓太子殿下對她情深意重非她不娶。

他看著程子笑：「他總不能找你要嫵媚。」

程子笑大笑：「宰輔這猜測也太離譜了些，她身邊有天不絕，天不絕連嫵媚之藥都能解，她不需要嫵媚。」

趙宰輔問：「你別賣關子，她到底找你做什麼？」

程子笑笑起來：「宰輔既然猜不出來，我就告訴你吧！太子妃是要與我做一筆生意。」

趙宰輔皺眉：「什麼生意？」

程子笑道：「淮河鹽道。」

趙宰輔心下一凜：「是她要插手淮河鹽道？還是東宮要整治淮河鹽道？還是臨安花家要淮河鹽道？」

程子笑搖頭：「太子妃未提東宮一言半語。」

趙宰輔思忖片刻：「你答應了？」

程子笑聳聳肩：「我沒有理由不答應，太子妃比宰輔大方，給我淮河鹽道三成利。」

趙宰輔面色微變，盯著程子笑：「三成利不是玩笑。」

「是啊！三成利不是玩笑。」程子笑誠然地道，「所以，我沒有理由拒絕。」

趙宰輔眉頭擰緊：「那你以為，太子妃憑什麼能給你淮河鹽道的三成利？」

程子笑琢磨道：「大約是有太子殿下做後臺吧！淮河鹽道是重地，若沒有太子殿下，哪怕是太子妃和臨安花顏，也不能這般明目張膽地對淮河鹽道動手。」

趙宰輔想了想，點頭：「不錯，你說得有理。」

程子笑喝了一口茶，心中笑了笑，他自然不能告訴趙宰輔太子妃用淮河鹽道三成利換他北地的所有經營，顯然，淮河鹽道雖是重地，但是太子妃不看在眼裡，她的目標是北地。

至於是北地的什麼，他經脈遍布北地，一時也不好說。

但是有一點兒，他隱約可以猜測出，是太子殿下的風向和眼睛盯在北地了，將來對北地必有動作，恐怕時候不遠了。

他於經商上有天賦，所以，多年來，也養成了敏銳的直覺，直覺八九不離十。

趙宰輔琢磨半晌，覺得定然是雲遲授意，否則花顏哪怕有臨安花家做後盾，也不敢這般明目張膽。三成利不小，稍有不慎，便會被查出，遭人檢舉，遭御史台彈劾。

也就是說，雲遲要用程子笑了。

至於要用他做什麼，他一時還猜不出用意，他對程子道：「沒想到因為嫵媚，本輔栽了，你的運氣倒是來了。」

程子笑淡笑：「在下不會忘了宰輔的栽培之恩。」

趙宰輔得了程子笑這一句話，心裡舒服些，說道：「你也算是我的門生，太子殿下既有心要用你，便別使什麼歪心思，殿下讓你幹什麼，你便幹什麼，咱們這位太子殿下，厲害著了，他的眼裡，沙子是沙子，泥是泥。」

程子笑點頭：「宰輔放心。」

趙宰輔「嗯」了一聲，「你是聰明人。」

趙宰輔又與程子笑說了些閒話，然後對他擺擺手，程子笑告辭。

花顏睡了一覺，雲遲還未回東宮，她起身，下了床打開窗子，采青聽到動靜，進來給花顏沏了一壺茶，清脆地說：「七公主來了，在畫廳等著見您呢。」

花顏一怔，想起七公主雲棲來，笑著說：「我這便出去見她。」

采青點點頭。

花顏走出房門，來到畫廳，只見七公主趴在桌子上，頗有些百無聊賴睏乏的樣子，見她來了，她立即直起身子，睜大眼睛看著她，然後，騰地站起身，喊了一聲：「四嫂。」

花顏好笑地瞅了她一眼，她大約是晌午沒午睡，如今看起來不太精神，顯然等了她許久，方才無聊的快打瞌睡了。她笑著點頭，上下打量她：「怎麼瘦了？」

七公主嘟嘴：「我看四嫂才是真瘦了，比我瘦多了。」

花顏失笑。

七公主湊近她：「四嫂，大熱天的，你裹得這麼嚴實做什麼？不熱嗎？」

花顏面不改色地笑著說：「不熱，我近來畏寒。」

七公主「哦」了一聲。

花顏瞧著她，見她似有話說，但又有些猶豫躊躇，她笑著說：「看來你不全是專程來看我的，有什麼話，但說無妨。」

七公主臉一紅：「我是想四嫂了，聽聞你和四哥如今極好，自然是來看看你。」話落，也不扭捏，小聲說，「我今日聽聞陸世子和四嫂你八拜結交成了異性兄妹，想問問你……那個，他如今在西南境地可好？」

花顏微笑，看來七公主還對陸之凌有著不洩氣的心思，她道：「他很好。」

七公主咬唇：「我還是喜歡他。」

花顏點頭：「看出來了。」

七公主聲音更低了：「我喜歡了他多年，他如今不在京城，我還是喜歡得緊，但是他不喜歡我，四嫂，你……能不能幫幫我？如今他人在外，我不知道該怎樣才好？」

花顏琢磨了一下，還是搖頭：「感情的事兒，不是別人能幫的，他雖然是我結義大哥，但我也幫不了你什麼，喜歡不喜歡，誰也強求不了。」

七公主的臉頓時垮了下來：「他在京城時，我還能想辦法追著他，如今他不在京城，那麼遠的地方，我真是沒法子了。」

花顏歎了口氣：「他在京城時處處躲著你，如今不在京城，你沒有法子，我也愛莫能助。」

七公主哀求地看著花顏：「四嫂！」

花顏有些頭疼，看著七公主：「你非陸之凌不可嗎？年少時傾慕一個人，往往帶著夢幻和美化，陸之凌也許沒有你想像的那麼好，再說，我曾經探詢過他，他似乎不想做駙馬。另外，敬國公和夫人也不見得樂意他尚公主，要知道，自古以來，駙馬無實權，他如今在西南境地駐守百萬兵馬，很得太子殿下器重。」

七公主緊抿嘴角，頓時默不作聲了。

花顏親手給她倒了一杯茶。

七公主不喝，沉默片刻，對花顏紅著眼睛說：「四嫂，早先你對我說，你喜歡蘇子斬，你既然喜歡他，為何不抗爭到底，如今同意嫁給我四哥了呢？」

花顏笑了笑：「在西南境地時，發生了些事兒，我發現太子殿下極好。」

七公主不解地看著她：「因為我四哥極好，你就放棄了蘇子斬嗎？」

「倒也不全是因為這個。」花顏搖頭，又笑了笑，「我與太子殿下，命裡有緣，與子斬，有緣無分。緣分是很奇妙的東西，一條路，有許多岔路口，在西南境地時，我發現，子斬是那個我不能走的岔路口，而太子殿下，便是能走的直線。情與愛，人與人之間的緣分，不是你這樣一味追求的簡單。」

七公主聽了花顏的話，似懂非懂。

她仔細地看著花顏，她還是第一次來京時的那副模樣，但與第一次來京時又有不同，那時，她眉眼間俱是滿滿的排斥抗拒的神色，如今眉目間溫柔嫻靜平和。

她沒變，但似乎又變了，她真實地感覺出，提到四哥時，她笑容很深。

她咬唇，看著花顏，輕聲說：「四嫂，喜歡一個人，真的是可以說放下就放下的嗎？那是不是說明你喜歡得還不夠深？所以，才可以輕而易舉地放棄？」

花顏淡笑：「放下，並不能評價喜歡得深淺。人生一世，是是非非，哪裡有那樣簡單的分界線？」

七公主更是不明白地看著花顏。

花顏伸手拍拍她的頭：「你一直追著陸之凌跑，你可問過他是否願意喜歡你？願意娶你？」

七公主搖頭，頹喪地說：「我只說我喜歡他，這些年，他見了我就跑。」

花顏點頭，想了想，說：「這樣吧！你寫一封信，我幫你送到他手裡，你問問他，是否願意喜歡你？若是他願意，你執著多久都沒關係，最起碼，你等待喜歡他多久都是有意義的事兒。若是他不願意，那麼，我勸你就放棄吧！你雖貴為公主，但是不能強求別人喜歡你娶你。」

七公主伸手抓住花顏的手：「這樣可以嗎？」

「可以。」花顏點頭。

七公主有些緊張：「那……我要好好地想想怎麼給他寫信。」

花顏頷首：「不急，你好好地想想，仔細地想想，除了單純地喜歡，你還要考慮清楚你們中間隔了什麼，同時要做好被他果斷拒絕的準備。」

七公主又趴回桌子上，低聲說：「我一直喜歡他，若是沒有他，我不知道以後還能喜歡誰？這一生，不能嫁他，似就自此沒意思了。」

花顏失笑：「不被一個人喜歡，還不值得讓你灰暗一生。這世上，有許多活法，喜歡一個人，只不過是渺小的一方面而已。」

七公主點點頭，又盯著花顏看：「四嫂，你如今是真真正正喜歡四哥嗎？」

「是啊！真真正正喜歡他。」花顏點頭，笑著說，「喜歡極了。」

七公主又問：「那對蘇子斬呢？我聽聞他失蹤了。」

花顏笑道：「不能締結連理，也可以成為知己之交。他在別的地方活得很好。」

七公主見她提起蘇子斬，十分坦然平和，與提到四哥的溫柔不同，住了嘴，下定決心一般地站起身：「我聽四嫂的，這就回宮去琢磨給陸之凌寫信，若他真不喜歡我，我……我就試著不再喜歡他了。」

花顏點頭。

七公主告辭，出了鳳凰西苑。

花顏看著七公主離開，想著陸之凌十有八九是不會同意的，也許七公主心裡也知道，但是總要有個這樣直白的機會，讓她徹底地死心。

只有死心了，才不再執著了。

花顏拿出香囊，坐在窗下，繼續繡香囊。

第七十五章　整頓北地捨我其誰

雲遲回來時，天色已晚，花顏的香囊正好繡完，她將那兩縷結在一起的青絲結裝進香囊裡，擺弄了一會兒，十分滿意，再抬頭時，雲遲已經進來向她手中的香囊看來。

花顏對他一笑，將香囊遞給他：「怎樣？」

雲遲伸手接過，雙面繡的鳳凰木，鳳凰木上一對鳳凰，早先她繡一半時，他沒發現她竟要繡上去一對鳳凰，如今繡完了，這對鳳凰十分漂亮，並排立在枝幹上，活靈活現，栩栩如生。

這樣的繡工，這樣的香囊，普天下獨一份。

雲遲彎起嘴角，眉眼俱是濃濃的笑意，左右擺弄了一下，將香囊又遞回給花顏：「你幫我佩戴上。」

花顏笑著點頭，接過香囊，為他繫在腰上。

雲遲俯身，低頭吻她：「繡得真好。」

花顏也彎起嘴角：「自然。」

花家失傳了四百年的繡工，獨步天下的繡工，焉能不好？若是四百年前，她還能繡得更好些，如今第一次動針，到底是荒廢了許久，有些生疏。

四百年前，她送給懷玉的第一件繡品是……

她頓時打住，伸手環抱住雲遲的腰：「用過晚膳後，我陪你去書房。」

雲遲感覺有一瞬花顏的氣息不太對，不過也僅僅一瞬，他微笑：「好。」

用過晚膳，花顏陪著雲遲去了書房。

雲遲批閱奏摺，她找了一本市井志怪的話本子陪在他身旁看，如昨日一樣，雲遲偶爾就奏摺之事，與她提上一句，詢問她意見，她隨口答了，一針見血地點中要害。

雲遲很快就批閱完奏摺，花顏的一卷話本子還沒看完。

他放下筆，看著花顏：「不是一目十行嗎？為何每次看話本子志怪小說時，看得這麼慢？」

花顏笑著說：「用來消遣的東西，一目十行看過去，便沒有了消遣的趣味。」

雲遲笑著伸手將她拉到懷裡：「天色還早，你不累的話，我們出去散步如何？」

花顏點頭，扔了話本子：「好啊！」

雲遲低頭吻了吻她，拉著她站起身，出了書房。

雲遲握著花顏的手，一路走向後花園。

來到那棵鳳凰木下，花顏想起蘇子斬曾在這裡帶她出東宮喝酒的事兒，不由得笑了笑。

雲遲偏頭溫聲問：「想什麼發笑？」

花顏與他說了。

雲遲微哼了一聲：「他倒是會哄人。」

花顏失笑，伸手推他：「都過去多長時間了，你還在吃味？」

雲遲歎了口氣，將她猛地一拽，抵在鳳凰木的樹幹上。

花顏有些後悔，她怎麼就又一不小心捅了馬蜂窩了呢？

雲遲低啞地說：「我就是在吃味，什麼時候想起，什麼時候吃味。」

花顏靠在樹幹上，這一刻，覺得天地之小，她拽緊他衣襟，又氣又笑。

雲遲看著她，鳳凰木下，她美得讓他移不開眼睛，低頭說：「若是今晚，還……？」
花顏伸手推他：「你克制些。」
「克制不住。」雲遲搖頭。
花顏小聲說：「只准一次。」
雲遲低笑，折返回鳳凰西苑。
回到房間，雲遲隨手拿出一卷畫冊，扔在了床頭。
花顏偏頭一瞅，便知道他拿出的是什麼東西，無語地看著他：「用不著吧？」
「用得著的。」雲遲低頭。
花顏看著他的模樣，一副好學到底的做派，她伸手拿起他扔在床頭的畫冊，隨手打開這精美的畫冊，笑著翻頁，指給他：「這個。」說完，又翻了兩頁，「這個。」然後，又翻了幾處，「這個，這個，這個，我喜歡這幾個，其餘的，先不必學了。」
雲遲仔細地瞅了瞅她指出的幾頁，低頭，嗓音暗啞中透著濃濃笑意：「好，聽你的。」
花顏拿著畫冊問他：「記住了？」
雲遲點頭：「記住了。」
花顏瞪著他，雲遲低頭，花顏只能閉上眼睛，任由他拉著她陷入情天幻海。
第二日，花顏醒來時，雲遲已經去上早朝了，她挑開帷幔向外看了一眼，日頭照進了窗子內，落了大半日照在內室，顯然已經日上三竿。
她坐起身，揉了揉痠疼的身子，看著身上斑斑點點的紅痕，想起昨夜，臉紅了紅。真是高估了雲遲自小被教導的禮數禮法，在床上的他怎麼就這麼能折騰人？跟脫韁了的野馬沒二樣了。

昨夜被雲遲折騰得昏天暗地，她都不知道什麼時候睡著的。

采青聽到動靜，在外面低聲問：「太子妃，您醒了嗎？」

「嗯，醒了。」花顏立即又放下帷幔，然後將那本春宮圖壓在枕頭下。

采青試探地問：「奴婢讓人抬一桶水來給您沐浴？」

花顏臉又燒了燒，饒是她臉皮再厚，這兩日要水這般勤，也讓她面皮有些掛不住，但又不能不洗，只能點頭應了一聲。

采青吩咐了下去，很快有兩個粗使婆子抬了一桶水進來放去了屏風後。

采青走進來，見花顏還躺在床上，小聲問：「奴婢侍候您？」

花顏搖頭：「不用，我自己來。」

采青又退了出去。

花顏起身，腳軟腿軟費力地走進屏風後，將自己放進浴桶裡，被溫熱的水包裹才舒服了些。

沐浴後，花顏有了些力氣，穿戴妥當，出了房門。

采青等在外面，見了花顏，滿臉含笑：「太子殿下吩咐奴婢了，待您醒來，告訴您今日好好歇著。」

花顏伸手拍拍采青的頭，又捏捏她的臉，板起臉：「膽肥了是不是？竟敢笑話我。」

采青眨眨眼睛，不如秋月一般敢躲，任花顏又拍又捏，笑嘻嘻地說：「奴婢不敢，是替您和太子殿下高興。」

花顏撤回手，也繃不住笑了。

用過飯菜，見外面天氣好，秋風習習，已沒有數日前那般酷熱，便對采青說：「找兩本話本子，咱們去鳳凰木下。」

采青點頭，找了兩本話本子，又讓人搬了貴妃椅到鳳凰木下。

方嬤嬤聽聞，連忙帶著人準備些瓜果茶點，擺了桌子到鳳凰木下。

花顏躺在鳳凰木下的躺椅上，采青坐在她身旁的矮凳上，依照老規矩，給花顏讀話本子。

方嬤嬤見花顏身子單薄，連忙吩咐人拿了薄毯，蓋在她身上。

不多時，小忠子提了個大筐氣喘吁吁地回了東宮，聽聞花顏在鳳凰木下，又氣喘吁吁地趕到了鳳凰木下。

花顏本來閉目養神，聽到動靜，睜開眼睛，向小忠子看來。

小忠子急走幾步，來到近前，將大筐放下，抹了一把汗，對花顏拱手見禮：「太子妃，這是嶺南送來的荔枝，剛剛進京，一共兩筐，宮裡留了一筐，這一筐殿下吩咐奴才給您拿了來。」

花顏探頭一看，果然是新鮮的荔枝，滿滿的一大筐，這時節京中還能吃到荔枝著實不易，嶺南距離京城兩三千里，這荔枝送進京估計跑廢了幾匹馬，她笑著說：「這麼一大筐，當我是豬呢。」話落，對采青吩咐，「分開了，給敬國公府、梅府、安陽王府各送去一份。」說完，想了想，又道，「給武威侯府和趙府再送去一份。」

小忠子聞言小聲說：「雖是一大筐，被您這樣一分就沒了。」

花顏淺笑：「荔枝千里迢迢送到京城來雖珍貴，但也不及太子殿下地位尊貴，太子殿下還要多仰仗得用的朝中重臣呢，區區一筐荔枝而已，捨不得什麼。」

小忠子連忙垂首：「是奴才眼皮子淺了，您說得是。」

花顏笑著說：「太子殿下如今在議事殿？」

小忠子點頭：「在商議北地災情之事，今早，殿下收到一份密報，比奏摺上報的要嚴重許多，前幾日，大水沖垮了一個縣，淹死了上千人，朝廷的監察御史就在那個縣。」

花顏眉頭倏地皺緊：「淹死上千人？」

小忠子點頭：「正是。」

花顏臉色難看：「川河谷一帶的水患，除了五年前，近幾年來，也未曾有這麼大的禍患，怎麼北地就淹死了這麼多人？」話落，她問，「什麼縣？」

小忠子立即說：「密報說是魚丘縣。」

花顏在腦中思索了片刻魚丘縣的地質地貌，臉更沉了：「北地哪裡受災，按理說，也不該是魚丘縣，魚丘縣多山地，只一道小河谷，且上游便有分流納入靈渠江，大水怎麼也不能發到魚丘縣，且還淹死了上千人，真是笑話。」

小忠子小聲說：「太子殿下也這樣說，收到密報後，十分震怒。」

花顏暗想著看來北地的情況比想像中的還要亂，淹死千人，其中有一名是監察御史，這可是大事兒了，她問：「可商議妥當派誰去北地了嗎？」

小忠子搖頭：「還沒定。」

花顏想著雲遲本來沒打算這麼快整頓北地，應該是打算大婚後再對北地出手治理的，誰也沒想到北地這麼快就出了這樣的大事兒，看來，整治北地是迫在眉睫了。

奏報和密報竟然如此天差地別，可見北地官官相護欺上瞞下到了何等地步？

雲遲愛民如子，如今定然是火冒三丈了。

她看著小忠子，溫聲問：「太子殿下除了讓你送回來這麼一筐荔枝，可還交代了你什麼話？」

小忠子搖頭：「太子殿下沒再交代別的，只說讓您好好休息，晚膳也不必等他了，興許不會回來得太早。」

花顏點頭，發生了這樣的事兒，雲遲自然是忙的，她對小忠子擺擺手。

小忠子行了個告退禮，立即又匆匆走了。

采青依照花顏的吩咐，將一筐荔枝分出了幾份，福管家打發人送去了各府。

東宮留了兩盤子，花顏吃半盤子給雲遲留了半盤子，另一盤子讓采青、方嬤嬤、福管家等人分了，人人道謝。

敬國公府、梅府、安陽王府收到東宮送去的荔枝，聽聞是花顏的吩咐，分外歡喜，梅老夫人笑呵呵地重賞了東宮的小太監，又讓小太監帶了帖子給花顏，請她明日到梅府賞花。

上一次，花顏去梅府時，為了退婚，利用梅府，雖沒折騰出個所以然來，但令梅府也惶恐了好一陣子，如今雲遲親自登門前往臨安花家求親，二人又重新敲定了婚事兒，真正地板上釘釘了。

雲遲回京後，禮部這些日子一直在緊鑼密鼓地籌備太子殿下大婚議程，朝野上下都真真正正地意識到，無論如何，太子妃都非花顏莫屬了，梅府自然認識得更深刻。

梅老爺子雖早先被花顏氣了個夠嗆，不太滿意她，但同時又覺得能與雲遲鬥個不相上下膽大包天的女子，普天之下，還真是只有她一個，挑不出來第二個，單論這一點，別的女子就不及。

更何況西南境地之事他雖然知之不多，但從梅舒毓的來信中，也隱約猜到一些花顏從中起的作用，況且花顏不是不育，心裡的那點兒氣也早就散了，自然支持梅老夫人再邀請花顏。

帖子送回東宮，花顏含笑應了，覺得她是也該去梅府看看，順便為早先在梅府不成體統的樣子給梅府惹了麻煩道了個歉。

武威侯府和趙府都沒想到會收到了花顏送的荔枝。

柳芙香那日從花顏口中得到了蘇子斬的消息，雖然鬆了一口氣，不再擔心蘇子斬是否早已沒命，但心中依舊對花顏存著一股鬱氣不散。

即便花顏還是要嫁給太子殿下，但她依舊嫉妒死了她在蘇子斬心中的不同。

她沒想到花顏會派人將荔枝送來武威侯府，荔枝難得珍貴，她不由得猜測花顏到底要對武威侯府打什麼主意，立即派人知會武威侯。

趙府也十分意外收到花顏讓人送的荔枝，趙夫人不由詢問趙宰輔，趙宰輔命人打探太子妃都給哪個府邸送了荔枝，聽聞有敬國公府、梅府、安陽王府、武威侯府，趙宰輔頓時放心下來，對趙夫人說：「太子妃應該沒別的意思，荔枝難得，大約代表東宮對朝中重臣的善待。」

趙夫人鬆了一口氣，雖是太子妃送的，但以東宮的名義，也就說明太子殿下對趙府心裡未有芥蒂，還是會重用，否則太子妃也不會行此舉。

花顏雖聽著采青讀話本子，但腦子裡卻不停地轉著關於北地災情的事兒。

采青漸漸地發現了太子妃似沒在聽，慢慢地住了口，想詢問，但見花顏眉頭緊皺似在思索什麼，便乖乖地捧著話本子坐在一旁陪著。

花顏思索許久，回過神，對采青說：「派人去請程子笑來東宮一趟。」

采青點頭，放下話本子，立即找了一個人吩咐了下去。

花顏又對采青吩咐：「去拿紙筆來，要那種畫紙。」

采青應是，立即去了。

不多時，采青拿來紙筆，鋪在案桌上。

花顏從貴妃椅上起身，走到桌前，提筆蘸墨，在畫紙上勾勾畫畫起來。

采青立在一旁，原先以為花顏是要作畫，很快就發現太子妃畫的不是畫，似乎是地形圖，只不過這地形圖與市面上的地形圖和地理志不同，山水溝壑房舍標記得十分清楚，就連山路都十分地精細。

她雖沒去過北地，但識得花顏標記的地名，知道太子妃原來是在畫北地的地形圖，不由得驚歎，北地似就在她心中。

程子笑被人暗中偷偷地請進東宮時，花顏依舊沒做完關於北地的地形圖，得到福管家的稟告，花顏隨口說：「請他來這裡。」

福管家應是，立即將程子笑帶到了鳳凰木下。

程子笑遠遠走來，便看到鳳凰木開著鮮豔的花朵，富麗堂皇，風吹過，飄下花葉，花顏穿著淺碧色綾羅，身段纖細，素雅至極，卻與富麗的鳳凰木相得益彰。

程子笑腳步一頓，又看到她背著身影，站在桌前，似在提筆作畫，日光透過鳳凰木的枝葉，落下斑駁的光影，稀薄的光照在她如雪的皓腕上，白得發光。

她手腕翠綠的手鐲在斑駁的日光下映出細細碎碎的花紋，十分漂亮。

程子笑莫名地呼吸一窒，不再往前走，似怕打擾了花顏一般，站在了遠處。

福管家瞧了程子笑一眼，悄聲說：「太子妃請程七公子過去。」

程子笑定了定神，沒說話，站在原地沒動。

福管家見此，不再催促。

花顏卻知道程子笑來了，頭也不回地開口：「程七公子，過來說話。」

程子笑抿了一下嘴角，這才踱步走到花顏面前，自然也就看到了案桌上她正在作畫的北地地形圖，他眸光顯出驚異，開口說：「太子妃這地形圖真是別具一格，十分罕見。」

花顏偏頭含笑看了他一眼，手下落筆不停：「你自小生於北地長於北地，生意遍布北地，對北地應當是極熟悉，你覺得我這地形圖做得如何？」

程子笑看著她淺淡含笑的臉，不著痕跡地移開，看向地形圖，平靜地說：「太子妃這地形圖做得極好，精細精準，比北地市面上流傳的地形圖好了十倍不止。」

花顏微笑：「我昔年為我哥哥找藥，曾走遍了北地每一寸山每一寸土。」

程子笑恍然，敬佩：「難怪太子妃能畫出這樣的地形圖。」說完，目光不由自主地落在她提筆勾畫的皓腕上，見她十指纖纖，手骨白皙，眼底瞳孔微縮，又立即移開了視線看向別處。

花顏未曾注意他神色變化，淡淡笑著說：「依你看來，魚丘縣是會受水災的縣嗎？」

程子笑心思一動，看向花顏，她面上依舊淺淡地笑著，讓人看不出心中所想，他遲疑了一下說：「雖看起來不像是會受水災的縣，但事實是受了水災，世上沒有一定不會的結論。」

花顏輕笑：「你這話說得倒是中規中矩，不像是你程七公子會說出來的話。」

程子笑不再作聲。

花顏畫完最後一筆，放下筆，回身坐回貴妃椅上，隨意地擺手：「坐吧！」

采青立即挪來一個椅子，清脆地說：「程七公子請坐。」

程子笑一撩衣擺，慢慢地坐在了椅子上，采青遞給他一盞茶，他接過。

花顏收了面上的笑說：「魚丘縣大水受災，千人罹難，程七公子可知道？」

程子笑一愣。

花顏看著他：「程七公子是知道的吧？你的生意遍布北地，魚丘縣也有你的生意，這等大事兒，你即便遠在京城，也能得到消息。」

程子笑看著花顏，一時沒答話。

花顏笑了笑，淡聲道：「魚丘縣位居於青屏山，其山石堅固，地勢優渥，若非外力破壞，依我斷定，百年也不會受水災。」

程子笑捧著茶看著花顏，緩緩開口：「太子妃的意思是魚丘縣大水受災，是人為的了？」

花顏點頭：「看來你是清楚得很了，不錯。」

程子笑默了默，看著花顏：「太子妃因何斷定是人為？魚丘縣不過是小小的一個以打魚砍柴為生的縣而已，大水淹死千人，有什麼人會人為地讓魚丘縣發大水，有什麼目的？」

花顏道：「監察御史不就在魚丘縣嗎？」

程子笑點點頭：「的確。」

花顏看著他說：「魚丘縣不過是一個以打魚砍柴為生的小小縣，但監察御史卻停駐在了魚丘縣，這必有隱情，本不該發大水的魚丘縣發了大水，千人受難，監察御史被大水沖走下落不明，可見必是人為。」

程子笑看著花顏，猜測她請他來的目的，北地的生意他已經在與安十六暗中交接，她找他來……他冷靜地問：「太子妃見我，不知有何吩咐？」

「吩咐不敢當，想請程七公子幫個忙。」花顏笑了笑。

程子笑聞言端起茶喝了一口，整個人一改來時的拘謹，隨意地問：「不知在下除了北地的生意，還有什麼東西是值得太子妃看中的？」

花顏伸手指了指腦袋，說：「程七公子頭腦好用，北地的生意雖有趙宰輔的扶持，但也是你自己摸得透闖得開才有今日，所以，對北地的一些骯髒事兒，想必也洞徹得很。」

程子笑眯了一下眼睛，盯著花顏：「太子妃的意思是……」

花顏微笑：「程七公子聰明，知道我想要的是什麼？」

程子笑抿起嘴角：「北地的生意我已經拱手，太子妃不能以身分一次又一次地欺負人。」

花顏失笑：「太子妃這個身分雖貴重，但在程七公子的眼裡，也不會瞧得太重，我與程七公子第一筆生意做得順利，也算是有了交情，這第二筆，我請程七公子幫忙，你可以開個價，沒有欺負你之說，我雖愛欺負人，但也不白欺負。」

程子笑聞言盯著花顏：「太子妃的意思是我隨便開什麼價都可以？」

花顏微笑：「那要看你手裡的東西有多少，值不值你開的價了。」

程子笑收回視線，盯著手裡的茶盞，似在思索。

花顏也不催他，等著他。

過了許久，程子笑說：「茶涼了，煩勞換一盞。」

花顏示意采青：「你去給程七公子重新沏一盞，要上好的雨湖清茶。」

采青應是，立即去了。

采青前腳離開，程子笑便對花顏開口：「我手裡這些年的確是存了些東西，足夠讓北地天翻地覆的東西，本來是打算以備自己不時之需，沒想到被太子妃惦記上了。我可以拿出來給你，但是，太子妃要答應我一個條件。」

「什麼條件？」花顏揚眉問。

程子笑搖頭，琢磨著說：「我此時還沒有什麼所求，太子妃只需記得答應我一個條件就好，若有朝一日我有所求，太子妃必應允我。」

程子笑深深地盯了花顏一眼，痛快地點頭：「好。」

花顏淡笑：「只要不危害太子殿下和南楚江山，我個人都能應允你。」

采青重新端來茶，遞給程子笑。

程子笑接過，慢慢地喝了，放下茶盞，站起身，對花顏說：「太子妃要的東西我來京時留在了北地，我讓人去北地取來回也要數日，太子妃恐怕得等上一等。」

花顏搖頭：「不急，不必你派人去北地取，我大約要去北地走一趟，屆時你隨我回北地取給我就是了。」

程子笑一怔：「太子妃打算去北地？」

花顏點頭，輕飄飄地說：「北地若是不平，我與太子殿下怕是無法安生大婚，既然如此，就先平順了北地。」

程子笑看著花顏，偌大的北地，從她口中說平了時，輕若雲煙。

但即便是這樣輕飄飄的一句話，程子笑卻從中聽出了千鈞重的分量。

臨安花家不同於別的家族，花顏更不同於別的女子，經這兩次接觸，從她以淮河鹽道三成利換他遍布北地的生意，以及她輕而易舉地就畫出了北地精準的地形圖而又不客氣地要了他手中壓箱底的東西來看，她心中的丘壑乾坤普天下男子鮮少有人能及。

這一刻，他終於明白了雲遲為何非花顏不娶。

得了她，天下女子還有誰能入眼？

程子笑斂下眉眼，平靜地說：「既然如此，我就在京城再盤旋些時候，等著太子妃。」

花顏笑著點頭：「好！近日程七公子小心些。」

程子笑一怔，又抬起眼皮，看著花顏：「太子妃何故出此言？」

花顏道：「我見你印堂發黑，最近恐有血光之災。」

程子笑啞然失笑：「太子妃會算命？」

花顏淡笑：「會看面相。」

程子笑認真打量花顏兩眼，見她不像是在說笑，蹙起了眉：「太子妃當真會看面相？」

花顏點頭：「會的，所以，程七公子定要小心，畢竟，我還等著你的東西呢。」

程子笑放下茶盞，頷首：「多謝太子妃，我定會小心。」

花顏不再多言。

程子笑站起身告辭。

花顏吩咐等在一旁的福管家送客。

花顏對采青說：「去告訴十六，讓他近日暗中保護程子笑，不能讓他出事兒。」

采青應是，立即去了。

花顏放下茶盞，重新躺回貴妃椅上，閉目想著雲遲是不能離京去北地的，治水那麼大的工程，他要在京城穩定朝局，做安書離在川河谷的後盾，京中除了他，誰也鎮不住這些牛鬼蛇神。

陸之凌和梅疏毓在西南境地駐軍，安書離在川河谷一帶治水，蘇子斬在臨安花家，北地一片亂象，滿朝文武，老一輩的朝中重臣，都與北地官員有著或多或少千絲萬縷的關係，除了這幾人外，她還真想不出誰能去北地。

而她，卻是能去北地走一趟。

雲遲脫不開身，就讓她去給他掃平北地好了，距離大婚之期還有五個月，時間上也夠了。

花顏心中打定了想法之後，又想了想，起身去了天不絕和安十七的住處。

天不絕依舊在研究藥方，安十七拿了安十六從程子笑手裡接手的帳目在看，花容陪在二人身旁。見花顏來了，花容先迎了出來，笑著對她問：「十七姐姐，你怎麼過來了？」

花顏笑著摸摸他的頭說：「有點兒事兒跟你們商量一下。」

花容點點頭。

進了房門，天不絕抬頭瞅了花顏一眼，說道：「氣色不錯。」

花顏不置可否，將天不絕面前擺弄的好幾張藥方隨手拿了一張看了看，又放下，對他問：「雲遲可找過你？」

天不絕頷首：「找過，太子殿下問有沒有失憶的藥能給你用，抹平癔症，哪怕把他忘了。」

花顏一愣。

天不絕瞧著她嘖嘖一聲：「怪不得你們倆有命定的姻緣，這想法倒是想到一處了。」

花顏輕抿了一下嘴角：「你如何對他說的？」

天不絕搖頭：「我告訴他沒有，你的癔症刻在靈魂裡，沒有什麼藥能抹平你記憶。」話落，歎了口氣，「他對你著實上心，一直在琢磨你的癔症，猜測是你自己的執念太深。」

花顏沉默，輕聲說：「沒猜到魂咒上就好。」

天不絕不再說話。

花顏轉頭看向安十七面前堆的帳目。

安十七對花顏道：「十六哥說這些帳目只是程子笑帶進京來處理的一部分，大多帳目都在北地，讓我們先熟悉一部分，估摸著要跟他去北地走一趟，才能都接手過來。」

花顏點頭：「我過來就是要與你們商量，我打算去一趟北地。」

安十七一愣。

天不絕也看著花顏：「你去北地做什麼？接手這些帳目派人去就行了。」

花顏搖頭：「太子殿下接到密報，北地魚丘縣發大水，淹死千人，其中有朝廷派去北地不久的監察御史被大水沖走，下落不明。魚丘縣若非人為，以當地的地貌，百年也不會發大水，而北地上報朝廷的奏摺只說了北地幾處受了水災，提了監察御史失蹤，但未說千人罹難，瞞而不報，可見北地官場亂成什麼樣了。」

天不絕皺眉：「所以呢？你想去北地清理官場？那太子殿下呢？」

花顏搖頭：「他脫不開身，要在京中為安書離治理川河谷水患坐鎮，如今朝堂正擇選前往北地的官員，他不能去，我卻是能去走一趟的。」

天不絕不贊同：「如今都什麼時候了？你還想著去北地？當務之急，是該想想怎麼進皇宮的那處禁地，拿到南楚皇室留的關於雲族禁術的古籍，看看能否找到魂咒的法子。」

花顏淡聲道：「不急這一時半刻，五年呢。」話落，輕飄飄地說，「我不敢進去，我怕我如今進去，就死在那裡出不來了。」

天不絕面色一變，自是知道花顏那日只在皇宮高閣上遠遠看一眼就發作險些丟了命，若是踏足，還真是不可預知，一時沒了話。

安十七在一旁問：「少主可與太子殿下提了？他可同意您去北地？」

花顏搖頭：「沒提，今晚我與他說說，他會同意的，本來大婚前，我也不宜一直待在京城住在東宮，住些日子，也是要回去待嫁的，完全有時間去北地走一趟，我先告訴你們，你們提前有個準備。」

安十七點點頭。

天不絕聞言也沒了意見：「反正你去哪裡，我老頭子都要跟上，去北地就去北地，北地玉雪山盛產極品雪參，配藥最好。」

花容也在一旁點頭：「我也會一直跟著十七姐姐的。」

花顏笑了笑，頷首。

傍晚，夜幕徹底黑下時，雲遲才回到東宮。

花顏一直等著雲遲用晚膳，從窗前看著他快步走進院子，不由得勾起嘴角。

雲遲來到門口，拂了拂身上的寒氣，邁進門檻，入眼處，便是花顏坐在桌前，盈盈含笑地看著他，周身洋溢著等他歸來的暖意，笑著說：「回來了？」

雲遲在看到她的這一刻，一日的疲憊瞬間一掃而空，彎了嘴角，點頭：「嗯，回來了。」

花顏動手給他倒了一杯熱茶，遞給他。

雲遲接過，喝了一口，放在桌上，伸手將她從椅子上拽起抱在懷裡，嗅著她身上的女兒香，低低滿足地輕歎：「一日不見如隔三秋，古人誠不欺我。」

花顏失笑，見他眉眼隱約透著疲憊替他輕輕揉了揉眉心：「北地的事情，很棘手吧？」

雲遲「嗯」了一聲，收了笑，沉聲說，「我沒想到北地竟然胡鬧成了這步田地。」

花顏伸手拉著他入座，詢問：「可擇選出讓誰去北地了？」

雲遲抿唇：「武威侯奏請去北地，還沒定下來。」

花顏聞言揚眉：「武威侯？」

花顏思索武威侯倒是個合適的人選，不過武威侯她僅見過一面，不太能讓她看得透。她對雲遲問：「你的意思呢？打算讓武威侯去北地嗎？」

雲遲斟酌地說：「暫時還沒想好。」

花顏聞言知道雲遲在猶豫，既有猶豫，武威侯便不是最妥當的人選，開口對他說：「你離不開京城，我替你去一趟北地吧！武威侯雖然合適，但他沒我更合適。你擇選一個得用的信任之人，我暗中跟隨扶持他，肅清北地。」

雲遲聽了花顏的話，斷然地搖頭。

花顏瞧著他，淺笑：「你搖頭做什麼？我去過北地，況且我將程子笑在北地的生意以及他手裡這些年收集的東西都要到了我手裡，雖不說輕而易舉肅清北地，但也不是太難。」

雲遲依舊皺眉：「不行。」

花顏仔細打量他，見他板起了臉，摟住他脖子，笑看著他：「你是捨不得我對不對？」

雲遲板著臉：「你身體不好，除了我捨不得外，也不想你去北地涉險。萬一你癔症發作，我不在你身邊，如何能行？」

花顏笑著說：「天不絕時刻跟著我，有他在，你就放心吧！」見他依舊搖頭，輕聲說，「我最怕的就是皇宮，若是不再接觸舊事，我癔症就不會發作，不會有事兒的。」

雲遲眉頭擰緊：「即便無人可用，你也不能去。」

花顏放下手，有些生氣：「雲遲，你曾經說過，哪怕我嫁你，你也不會拘束著我，我如今人還沒嫁你呢，你就這般反悔食言而肥了嗎？」

雲遲一噎，沉默地看著她。

花顏見他眉眼不復早先的笑意，歎了口氣，又重新抱住他的腰，勸說：「雲遲，你不能離京，讓我去有何不好呢？我們大婚之期還有幾個月，北地不肅清，指不定還會出什麼事兒影響我們大婚呢，我與你一心，如今這般時候，誰去也不如我去讓你信得過。」

雲遲抿緊嘴角，不說話。

花顏腦袋在他胸前蹭了蹭：「再說了，我如今在東宮住著，本來也不能住太久就要回臨安，如今我去北地正好。」

雲遲依舊不語。

花顏又輕撫他的臉，這一張容顏讓她怎麼看都看不夠，她低笑著說：「我從來沒打算做你籠子裡的金絲雀，你也沒打算讓我做金絲雀對不對？那北地之事，如今捨我其誰？」

雲遲薄唇抿成一條直線。

花顏鬆開摟著他脖子的手，好笑地看著他，伸手又晃他胳膊，聲音軟軟的：「好不好嘛？」

雲遲眉眼終於顯出無奈的神色，看著與他撒嬌的花顏，伸手揉揉眉心：「你怎麼這麼……」

花顏抬眼看他，等著他說出後面的話。

雲遲住了嘴，一把將她拽進懷裡。

許久，雲遲放開她，低啞地說：「你去的確讓我放心，但我捨不得你，一日不見，已然讓我思之如狂，更何況北地山長路遠，你去了，怕是我又寢食難安了……」

花顏低笑，伸手捏他的臉，揶揄：「太子殿下，出息呢！」

雲遲低頭：「自從有了你，還哪裡要出息？」

花顏無言地輕笑。

方嬤嬤帶著人端來晚膳，花顏臉紅地坐離雲遲遠了些拿起筷子用膳。

雲遲瞅了她一眼，不捨蔓延上眉梢眼角。

用過飯後，雲遲認真地看著花顏：「當真想去北地？」

花顏誠然地點頭：「要去！」

雲遲又狠狠地揉了揉眉心：「多少時候？」

花顏想了想說：「最多三個月。」

雲遲眉心又跳了跳，說：「三個月太長了。」

花顏低笑：「那我儘量讓時間再縮短點兒。」

雲遲又沉默下來。

花顏趴在桌子上，托著腮看著他，顯然他即便千萬個不樂意，如今依舊同意了。

雲遲沉默片刻後，抿唇對花顏說：「我本來打算這兩日帶你去皇宮禁地，我給了看守皇宮禁地太祖爺留下的那一支暗衛的暗首三日時間考慮是他主動打開皇宮禁地的溫泉宮，還是由我帶著東宮的人闖進去。」

花顏一怔。

雲遲盯著她說：「後日是三日期限。」

花顏默了片刻，輕聲說：「我還沒做好準備。」

「害怕？」雲遲看著她的眼睛。

花顏點頭，聲音忽然輕了又輕：「是啊，害怕！」

雲遲握住她的手：「不怕，有我在！」

花顏指尖冰涼，被雲遲的手握在手裡，暖了暖，低聲說：「讓我考慮考慮。」

雲遲頷首：「好。」

花顏對他笑了笑，到底提起這件事兒影響心情，她的笑容很淺很淡。

雲遲轉了話題：「既然你要去北地，那我自然是要駁回武威侯的奏請了。你覺得讓誰去北地當你的明槍合適？」

花顏笑著說：「那就看你最信任誰了。」

雲遲如玉的手叩了叩桌面：「其實，蘇子斬去北地最合適。」

花顏眨了眨眼睛。

雲遲看著他：「去北地的人，需要有鐵血手腕雷厲風行，如今京中這些人，只會暗地裡鬥心思，但若說手段厲害能震懾人，唯他一人。」

花顏「唔」了一聲，琢磨了一下，笑著說，「那就讓他去？他在明處，我在暗處幫他？」

雲遲縮了縮眼眸：「我以為他去的話，你就不必去了。」

花顏失笑，嗔了他一眼：「說了這麼半天，我以為你同意我去北地了，原來依舊是在這裡跟我鬥心思呢。」

雲遲伸手扶額。

花顏認真地說：「子斬身子還需要仔細地將養一年，不過若是讓他去一趟北地，有天不絕在身邊，自然能為他好好調理，應該無大礙。他在明處吸引人視線，我在暗中助他，儘量不讓他累到，雖到底是費些心思，但想必也能擔得起來。」

雲遲頜首：「他去比武威侯去合適，也免了武威侯覺得我不信任他的心思。」

花顏點頭：「那就這樣說定了？稍後我便給子斬去信？讓他直接從臨安去北地？而我出京去北地與他會合？」

雲遲又掙扎片刻，點頭：「好吧！」

花顏笑顏逐開：「你放心，我定一日給你寫一封信，時刻讓你曉得我在北地的動態。」

雲遲「唔」了一聲，低聲說，「雖你與他如今成了知己知交，但也不要每日都喝他釀的醉紅顏。」

花顏大樂，她人還沒走，他這是不捨又吃味了，這醋吃得可愛，不說不讓她喝，只說讓她不要每日喝，她笑著點頭痛快地答應：「好。」

第七十六章　並駕齊驅

雲遲還想再交代什麼，對上花顏笑開的臉，又揉揉眉心，自己也覺得好笑：「罷了，不提他了。」話落，站起身，「我去書房給他寫信，陪我去書房？」

花顏痛快地起身，將手塞進他手裡：「嗯，陪你去。」

雲遲反握緊她的手，出了房門，去了書房。

到了書房後，雲遲書信一封給蘇子斬，又將一塊令牌隨手放在書信上，轉頭對花顏說：「你也給他去一封信？」話落，他微笑，「畢竟我的信與你的信在他心中分量不一樣。」

花顏好笑地看了他一眼，這話他倒是沒說錯，蘇子斬素來與他不對付，滿京城唯他敢與雲遲公然作對，但蘇子斬為她要入朝，如今藉北地的機會，讓二人達成一個君臣共識倒也是好事兒，她也不多說別的，提筆也給蘇子斬寫了一封信，與雲遲的信放在了一塊。

雲遲封好信函，清聲喊：「雲影。」

雲影應聲現身：「太子殿下。」

雲遲將信函和令牌遞給他：「派一個人連夜出京，送去臨安給蘇子斬。」

雲影應是，接了信函，立即吩咐了下去。

花顏笑著說：「今日梅府給我下了帖子讓我去做客，我應了，既然如此，我就從梅府做客回來，再定出京日期吧！」

雲遲伸手環住她纖腰：「不急，書信送到臨安最快也要兩日夜，馬上就是中秋節了，你在京中多待幾日，過了中秋之後再走。」

花顏眨眨眼睛，又氣又笑，這是什麼話！

雲遲攔腰將她抱起，出了書房。

這一夜，雲遲纏著花顏。

尤雲殢雨後，花顏眼皮也抬不起來，窩在雲遲的懷裡昏睡了過去。

雲遲卻沒多少睏意，低頭瞅著懷裡的人兒，心中任憑不捨蔓延，三個月，他覺得他會想瘋了她，可是堅決地不讓她去的話，又成了她口中那個拘束她食言而肥的人了。

他深深地歎了口氣，許久才閉上眼睛睡去。

早朝時辰到時，花顏依舊睡得沉，雲遲起身，他收拾妥當，又在床前輕吻著花顏磨蹭了一會兒，才出了內室。

小忠子等在門口，見雲遲出來，小聲說：「殿下，今日怕是又晚了。」

自從殿下和太子妃的關係更近了一層後，太子殿下便開始誤早朝了，以前太子殿下從來都不會誤朝的，這兩日，朝臣們已經多有揣測東宮是不是出了什麼事兒？但因太子殿下出了東宮後，依舊肅然威嚴，眉眼涼薄，無人敢公然問罷了。

雲遲「嗯」了一聲，抬步往外走，對同樣候在門口的采青吩咐：「太子妃昨日接了梅府的帖子，梅府的人應該會早早來接，稍後讓福管家派人去梅府傳話，讓梅府的車輦晚些來接，再告訴梅府一聲，晌午我過梅府與太子妃一起陪外祖父和外祖母用膳。」

采青應是：「奴婢記下了。」

雲遲不再多言，出了鳳凰西苑。

梅府的確如雲遲猜測，梅老夫人早早就吩咐人備了馬車，還是讓梅府的大少奶奶前去東宮接花顏。

梅大少奶奶還沒出發便收到了東宮傳話，梅大少奶奶笑著對梅老夫人說：「祖母您太著急了，這天還早得很，您看，太子殿下瞭解您，怕太早了太子妃休息不夠，這不就傳話來了？」

梅老夫人也笑起來：「我是有些著急，上一次太子妃來咱們梅府做客，連飯也沒吃，梅府還沒有過那樣的待客之道，我心裡一直過意不去。」

梅大少奶奶笑著說：「上次嚇都被嚇死了，哪裡還敢留膳？不過上次太子殿下那麼快找來，咱們連人影都沒見到，想留飯也沒機會不是？」

梅老夫人笑著感慨：「當時我以為太子殿下和太子妃鬧騰成那樣，這姻緣十有八九成不了，沒想到，如今還是成了。據說二人感情如今很好，皇上、太后也都樂得不行，尤其是太后，那日見了太子妃，恨不得留了她在甯和宮不放回東宮。」

梅大少奶奶也感慨：「太子殿下一心想娶，執著得滿天下皆知，太子妃不是石頭做的人，這天下，捨太子殿下其誰？」

「是啊！」梅老夫人笑著點頭，「真沒想到，太子殿下執著起一個女子來，會是這般，從小看他長大，以為他那性情，一輩子也不近女色了。」

梅大少奶奶抿著嘴笑：「不想如今專情至此。」

「就是啊！」梅老夫人頷首，歎息地說：「但願大婚順利，太子殿下大婚後，皇后在天之靈也可安息了。」

梅大少奶奶見梅老夫人又紅了眼眶，連忙轉移話題：「既然不用這麼早去接，孫媳去廚房看看還需要準備什麼。」

梅老夫人立即說：「多加幾個菜，太子殿下也要過來，豐盛點兒。」

梅大少奶奶連忙應了。

花顏這一覺又睡到了日上三竿，醒來後，依舊是渾身痠痛，她撐著身子坐起，挑開帷幔向外看了一眼，想起今日要去梅府做客，不由得抬手揉了揉眉心，心裡將雲遲又罵了幾遍。

開葷的男人果然是惹不得，昨日這樣那樣又那樣這樣，她覺得自己就是一塊燉的香噴噴的骨頭，被狗啃了又啃，骨髓都啃沒了，還捨不得撒嘴。

男人和女人的天生體力差也讓她無可奈何，同樣是折騰到深夜，他偏偏第二日依舊生龍活虎春風滿面地早早去上朝了，而她軟成了一灘泥，恨不得癱軟在床上，睡到太陽都曬屁股。

她坐在床上，吸氣好半晌，才止住了磨牙聲，對外面喊：「采青。」

采青一直守在外面，應聲而入，笑語清脆：「太子妃，您醒了？」

花顏隔著帷幔點頭，對她問：「梅府是不是一早就來人接我了？還在等著？」

采青笑著說：「梅府的馬車剛剛來沒多大一會兒，還是梅府大少奶奶來的，如今正在垂花門等著。」

花顏疑惑：「不是一早就來的？」

采青笑著將雲遲早朝前交代送去梅府的話說了一遍。

花顏恍然，嘟囔：「他可是好心了。」話落，揉揉肩膀，「我先沐浴，先請梅大少奶奶去前廳小坐片刻。」

采青應是，立即去了。

沐浴後，花顏梳洗穿戴妥當，趕緊向外走去。

采青小聲說：「太子妃，您還沒吃早膳呢。」

「不吃了，去梅府吃吧！」花顏看了一眼天色說。

采青搖頭，堅決地說：「不吃早膳怎麼行？您多少也要吃幾口，到梅府還需要些時候，餓壞了胃口太子殿下會罰死奴婢的。」

花顏見她堅決，只能點頭。

方嬤嬤立即帶著人端來早膳，花顏快速地吃了幾口，墊了肚子，又在采青的盯視下喝了藥，才出了房門。

來到垂花門，果然見到了梅府的馬車。

梅大少奶奶並沒有去會客廳小坐，而是一直等在垂花門口，如上次一樣，站在車前等著花顏，見花顏來到，遠遠地，她眼睛便亮了亮。

上回見花顏，清淡素雅，但身上多了絲如風似雲的氣息，但這回見花顏，依舊是淺碧色衣裙，挽著絲絛，周身沒有多餘的金玉珠翠首飾點綴，有一種安定的寧靜的氣息。沒了淡然無畏，反而眉眼明媚，麗色天成中更添風情雅意，有著天河清水洗禮的輕媚，擋都擋不住。

這樣的花顏，似乎將女子的美展現到了極致。

梅大少奶奶讚歎地看著花顏，在她走近後，立即上前見禮，笑著說：「太子妃比上次見似乎更美了，幾乎讓我認不出來了。」

花顏微笑，也快步上前扶起梅大少奶奶，打量她還是如上次見，笑著說：「大少奶奶快別誇我了，我臉皮厚，你怎麼誇，我都不臉紅的。」話落，花顏伸手挽住她的手，歉意地說，「勞頓你跑來接我，又等了這麼久，真是有些過意不去。」
梅大少奶奶笑著說：「東宮距離梅府不遠，我很榮幸祖母派我來接你。」話落，笑著說，「若非太子殿下一早派人傳話，祖母恨不得我三更就起了過來。」
花顏笑起來：「上一次在梅府，對不住梅老爺子和老夫人以及一眾人等，這一次，我可要好好地道歉。」
梅大少奶奶笑著說：「太子妃言重了，你和太子殿下比翼連枝，祖父祖母已經很樂呵了，道歉的話就不必說了，太子殿下也未曾怪罪梅府。你去做客，他們十分欣喜了。」
花顏淺笑。
二人說著話，上了馬車，馬車離開垂花門，出了東宮，前往梅府。
梅大少奶奶發現花顏其實是個很好相處的人，不同上次，這一次提到雲遲，她都會眉眼含笑，發自內心地笑語嫣然，可見是真真正正地喜歡上了太子殿下。
馬車來到梅府，梅老夫人已帶著梅府的一眾人等在門口等候，看起來似乎等了許久了。
花顏連忙上前對梅老夫人見禮，慚愧地說：「是我起晚了，煩勞外祖母等候，真是不該，還有上次也十分抱歉，望外祖母不怪罪我。」
梅老夫人握住花顏的手，笑呵呵地打量花顏，聽著她喊外祖母，不再是梅老夫人，可見這一回是把自己當了自己人來親近了，歡喜慈愛地說：「你這孩子，說什麼呢？年輕的時候，誰都有個折騰勁兒，這是朝氣，尤其是你敢跟太子殿下折騰，這份心氣本事，就讓人佩服，不怪不怪，如今你們和好了，外祖母高興還來不及呢，怎麼會怪你？」
花顏雖然知道梅府既然邀請她來做客，就是不怪她上次之事，但是多多少少還是覺得歉疚不好意思，此時見梅老夫人沒有半絲芥蒂，心裡也輕鬆了幾分，笑著挽住她說：「既然外祖母不怪，那我就厚顏叨擾了。」

梅老夫人樂呵呵地點頭，拍著她的手說：「就將這裡當作自己家，怎麼隨心如意怎麼待著，別拘謹。」

花顏笑著點頭：「好。」

一行人說著話，進了梅老夫人的院子。

婢女們擺上瓜果茶點，梅老夫人笑著推到花顏面前：「這栗子糕太子殿下小時候最喜歡吃，每次來，一盤都不夠他吃，你快嘗嘗可喜歡？」

花顏也不客氣，笑著捏起栗子糕嘗了一口，點頭：「不甜不膩，酥爽可口，是很好吃呢。」

梅老夫人笑顏逐開：「吃吧！多吃幾塊，太子殿下說也過來用午膳，不過聽聞北地出了事兒，他這兩日忙，大約不會來得太早。」

花顏點頭，她早上確實沒吃幾口飯菜，栗子糕可口，便又多吃了幾塊。

梅老夫人見花顏一點兒也不扭捏，乾脆爽快，十分喜歡，樂得眼睛瞇成了一條縫。

梅府的大夫人一直擔心著梅疏毓，如今見到了花顏，忍不住開口詢問：「太子妃，毓兒在西南可還好？這孩子只給府裡來了一封信，說一切都好，勿念，其餘的什麼也不說，著實讓我擔心，你可能與我說說他的情況？」

花顏聞言笑了笑：「大夫人寬心，毓二公子在西南境地很好，陸之凌駐守西南百萬兵馬，他輔助陸之凌在西南軍中做副將，太子殿下平順了西南，如今西南十分太平，只需要穩定軍心，練軍而已，不會有什麼事情的。」

大夫人鬆了一口氣：「那就好，這孩子慣會胡鬧，我實在對他放心不下。」

花顏笑著說：「毓二公子是個可塑之才，太子殿下平順西南境地，毓二公子立了許多功勞，否則太子殿下也不會將他留在西南百萬軍中擔任要職，大夫人盡可放心，此次西南一行，他受的鍛鍊良多，待有朝一日回京，你見了他，只會欣喜。」

大夫人聞言也高興了：「我這心一直提著，太子妃這樣說，我就真放心了。」

梅老夫人笑著說：「你呀！我早就與你說過，毓兒雖胡鬧混玩了些，但不是個壞的，你偏偏愛操心，兒孫自有兒孫福，毓兒那孩子有福。」

花顏誠然地點頭：「毓二公子的確命裡有福。」

一行人又有說有笑地閒聊了片刻，有婢女稟告：「老夫人，老爺子來了。」

梅老夫人向外瞅了一眼，對花顏樂著說：「這老東西，今日一早就對我絮叨了半晌，一定要我派人去東宮問問，你愛吃什麼，給你做什麼。」

花顏抿著嘴笑：「勞外祖父費心了。」

梅老夫人笑呵呵地說：「你喊他一聲外祖父，他估計會飄起來。」

花顏笑著起身，迎了出去，迎到門口，見了梅老爺子，梅老爺子還如上次見時一樣，沒什麼太大變化，只不過不板著臉了，她笑著見禮，喊了一聲：「外祖父！」

梅老爺子一怔，須臾，仔細地看著花顏，咳嗽一聲，面色舒緩地捋著鬍鬚說：「你是太子妃，該我老頭子給你見禮才是。」

花顏笑著說：「給長輩見禮，天經地義。」

梅老爺子面上難得地掛了笑，「上一次見你還沒這麼瘦，怎麼這一回見你，瘦了這麼多？」

花顏笑著說：「在西南時，水土不服，一時沒調養過來，如今依舊在調養。」

梅老爺子點點頭：「一定要好好調養，女兒家的身子大意不得。」

梅老爺子坐下身，又與花顏閒聊了幾句閒話，才開口詢問：「這一次來京，打算住多久？」

花顏笑著說：「打算過兩日就離京。」

梅老爺子一愣。

梅老夫人在一旁說：「距離你們大婚之期還有幾個月吧？你剛進京才幾日，怎麼不多住些時日？」

花顏笑著說：「哥哥不允，只給了我十日。」

梅老夫人笑起來：「我聽聞你哥哥是個厲害的，原來還規定了日期。」

花顏笑著點頭：「哥哥本來想拘著我一直在家中待嫁，十日已經是極大的寬限了。」

梅老夫人拍拍她的手說：「我能體諒你哥哥，當年我哥哥也是，十分捨不得我，說什麼想多留我幾年的話。」

花顏輕笑：「我哥哥也這樣說。」

梅老爺子道：「臨安花家是個了不起的家族。」

花顏笑笑：「也不算是了不起，只是子孫世世代代守著自家的一畝三分地本分而活。」

梅老爺子看了她一眼：「這就已經很不易了，多少家族都毀在了好高騖遠上。」

花顏淺笑，不再多言。

眾人又閒聊了片刻，外面有人稟告：「老爺子，老夫人，太子殿下進府了。」

梅老爺子點頭：「延兒呢？可與太子殿下一起？」

那人立即說：「是大公子陪著太子殿下一起回府的。」

梅老爺子點頭，看了大夫人一眼，大夫人立即帶著梅大少奶奶一眾人迎了出去。

不多時，一行人簇擁著雲遲來到了正院。

花顏喝著茶，看著外面如被眾星捧月一樣迎入府的雲遲，身姿秀挺，雅致尊貴，陪在他身邊的梅府長房長孫梅疏延本也是丰姿俊秀頗具風骨的世家子弟，卻堪堪被他給比了下去。

這個人，無論在哪裡，似乎都是天上的雲端明月。

花顏瞧著，嘴角不由得彎起，好心情使得她眉梢眼角都帶了笑意。

梅老爺子和梅老夫人瞧見了花顏的神色，對看一眼，眼底都露出了滿意之色，這才是太子妃看太子殿下該有的模樣，上一回見花顏，她是半絲沒有這種神色。

雲遲邁進門檻，花顏起身，迎了上去。

雲遲見她迎到門口，伸手握住了她的手，對她溫柔一笑，然後對梅老爺子和梅老夫人各見君臣和晚輩之禮。

見完禮後，雲遲拉著花顏入座，梅老夫人連忙吩咐人擺宴。

梅老爺子見到雲遲，免不了要問政事：「派往北地的人選可定下來了？」

雲遲頷首，也不隱瞞：「定下來了，我打算讓蘇子斬前往北地走一趟。」

梅老爺子一怔：「他去？他不是失蹤了嗎？難道已經回京了？」

雲遲笑著搖頭：「未曾失蹤，只不過是去了一個地方治寒症，如今寒症基本解了，我給他去信，讓他去一趟北地。」

梅老夫人聞言大喜：「謝天謝地，寒症折磨他多年，解了就好。」

梅老爺子尋思著說：「以如今北地的境況，他去北地，確實合適。」

用過午膳，梅老夫人再三盛情地留花顏，雖沒有如敬國公夫人一般留她在梅府住下，但也要再留她敘半日話。

花顏歪著頭瞅喝茶的雲遲，笑吟吟地說：「我聽太子殿下的。」

梅老夫人立即看向雲遲：「太子殿下，你忙你的去，太子妃在梅府你放心。」

雲遲看了花顏一眼，十分滿意她沒有向上次在敬國公府做客一般自作主張，放下茶盞，笑著說：「她過兩日就要回臨安了，外祖母心疼心疼外孫吧！」

梅老夫人一愣：「這話怎麼說？」

大夫人在一旁笑起來：「娘還不明白嗎？太子殿下這是捨不得太子妃，嫌她在京城小住的時日太短了，如今您若是再霸占上半日，太子殿下和太子妃的相處就少上半日。」

「哎呦。」梅老夫人一拍腦門，大笑起來，「瞧我這記性，早先太子妃是說過兩日就要離京了，她哥哥只給她十日的期限。」話落，笑著說，「你這大舅兄厲害，聽聞大婚議程就是他定的，十分繁複難做，禮部的一眾官員忙的手腳朝天呢。」

雲遲微笑：「我搶了他唯一的妹妹，是該付出些辛苦，他心下才寬慰。」

梅老夫人笑著擺手：「罷了罷了，我不留你的太子妃了，快帶走吧！免得我強留了人遭你嫌棄我老糊塗。」

雲遲被長輩取笑也不臉紅，順勢拉著花顏的手站起身：「待我們大婚後，接外祖母去東宮住一陣子，屆時你們再慢慢地說，來日方長。」

梅老夫人笑顏逐開：「好好好，屆時我就可以抱重外孫了。」

梅老爺子咳嗽一聲，捋著鬍鬚說：「都一把老骨頭了，給你一個重外孫，你抱得動嗎？」

梅老夫人笑罵：「你個老東西，這是嫌棄我老呢？你抱得動，我就抱得動。」

梅老爺子「嗯」了一聲，「我自然是抱得動的。」

二人笑著說著話，一路送雲遲和花顏出了梅府。

坐上馬車，簾幕落下，馬車走起來後，雲遲便一把將花顏拽到了懷裡抱住，低頭吻了下來。

花顏伸手推他，硬硬的胸膛推不動，只能作罷。

雲遲吻夠了，才放開花顏，對她含著笑意啞聲說：「這是獎勵。」

花顏眨眨眼睛。

雲遲微笑：「獎勵你沒自作主張答應陪外祖母。」

花顏失笑，摟著他脖頸，笑吟吟地柔聲說：「上次的教訓沒忘，我還哪敢自作主張答應？我的太子殿下，你要我怎麼陪你？去議事殿？」

雲遲扶額：「去議事殿吧！一堆的事情，今日是不能忙裡偷閒了。但願明日能空出一日來，陪你逛逛。」

花顏笑著說：「明日沒時間也沒關係，以後來日方長，我總歸是要嫁給你的。」

雲遲低笑。

馬車一路來到議事殿。

花顏看了一眼自己女兒家的打扮，對雲遲問：「我就這樣跟你進去不妥吧？你先進去，一會兒我悄悄溜進去，溜進個議事殿還是輕而易舉的。」

「不必。」雲遲搖頭，「你隨我進去。」

花顏看著他：「女子不得干政，被御史台彈劾，多麻煩。」

「議事殿分內外殿，當年，父皇未親政時，皇祖母便陪著父皇在外殿議事，有先例的。今日我就在外殿議事，你就在一旁陪著我，你以後嫁了我，每日陪著我，這議事殿就會常來，總要循序漸進地讓他們適應你踏足議事殿，不能每回都偷溜進來或易容進來。」

花顏想想也是：「行，聽你的。」

雲遲下了馬車，隨手握了花顏的手，向裡面走去。

看守在議事殿門口的侍衛給雲遲見禮，見到他身邊的花顏，都愣了神。

雲遲也不理會，踏著青玉石磚，進了殿門。

有四名朝中的大臣在院中敘話，其中一人是武威侯，一人正是御史台的閆大人，還有兩名年輕官員，穿著戶部和禮部的官服。

四人見到雲遲帶著花顏而來，齊齊一怔，武威侯蹙了一下眉，四人給雲遲見禮。

雲遲停住腳步，隨意地擺了一下手：「侯爺與三位大人免禮。」

四人直起身，閆大人看著花顏，試探地開口：「太子殿下，這位是……太子妃？」

雲遲頷首，眉目溫涼威儀：「不錯，本宮的太子妃。」

閆大人沒見過花顏，只覺得花顏容色極清麗明媚，當即看了一眼後連忙垂下頭，一板一眼地說：「太子殿下，此處是議事殿，太子妃是不是不該來？」

花顏眨眨眼睛，正巧被御史台的官員撞了個正著，自然在其位不能當沒看見。

雲遲淡聲說：「川河谷一代水患的治理方案，數日前多虧了太子妃提點，本宮才完善其事，本宮與太子妃大婚後，夫妻一體，身為東宮的太子妃，將來母儀天下，也不能對政事一竅不通。

所以，本宮帶她來議事殿熟悉熟悉，以後也能隨時提點本宮。」

閆大人一怔：「這……古來沒有先例吧？」

雲遲目光淡淡溫涼：「本宮收復西南境地也沒有先例！若非太子妃相助，西南境地也不會那麼快平復，區區議事殿，無聊得很，若非本宮非要她陪著，這議事殿都委屈了她。」

閆大人一噎，後退了一步，頓時沒了話。

武威侯沉聲說：「太子殿下，議事殿來來往往都是官員，太子妃在此，怕多有不便。」

雲遲轉向武威侯，淡淡含笑，不答他的話反問：「侯爺可知道子斬如今在何處？」

武威侯一怔：「太子殿下知道他在何處？還請告知。」

雲遲此時也不再隱瞞，淡聲說：「子斬寒症數月前已到了大限之期，被天不絕從鬼門關救了回來，如今就在臨安花家修養。」

武威侯本是聰明人，頓時明白了雲遲說這話的意思。天不絕一直在臨安花家，也就是說，如今蘇子斬是受了臨安花家的大人情才保住命。

他當即拱手對花顏道謝：「多謝太子妃！」

花顏淺笑，雲淡風輕地說：「我與子斬乃知己知交，侯爺不必言謝。」

武威侯聽到「知己知交」四個字，又愣了愣，不再多言了，如今他的兒子承了花家和花顏的人情，他自然不能再揪著女子不得干政不得踏足議事殿之事了。

武威侯不再有異議，另外兩名年輕的官員自然不敢有異議。

雲遲握著花顏的手，堂而皇之地進了議事殿外殿，一改早先的主意，更是乾脆帶著她去了議事殿的內殿。

閆大人、武威侯、另外兩名官員只能眼睜睜地看著，四人對看一眼，都沒想到太子殿下看重花顏到了這個地步。四人壓下心中各自的心思，跟在了雲遲和花顏身後，進了議事殿。

議事殿的內殿花顏來過一回，進來後，自然也不會東張西望，在雲遲鬆開她手時，便自動地去了屏風後，歪躺在了軟榻上，她知道那四人是找雲遲有事，趁著這功夫睡個午覺。

雲遲隔著屏風隱約看到她躺了個舒服的姿勢，準備睡一覺的模樣，啞然失笑，回轉身，坐在了案桌前的椅子上。

武威侯等人進來，沒見到花顏，先是齊齊一怔，然後隔著屏風隱約看到了個朦朧的身影，一時間心思各異，不過都暫且壓下，無人再提花顏踏足議事殿之事，依次對雲遲稟告要商酌之事。

雲遲隨意地坐著，一邊批閱奏摺，一邊敲定了官員上稟的商酌之事。

在武威侯再一次陳請前往北地時，雲遲淡淡笑著說：「我已經書信給蘇子斬，令他前往北地一趟，他去比侯爺去更合適。」

武威侯聞言訝異地看著雲遲，沒想到雲遲敲定前往北地的人選是蘇子斬。

一直以來，蘇子斬沒有入朝的打算，又與他這個父親關係不好，但與太子雲遲的關係更是如冰坨子一般。尤其是他失蹤數月，他遍查他下落不明的情況下，突然被雲遲告知讓蘇子斬前去北地，著實讓他十分意外。

他看著雲遲：「他的身體，能夠應付北地之事？」

雲遲淡笑道：「能的，他的本事侯爺應該知道，本宮也會暗中派人助他。」

武威侯聞言沒別的可說的了，點頭：「既然如此，那是最好，北地十分複雜，千絲萬縷的關係糾纏，還請太子殿下囑咐他小心。」

雲遲頷首：「本宮省得，侯爺放心。」

武威侯離開後，議事殿內安靜了下來，雲遲起身，來到屏風後，見花顏睡得熟，伸手輕輕地摸了摸她的臉，歎了口氣，喃聲說：「誰去都行，真是捨不得你去。」

花顏似被他擾了覺，伸手抓了他的手，嘟囔「別吵」，翻了個身，繼續睡。

雲遲啞然失笑，任由她握了一會兒手，起身出了屏風後。

花顏被雲遲帶到議事殿內殿之事，風一般地傳開了，朝中的大臣們想探查真假，便有事沒事兒地都找了些事兒來到議事殿稟告，於是，雲遲清淨了片刻後，便應付陸陸續續前來的官員們。

花顏足足睡了半日，絲毫不被屏風外的官員們和議事聲干擾。

傍晚時分，花顏醒來，揉揉眼睛，坐起身，看了一眼天色，又揉揉額頭，起身出了屏風後，此時殿內只有雲遲一人，大堆的奏摺已經處理完了，他握著一卷卷宗，正在翻看。

聽到動靜，雲遲回轉頭，對花顏微笑：「總算是睡醒了。」

花顏伸手摟住他脖子，腦袋在他脖頸處蹭了蹭，軟聲說：「我足足睡了半日，你怎麼不喊醒我？說好我陪著你，沒想到都陪周公了。」

雲遲低笑：「我碰碰你，你都讓我別吵，見你睡的香，我自然不敢擾你了。」

花顏好笑：「我近來確實嗜睡，都怪你每夜累我，讓我白日便沒有精神。」

雲遲聞言心神一蕩，將她拽到懷裡，低頭吻她，嗓音壓低：「那你睡了半日，可睡飽了？晚上可有精神補償我了？」

花顏眨眨眼睛，彎起眉眼，悄聲說：「晚上可以把昨日沒試的姿勢試試。」

雲遲低頭咬住她嘴角，眉目裡湧上一簇簇火苗：「好。」

出了議事殿，迎面遇到王公公。

王公公見到二人，連忙見禮：「太子殿下，太子妃，皇上請您二人進宮一趟。」

雲遲想了想，說：「正巧本宮也有事兒要和父皇商量。」話落，問花顏，「走一趟吧！可以去父皇那裡用晚膳。」

花顏笑著點頭：「好。」

此時天色已晚，天幕落了一層暗濛濛的紗，只餘天邊一點餘暉。

王公公快跑幾步進帝正殿稟告：「皇上，太子殿下和太子妃來了。」

皇帝的聲音微沉：「傳。」

王公公打開殿門，弓著身子挑開簾子：「太子殿下、太子妃，皇上有請。」

雲遲拉著花顏緩步邁上臺階，進了殿內。

花顏一眼看到皇帝坐在案桌前，屋中的藥味不如幾日前她來見時濃郁，淺淺淡淡的，是常年湯藥的氣息馥郁在了殿內，不喝藥時也散不去的那種。

雲遲依舊握著花顏的手，淡淡地喊了一聲：「父皇。」

花顏屈膝見禮：「皇上。」

皇帝看著二人，目光落在雲遲握著花顏的手上，在他面前也不鬆開，板著臉說：「免禮吧！」

雲遲拉著花顏坐去了不遠處的桌前，這才鬆開了她的手。

王公公端了兩盞茶悄悄地放在了桌上，又悄悄地退了下去。

皇帝沉聲開口：「今日有兩位御史台的老大人來跟朕告狀，說太子妃踏足了議事殿內殿，自南楚建朝以來，不曾有過這個規矩和先例。如今朕叫你們來，是想問問你們是怎麼想的？真打算一再地破壞祖制和規矩嗎？」

花顏眨了眨眼睛，沒說話。

雲遲淡聲道：「兒臣收復西南境地，也是在南楚建朝後沒有的先例。先例和規矩是祖宗定的，但那是四百年前，如今已經四百年後了，不適用了。」

皇帝薄怒：「收復西南境地怎麼能和這件事情相提並論？」

雲遲笑了笑，眉目溫涼：「父親只知道收復西南境地是兒臣天大的功勳，但是殊不知，兒臣也是承了太子妃的功勞而已。」

皇帝皺眉，看向花顏，見她一臉淺笑，他問雲遲：「什麼意思？」

雲遲道：「沒有太子妃，兒臣再有五年，也不見得能順利收復西南境地徹底劃歸我南楚版圖。她在兒臣背後助益良多，這千秋功業，大半都是她的功勞，登金殿都委屈了。」

皇帝聽到登金殿的話，面色微變，又看向花顏。

花顏嗔了雲遲一眼，笑吟吟地說：「皇上別聽太子殿下胡說，我只是給太子殿下添了些麻煩，過意不去，又幫了些小忙而已。至於踏足議事殿，我馬上就要離京了，捨不得太子殿下，便陪著他去了，一個下午都在議事殿內睡覺，沒能體察太子殿下勤政的辛苦。」

皇帝聞言面色稍緩，又看向雲遲。

雲遲偏頭瞅了花顏一眼，閒散地對皇帝說：「父皇很希望兒臣的太子妃無所能無所知無所用嗎？若是這樣的人，遍地一抓一大把。兒臣要娶的太子妃，是能與兒臣並駕齊驅的，是能幫助提點兒臣商議國事的，川河谷一帶水患的最終方案便是她敲定的，父皇也看了那個方案。」

皇帝看著雲遲，似在思量他這話，一時沒說話。

雲遲眉目溫涼：「太祖爺未曾立后，也未立妃，一生未娶，太祖爺始，後宮女子不得干政本就沒有先例可尋，何來先例？難道父皇說的是前朝的先例？」話落，他溫涼地笑，「父皇若是把南楚江山放心地交給兒臣，兒臣雖不能保證千秋萬載，但只要我在一日，南楚便欣欣向榮一日。我選的太子妃，會與我一樣，志在天下長安。」

花顏心裡暖了暖，自從答應嫁給雲遲，她便決定想他所想思他所思求他所求為他所為，所以，他身為太子，她便陪著他盡自己所能以安天下。

皇帝又轉向花顏，從她淺淺含笑溫柔地看著雲遲的目光中他似乎看到了昔年的皇后，他縱橫思量自己這一生，沒什麼功勳，政績平平，唯一值得驕傲的是他生了一個好兒子，且在他出生之日，他就封他為太子，他的太子，年僅弱冠，卻做了他做不到的事兒。

他沉默片刻，緩緩點頭：「既然如此，朕也就不說什麼了，這江山從你出生的那一日，朕就定給了你，你是太子，你大婚後，朕就打算退位給你，所以，南楚這江山是你的，你做什麼事兒，思量清楚了就好。」

雲遲淡笑點頭：「兒臣每走一步，都思量得很清楚。」

皇帝頷首：「違背祖制這等事情，只要你堵得住朝臣和天下的悠悠之口，哪怕讓太子妃踏足金殿，朕也可以不干涉。」頓了頓，他看向花顏，「只不過自古以來女子干政多禍國，花顏，你可敢對朕保證，你不是那個禍國之人嗎？」

花顏看著皇帝，自從見他第一面起，她就知道，他雖然不能稱得上是一個好皇帝，但也算是一個明智開明的皇帝，對於雲遲，他十分地寬容縱容包容。

雲遲要娶她，一直執著，他也未如太后一般強硬地干涉。

如今皇帝這般問她，既是以一個帝王的身分，又是以一個父親的身分。

花顏上一輩子雖未禍國，但是後樑因她而亡，如今她中有魂咒，若是不得解，那麼最多五年的命，在有限的生命裡，她想看到雲遲熔爐百煉這個天下，給南楚的盛世拉開華章，萬不得已時，天不絕製出令雲遲失去一部分記憶的藥，她就給雲遲吃了，讓他忘了她，她也會抹平自己在世上的所有痕跡，至少，讓雲遲接觸的人都不會在她死去後在他面前再提到曾經有她這麼一個人。

雲遲不是懷玉，南楚的如今也不是後樑。

她不會毀了雲遲，也不會毀了他身分擔負的南楚江山千萬子民以及他的宏圖志向。

她收了笑，誠然地說：「皇上放心，太子殿下之思，便是我所思，太子殿下之圖，便是我所圖。我敢保證，我不是那個……」

雲遲忽然捂住她的嘴，如玉的手指修長，按在她唇瓣上，繃著臉說：「保證什麼？本宮不需要你來保證。」

花顏未說完的話被他按了回去，她眨了眨眼睛。

「父皇若是不相信兒臣，大可以廢了兒臣這個太子，若是你不廢我，便不要找我的太子妃要保證，兒臣說了，雖不能保證千秋萬載，但只要我在一日，南楚便欣欣向榮一日。」

皇帝瞪眼，怒道：「朕在和太子妃說話，你攔著做什麼？」

雲遲淡聲說：「我的太子妃，自然聽我的，歸我管，這樣的話，父皇與我說就好了。」

皇帝面皮動了動：「你倒是護得緊，花顏以後是朕的兒媳，朕還不能說一言半語了？」

雲遲道：「父皇可以說別的，這個就不必說了。」

皇帝被他這般扎釘子擋住，一時沒了話。

花顏拿掉雲遲的手，又氣又笑，他何時霸道得讓她連話也不能說了？這般霸道地攔著擋著，是心裡一直不踏實吧？她沒有給他踏實感，也給不了。

她想著，心裡便不可抑制地心疼起來。

雲遲順勢又握住她的手。

皇帝看著二人，知道這話題繼續不下去了，索性問：「前往北地，可定下了人選？」

雲遲點頭：「定下了。」

「武威侯？」皇帝詢問。

雲遲搖頭：「蘇子斬。」

皇帝訝異：「他不是失蹤了嗎？如今回京了？」

「未曾回京。」雲遲將蘇子斬在臨安之事簡略地說了。

皇帝聞言對雲遲道：「你前往西南境地那幾個月，朕便十分乏力精神不濟，你剛回京不久，堆積的朝事兒一大堆，又要坐鎮在京城調度川河谷一代治水之事，自然此時是不能離京的，讓蘇子斬去也好，但是他脾性乖戾，與你素來不和，能處理好北地之事嗎？」

雲遲淡聲道：「這也就是我如今來要與父皇說的事兒了，太子妃過兩日會離京前往北地暗中相助蘇子斬。」

皇帝一愣，看向花顏：「你要去北地？」

花顏微笑：「子斬公子剛解了寒症，身體不好，北地如今一片亂象，他恐怕應付不過來，我去北地，可以暗中相助他。合我二人之力，可以讓太子殿下完全不必擔心北地。」

皇帝點頭：「朕知道你有本事，否則也不會與太子拉鋸這麼久了。」話落，看向雲遲，「你今日不止是來告訴朕這個吧？是想讓朕做什麼？」

雲遲淡笑：「父皇明智，兒臣想請您下一道聖旨，北地程家若是牽連了魚丘縣大水之事，牽連之人，一旦查實，可不必收監，當即斬首，以儆效尤。」

「什麼？」皇帝皺眉，聲音拔高。

雲遲看著皇帝：「父皇沒聽錯，就是這個聖旨，北地程家是皇祖母的娘家，這些年，背地裡的骯髒事數不勝數，雖沒鬧到京城，但也汙濁了百年世家的家風。誰知道此次魚丘縣出事兒，與程家有沒有關係？沒關係最好，聖旨自然不必用，但若是有關係，除了父皇的聖旨與我的東宮太子令外，誰能動得了程家人？」

皇帝看著他：「你的意思是，讓朕下一道聖旨，與你的東宮太子令一起，一旦查出北地程家事關魚丘縣大水之事，便用來對付程家？」

「不錯。」雲遲點頭，「這些年，父皇對程家足夠縱容了，父皇能容，兒臣卻容不得。這天下，兒臣要的是四海河清，北地如今這般亂，就要清一清，若是程家犯事兒，大義滅親！」

皇帝抿唇：「你這樣與朕說，是覺得程家一定參與了北地魚丘縣之事了？」

雲遲搖頭：「兒臣只是覺得程家乾淨不了而已。」

皇帝皺眉，斟酌半晌後道：「太后年歲大了，禁不得驚嚇了，數月前，關於你的婚事兒，她便大病了一場，如今身體更不如從前了，若是程家再出事兒，朕怕她一病不起啊！」

雲遲淡淡道：「皇祖母沒有父皇說得這般弱不禁風，太子妃送她的良藥，很有起效。皇祖母雖然出身程家，但皇家才是皇祖母的家，家與國，皇祖母分得清。若程家真參與魚丘縣大水之事，皇祖母也能體諒父皇和兒臣為江山社稷之心。畢竟，千人罹難，事若人為，這是大罪。」

皇帝點頭：「朕給你下一道聖旨。但你可得提前知會太后，讓她心裡有個準備。」

雲遲點頭：「稍後我與太子妃便去甯和宮一趟。」

皇帝頷首，又看向花顏：「你們還有幾個月就大婚了，北地之事，你暗中去相助蘇子斬，多久能解決？」

花顏笑道：「順利的話，兩三個月，應該夠了。」

皇帝仔細地打量了一眼花顏，她說這話的時候，雖看不出胸有成竹，但這般雲淡風輕的模樣，是有著很大把握的，他又點點頭，囑咐道：「萬不可耽誤了大婚之期。」

花顏笑了笑：「皇上放心。」

三人又說了幾句閒話，皇帝下了一道密旨給了花顏，花顏接過，妥貼地收好。雲遲和花顏告辭出了帝正殿。

踏出帝正殿的宮門後，雲遲站在臺階上，看向甯和宮方向。

花顏也跟著雲遲一起看了一會兒，對他輕聲詢問：「不知該如何與太后提此事？」

雲遲搖頭：「皇祖母自從嫁入皇家，因北地路遠，一次也未歸家省親，這些年，她對北地思念得緊。」

花顏轉頭看向雲遲，夜幕下，他眉目深深，帶著濃濃的悵然。

雲遲輕聲道：「讓皇祖母在有生之年看到程家落敗，頗有些殘忍，但這些年程家實在是不像話，自家風氣不正，帶偏得整個北地風氣都不正，不得不治了。」

花顏想了想說：「程家也是有好人的。」

雲遲涼薄的眉目因她而瞬間溫暖，伸手又握住她的手：「走吧！我們去甯和宮。」

花顏點頭，跟著雲遲一起去了甯和宮。

太后今日也聽聞了花顏踏足議事殿之事，面色染上了幾分憂心和憂愁，對周嬤嬤說：「你說，這是不是壞事兒？」

周嬤嬤一時不敢接話，太子妃踏足議事殿，這事兒算得上是大事兒了，但到底是好事兒還是壞事兒，不是她一個嬤嬤能置喙的。

太后歎了口氣：「看來太子真是喜歡花顏喜歡到心坎裡心尖上了。先皇愛重我，也未曾帶我踏足過議事殿，皇上親政前，我踏足議事殿外殿協助他，那是沒辦法。皇上大婚後親政，十分愛重皇后，也未曾帶她踏足過。如今太子還是太子，便堂而皇之地帶著人去了。」

周嬤嬤也不知該說什麼，只能閉口不談。

太后說了一番話後無人接話，扭頭瞅了周嬤嬤一眼：「你不接話，哀家都沒個說話的人。」

周嬤嬤連忙說：「奴婢覺得，太子殿下監國四年，沒有做錯過一件事兒，帶太子妃踏足議事殿，必有理由和考量。」

太后頓時笑了：「你倒是慣會為他說話，依哀家看啊，他事忙，但又捨不得太子妃，才拴著人去議事殿陪他，哪有什麼考量，估計是圖個兩者兼顧而已。」

太后也曾年輕是過來人，經歷過兩情相悅恨不得時時刻刻黏在一起的時候，所以，她雖憂心，但對於這件事兒也能理解。

周嬤嬤聞言也笑了，順著太后的話說：「太后應是猜對了，大體是這樣。」

二人正說著話，外面有人稟告，太子殿下和太子妃來了。

太后一怔，看了一眼天色，雖是奇怪二人這時來，但還是連忙說：「快請！」

周嬤嬤立即迎了出去。

雲遲和花顏進了甯和宮，給太后見禮，太后連忙擺手：「快免禮，天色這麼晚了，怎麼這時候過來了？」

雲遲淡笑：「父皇召見，順道來看看皇祖母，陪您用晚膳。」

「哎呦，哀家正好還沒用晚膳。」太后頓時眉開眼笑，對周嬤嬤擺手吩咐：「快！讓御膳房傳晚膳。」

周嬤嬤應是，立即去了。

太后看著二人，二人連袂而來，坐在一起，光風霽月，容色照人，她心下暗想著以前怎麼沒覺得花顏與雲遲這樣般配，她真是老眼昏花了，若非雲遲執拗，這樣的一對險些被她拆散。

如今她對花顏消除了芥蒂，真是怎麼看她怎麼喜歡，哪怕她隨意地坐著不見端莊，但也顯不出哪裡失禮不合規矩，反而有一種隨意淡然的清雅之色，與雲遲的清貴尊儀相得益彰。

她笑呵呵地看著花顏：「那日你出宮後，哀家便一直想著你哪日再進宮，這兩日一直想得緊，本想明日召你來宮裡敘話，不想你今日就來了。」

花顏淺笑：「這兩日一直未曾得空，先是去了敬國公府一趟，後又去了安陽王府，然後又去了梅府，是打算明日來陪太后一日的。」

太后笑著說：「不若你們今日就住在哀家的甯和宮吧，免得明日再過來。」話落，與雲遲商量，「若不然，多住幾日？你在甯和宮時住的院落一直有人收拾著，十分乾淨，你們若是住，哀家現在就讓人再收拾一番。」

雲遲見太后殷殷期盼，笑著瞥了花顏一眼，溫聲說：「這兩日太子妃便要啟程回臨安了，待我們大婚後，再多陪皇祖母吧！」

太后一愣，看向花顏：「剛來京沒幾日，怎麼這般急著走？還有兩日就是中秋節了。」

花顏暗想著雲遲能對皇上說她要去北地，但是卻不能對太后說，畢竟也許牽扯北地程家人，若是太后知曉她是去北地對程家動手的人，心裡消散的結怕是又要重新繫起來難解開了。

她笑著無奈地說：「哥哥只給我十日期限，我大婚前，要好好地待在家裡待嫁。」話落，補充說，「既然趕上了中秋節，那就過了中秋節之後離京。」

太后恍然：「原來是這樣，長兄為大，這樣說來，哀家還真不能留你了。臨安到京城千里，你嫁來京城，以後回家省親不易。」說著，她感慨又悵然思念地說，「哀家自從嫁進京城，待在這宮裡，一次也未回北地省親。」

花顏聞言微笑著說：「太后若是想北地，回去看就是了。」

太后笑著擺手：「省親哪裡那麼容易？興師動眾的，麻煩朝廷，也麻煩北地，折騰一趟，都是民脂民膏。」

花顏聞言心下多了分敬重：「太后仁善，為民之心令人敬佩，是百姓們的福氣。」

太后笑起來：「就你會說話，說出的話兒來讓人愛聽得緊。」話落，歎了口氣，「哀家年輕時，是沒有那個心力和時間，先皇在世時，哀家想做好皇后的本分，統領好六宮，為先皇分憂。先皇去了之後，皇上親政前，哀家一直提著心，生怕朝局動盪，皇上大婚親政後，他與皇后都體弱，哀家更不敢鬆懈，後來皇后薨了之後，哀家要照拂太子，更不敢大意，這一年一年地下來，便一次也沒回去過。」

花顏由衷地覺得太后的確不易，看了雲遲一眼，微笑著說：「如今太后您身體還硬朗得很，若是您想回北地省親，太子殿下給您安排妥當就是了。」

雲遲接過話，溫聲道：「皇祖母想回北地省親的話，孫兒便給您安排。」

太后笑呵呵地說：「罷了，目前我最想的不是回去省親，是想看你們大婚，我抱重孫。」

雲遲失笑：「也好，那等我們大婚後，您抱著重孫回北地省親好了。」

太后頓時大樂：「這個好，那哀家就等著抱著重孫回去省親了。」

雲遲點頭。

花顏也跟著笑，距離二十一還有三年，總能為雲遲生下一男半女的。只是可惜，不見得能陪著孩子長大，不過她相信，雲遲會是一個好父親，不會虧待他們的孩子。

三人說笑了片刻，周嬤嬤帶著御膳房的人擺上了晚膳。

席間，太后不停地讓周嬤嬤給花顏夾菜，一席晚膳吃下來，花顏吃到撐。

飯後，雲遲有話與太后說，自然沒立即走。

太后喝了一盞茶，對雲遲問：「哀家聽聞北地之事了，事情是不是有些棘手？你這麼晚帶著太子妃過來，不只是來陪哀家用晚膳吧？」

花顏想著太后不愧是太后，雖然有些時候糊塗，但大多數時候還是明白得很。

雲遲面容平靜地說：「北地的事情是有些棘手，但比西南境地時要強很多，孫兒帶著太子妃今晚來，確實不只是陪您用晚膳，是有一件事兒，孫兒拿不定主意，特意來請皇祖母幫孫兒拿個主意。」

「嗯？」太后奇怪了，「什麼事兒你拿不定主意？竟然還需要來問哀家？」

雲遲揉揉眉心，似一時不知該怎麼和太后說。

太后見他揉眉心，瞬間福至心靈，收了笑，對他問：「難道是程家出事兒了？」

雲遲點點頭，又搖搖頭。

太后一時有些急：「哀家何時見你這麼吞吞吐吐猶豫不定？痛快些。」

花顏想著太后的性子確實剛直，一般強勢的人都雷厲風行。

雲遲歎了口氣，將密報中魚丘縣受災他猜測是人為之事說了，自然也提到，這裡面興許有程家人參與其中的手筆，因程家是太后娘家，他不知若真是查出什麼來，該怎麼處置，畢竟千人罹難，朝廷的監察御史至今被大水沖走，生死不明，此事算得上是大案了。

太后聽罷，臉上的笑容收起，盯著雲遲：「你與哀家說實話，是不是你手裡已經有程家參與的證據了？」

雲遲搖頭：「還沒有，目前只是猜測。」

太后皺眉。

雲遲淡聲道：「皇祖母不是糊塗人，應該明白，這麼多年來，程家汙穢之事不少，以前諸多小事兒也就罷了，但此次這等重大災事兒，若程家真參與其中……」

他話語頓住，故意斷在這裡，不再說。

太后自然是知道程家這些年來背地裡做了不少上不得檯面的事兒，骯髒汙穢，但也僅限於北地，沒鬧出北地鬧到京城來，但若這一回真參與了魚丘縣災情之事，那就是捅了天大的簍子。

魚丘縣的上千百姓再加上朝廷的監察御史，以及商鋪良田房屋沖毀無數，這損失太大。

這樣的事兒出來，北地官員不但不如實上報朝廷，反而層層隱瞞，想大事化小，別說雲遲生氣，她聽到都生氣。

這樣的事兒，必須嚴查，不查不辦不足以立朝廷之威。

她早先的笑容褪得一乾二淨，繃著臉沉默片刻，出聲詢問：「前往北地的人選定下了？是何人？哀家聽聞武威侯自請去北地？」

雲遲寡淡地說：「定下了，蘇子斬。」

太后一愣，頗有些訝異，蘇子斬自小與雲遲不對付，這些年更是沒有入朝的打算，況且失蹤了幾個月了，沒想到如今雲遲竟然重用他去北地查辦處理此事。

她看著雲遲：「怎麼是他？」

雲遲淡聲道：「只有他合適。」

太后也不細問蘇子斬去了哪裡如今又冒了出來，只是細想蘇子斬的脾氣秉性以及這些年行事兒。北地如今頗亂，還真需要一個雷厲風行手段厲害強硬無人敢惹的人，蘇子斬還真是合適，若是派去的人太綿軟，不見得能鎮住和對付得了北地那幫子人，尤其若是程家參與其中的話。

她深吸了一口氣，咬牙說：「南楚江山，是太祖爺打下來的，四百年來，皇室歷代帝王兢兢業業，哀家雖然出身程家，但嫁入皇家後早已經是皇家人，先皇去的早，皇上登基親政前，哀家也曾跟著小心翼翼如履薄冰地守護江山，如今依舊操心。這江山是代代人的心血，若程家當真參與了此事，做了這等傷天害理之事……法不容情，你該如何處置便如何處置，不必顧忌我。」

花顏沒料到太后能在這麼短的時間裡說出這一番話來，在皇家和黎民百姓面前，她選擇了皇家，這樣短時間做的果斷選擇十分不易。

雲遲得了太后這一番話，心下微微鬆了一口氣，溫聲說：「既然皇祖母這樣說，孫兒就知道該如何做了。」話落，寬慰太后道，「不過皇祖母放心，程家也不是所有人都一棒子打死沒好人，還是有清正君子的，若程家真參與其中，孫兒會適當處置。」

太后雖然咬著牙說出那一番話，但到底心裡不好受，若非雲遲心裡有數，斷然不會懷疑程家，所以，十之七八程家對於魚丘縣災情之事不乾淨，但若說因此讓家族舉族傾覆，她也受不住，如今雲遲這樣一說，她難受的心頓時好受了些。

她點點頭：「這江山是你的，皇祖母相信你。」

雲遲微微地露出一絲笑意：「皇祖母信孫兒就好。」

二人又與太后閒聊片刻，眼見天色已徹底黑透，出了甯和宮。

小忠子提著罩燈照路，雲遲與花顏一路走出宮門，踏出宮門後，花顏停住腳步，回頭看了一眼皇宮，夜色籠罩的皇宮莊嚴肅穆，絲毫不見四百年前的影子。

第七十七章　踏足皇宮禁地

雲遲腳步也跟著頓住，溫聲問：「怎麼了？」

花顏回轉頭，輕聲說：「我怕是活多少輩子，也不及太后這份愛護皇家之心。」

雲遲握著花顏的手緊了緊：「你與皇祖母不一樣，四百年前的後樑與如今的南楚不一樣，北地程家與臨安花家不一樣，花家從不做作奸犯科骯髒汙穢之事。」

花顏收回視線，扯動嘴角，對雲遲淺淺地笑了笑：「話雖這樣說，但到底我心裡愛重家族更甚皇室朝綱，當初，你若不許諾你在一日，只要臨安花家不做傷害黎民百姓的大事兒，你就不會動花家，我也不會與你這般坦誠相待，甘願效死卿前。」

雲遲伸手將花顏拽到懷裡：「我還是那句話，臨安花家不同於北地程家，累世千年，暗中為百姓做的好事兒不計其數，天下哪個家族，也不及臨安花家為百姓所做之多且不留名，太祖爺念著花家的情，後世子孫也不會忘。」頓了頓，低聲說，「四百年前，你也沒做錯。」

花顏不語，以如今南楚黎民百姓安居樂業四百年來看，她當初的選擇是沒做錯，只不過是對懷玉一人的不忠，對後樑江山無力的捨棄罷了。

雲遲知她心中又難受起來，無聲地抱了她一會兒。

花顏安靜地靠在雲遲的懷裡，被他清冽的氣息包裹，淺淡的鳳凰木香氣縈繞，她波動震盪的心漸漸地平靜平和，半晌後，輕輕推了推他：「走吧，回宮！」

雲遲點頭，放開了她，二人攜手上了馬車。

坐到車裡，雲遲對花顏說：「明日開始，休沐三日不早朝。你想去哪裡逛逛？」

花顏一愣：「休沐三日？」

「嗯。」雲遲點頭，「你來京兩次，我還未曾陪過你四處看看。」

花顏失笑：「這京城方圓百里，對我來說不甚稀奇，如今朝中事情那麼多，你用不著特意休沐三日陪我。」

雲遲搖頭，抱著她，下顎在她頸窩處蹭了蹭，柔聲說：「正逢中秋，朝臣們也要過節，休沐三日也不是特例，你離京後，我恐怕又該食不知味，寢難安了，屆時有大把的時間處理朝中之事，耽擱三日也不算什麼。」

花顏尋思片刻，抿了抿嘴角，輕聲說：「我考慮好了，你與禁地暗首說的期限已經到了吧？明日……就明日吧，你帶我去那處禁地吧！」

雲遲身子微微一僵，低頭看花顏。

花顏臉色平靜，一雙眸子卻深深如古井，裡面湧了些許飄渺遙遠的色澤：「我是該去看看，逃避總不是法子。」

雲遲定下心神，抱緊她，沉聲說：「我陪著你。」

花顏點頭。二人不再說話，馬車一路回到東宮，街道上的行人與馬車見到東宮車牌，自動地避讓到道路兩旁。

因花顏心裡存了事兒，雲遲心裡也存了事兒，這一夜，二人只是相擁而眠。

第二日清早，花顏早早就醒了，睜開眼睛，發現身邊已經沒人。她披衣起身，穿戴妥當，出了內室，打開外間的房門。

天空灰濛濛的，只東方一小塊魚白。

采青似也剛醒不久，正在揉著眼睛，聽到動靜，立即跑了過來：「太子妃，您醒了？」

花顏靠著門框，從東方天空收回視線，看了她一眼，「嗯」了一聲，問，「太子殿下呢？」

采青搖頭，自責地說：「奴婢今日醒得晚，剛剛醒，沒見到殿下。」

花顏笑了笑：「不是你醒的晚，是今日他醒得早。」

這時，方嬤嬤走來，見到花顏屈膝行禮：「殿下去書房了，老奴派人去喊殿下？」

花顏搖頭：「不必了，他去書房，定是有事。」話落，想了想說，「去將天不絕喊來。」

采青立即說：「奴婢去。」

花顏點頭。

采青立即出了西苑。

花顏倚在門口，又看向東方，東方的魚白一點點擴大，晨曦的曙光一點點劃開天幕，漸漸的，魚白中似染上些許霞色。

方嬤嬤陪著花顏看向東方，過了一會兒，她低聲說：「太子妃您是要離京了嗎？老奴見殿下今日臉上的笑容又沒了。」

花顏「嗯」了一聲，「過了中秋，我就離京。」

方嬤嬤歎了口氣：「殿下五歲時，皇后娘娘離開了殿下，殿下臉上的笑容便沒了，即便笑著，但陪在他身邊的人都知道，殿下的笑沒到心裡。一晃十年，老奴幾乎都不記得殿下真心的笑是什麼樣了，以為這輩子見不著了，偏太子妃您出現了，殿下發自真心的笑容日漸多了起來，老奴是真心為太子殿下高興。」

花顏回轉頭，看向方嬤嬤，淺淺一笑，溫和地說：「多謝你們這些年陪著他。」

方嬤嬤露出笑容，樂呵呵地：「陪著殿下，是奴才們的本分也是福氣，當不得您的謝，奴婢只是想告訴您，您在太子殿下心中有著不可估量的重量，望您不在殿下身邊時，也一定要萬分珍重自己。」

花顏點頭，笑著說：「你放心，我會的。」

雲遲有多在乎她，在南疆獨闖蠱王宮時她就知道了，如今與他相處的時日漸多，更讓她體會個淋漓盡致。正因為這樣，所以，她才怕自己毀了他。

他與懷玉不同，懷玉生在後樑末年，他不捨得斷不了的，她可以替他斷，替他捨，同時，毀了他，也陪著他入九泉。

如今南楚雖不是四海河清，但在雲遲的努力下也在蒸蒸日上欣欣向榮，走向一片盛世榮華的路，她下不去手，也不能下這個手，不能因她而毀了他和南楚江山黎民百姓。

采青帶著天不絕、安十七、花容來時，三人便看到懶洋洋地倚著門框的花顏。方嬤嬤陪在她身邊，與她接觸的不深，自然讀不懂她，只覺得太子妃笑起來很好看，但他們熟悉的人都知道，花顏的笑容深處藏著一抹哀痛，很淺淡，卻籠罩了她周身，化不開。

天不絕來到近前，一副沒睡醒臉色不好的模樣，重重地咳嗽了一聲。

花顏轉過頭，看著天不絕，嗤笑：「不必給我使聲，看到你了。年紀一大把了，脾氣還這麼臭，怪不得一輩子沒人敢嫁你，光棍一個。」

天不絕瞪眼，也顧不得她如今的身分，怒罵道：「臭丫頭，毒嘴毒舌，當心太子殿下……」

安十七一把捂住天不絕的嘴，堵住了他未出口的話，提醒說：「太子殿下寶貝少主得緊，你可不能口不擇言亂說，有些話，少主聽了沒什麼，但太子殿下可是聽不得的。」

花容在一旁搭腔：「正是，十七哥哥說得對。」

天不絕鬍子翹了翹，瞪眼半晌，似有些上不來氣，用鼻孔重重地哼了一聲。

安十七放開他。

花顏笑著彎了彎嘴角，給天不絕順毛：「好了，是我不對，大早上吵醒了你的好夢。」話落，收了笑，「不過也沒法子，今日我和太子殿下決定去那個地方，你得跟著，讓我有命去，也得有命回來，我可不想死在那裡。」

聽了花顏的話，天不絕不順的氣頓時捋順了。

安十七四下看了一眼，見方嬤嬤在他們來了之後悄悄地退了下去，他小聲問花顏：「少主，您說的決定去的地方，可是皇宮禁地的溫泉宮？」

花顏點頭。

安十七又問：「太子殿下陪著您去？」

花顏又點頭。

安十七有些不解，壓低聲音說：「少主，公子說那裡放著南楚皇室留的關於雲族禁術的古籍，您瞞著太子殿下那件事兒，萬一在他陪著您時發現怎麼辦？」

花顏堅決地說：「我不會讓他有機會發現的。」

安十七打起精神：「十六哥聽了少主您的吩咐，正在暗中護著程子笑，昨日夜裡，確有人刺殺程子笑，我這就給十六哥傳話，我們一起陪著您進去。」

花容也說：「我們一定要陪著十七姐姐一起。」

花顏想了想說：「不必給十六傳話了，程子笑這個人十分重要，一定要護著他萬無一失。」話落，又看向花容，「十七跟著我就好了，你還小，去那種地方不適合，就留在東宮吧！」

花容立即表態：「十七姐姐，我不小了，公子都不拿我當孩子看。」

花顏微笑，伸手拍拍他肩膀：「去那麼多人做什麼？皇室禁地，本就不准許人隨意踏入，我帶著天不絕和十七就夠了。乖，聽話。」

花容癟了癟嘴角，看向安十七。

安十七摸摸他的頭：「好了，我跟著少主，你就留在東宮，一旦有事兒，我會立馬讓人來報給你，你也能及時給十三哥十六哥和公子傳話。」

花容無奈，只能點點頭。

天不絕沒意見，對花顏說：「我這就回去備好隨身藥物。」話落，警告花顏，「醫者能醫病，但是醫不了人心，關鍵還是在你自己，踏入那個地方，一定要壓制住心魔。」

花顏點頭，平靜地說：「好。」

天不絕不再多言，折回了自己住的院落。

雲遲昨日夜裡沒睡兩個時辰，一大早，便命雲影前往禁地問話，詢問太祖爺留下的那一支暗衛的暗首可考慮妥當了。

這一支暗衛一直駐守皇宮禁地，四百年來，可以說，是神祕的存在，也是見不得光的存在，更是被南楚皇室和歷代帝王塵封的存在。

一代代，傳承至今，他們只有一個信念，守護好太祖爺的遺詔。

四百年來，從沒有一個人踏足皇宮禁地，他們以為，這一代，也不會有人來踏足。沒想到，雲遲身為太子，還未登基，卻來破這個例了。

暗首在雲遲那一日夜裡離開禁地後，便召集了所有人商議此事。商議的最終結果，除了他外，所有人都一致地覺得不該與太子殿下作對，應該答應太子殿下開啟溫泉宮的宮門。

暗首卻一直沉默著，沒有表態。

這一日，天還未亮，他見到雲影後，雲影轉達了雲遲的詢問，雖然是詢問，但也不過是太子殿下打定了主意後知會了他一聲而已，他心中清楚地知道，無論他答不答應，太子殿下做的決定都不會更改。

太子雲遲不同於南楚的歷代太子帝王，他有著說一不二的氣度和分量，自監國後，幾乎無人違背。他心中清楚地知道，雲遲詢問他，是在給這一支暗衛機會。這對於他們來說，是一個推開塵封的門從裡面爬出來的機會。

一旦答應太子殿下，便是對太祖爺的不忠，他們的路該何去何從？太子殿下會用不忠之人？

他看著雲影，最終還是點了點頭，聲音冷木冰寒：「請太子殿下來吧！」

雲影得了話，片刻不耽擱，回了東宮報信。

雲遲得了信，對雲影安排：「稍後我帶太子妃進宮，你帶著人封鎖消息，任何消息不准透露出去，包括父皇和皇祖母那裡。」

「是，殿下放心，屬下這就去安排。」雲影垂手。

雲遲點頭，擺擺手，雲影退了下去，他緩步出了書房。

回到西苑，雲遲便看到花顏倚著門框，此時天已亮，晨光籠罩，夜裡的薄霧散去，她整個人看起來懶洋洋的，雖無陽光，但也柔軟溫暖。

雲遲快步走近她。

花顏在雲遲還未到門口時，從他輕緩的腳步聲中便聽出是他回來了，一直看著他來到近前，對他微笑：「回來了？」

雲遲點頭，伸手握住她的手，感覺出她指骨冰涼，微微蹙眉：「早就醒了？晨霧未散，寒涼得很，怎麼不多穿些？」

花顏搖頭：「沒覺得冷。」

雲遲邁上臺階，拉著她進屋：「已經安排妥當，稍後用過早膳，我們就進宮。」

花顏點頭：「好。」

二人攜手進了屋，梳洗妥當，方嬤嬤帶著人端來早膳，二人也不多言，安靜地用了早膳。

花顏能感覺出雲遲提著的心，他雖然面上看起來十分平靜，但也跟她一般，其實心裡並不平靜。她有些害怕，但是他的害怕不比她少。

不過二人誰都沒說出來，怕打破好不容易下的決定。

用過早膳，雲遲吩咐福管家備車，二人出了垂花門，坐了馬車，前往皇宮。

因明日便是中秋，街上十分熱鬧，許多人在採買中秋過節的一應所用，街道上熙熙攘攘的，十分繁華。

花顏想起每年她無論走多遠，都會回臨安過中秋節，花家一大家子都會在這一日回去，無一人缺席。今年她算是第一次缺席了花家的中秋家宴。從來京，她未給哥哥寫信，哥哥也未給她寫信，彼此的消息都是通過安十六和安十七傳遞。今年她不在家過中秋，哥哥想必也不會從雲霧山回去過中秋，這些日子，他應該把雲霧山踏遍了。

雲遲一直看著花顏，她面色十分平靜，唯一雙眸子，可以看到深深淺淺蕩漾著的波紋，他想像著四百年前，她身為花靜的模樣，卻怎麼也想不出，不知是否與她如今容色一般無二。

又想著若是與她如今容色一般無二，那懷玉帝也是這般與她日夜相對……

他的嫉妒之火便騰騰洶湧而出，怎麼都壓制不住。

花顏察覺出雲遲不對勁，伸手握住他的手，輕聲問：「怎麼了？哪裡不適？」

雲遲閉上眼睛，怕被花顏看出他心裡壓制不住冒到眼裡的嫉妒之火。

花顏愣了愣，一時間猜測不出雲遲是怎麼了，但片刻後，她就感應到了，即便他閉著眼睛，她也能感覺到熟悉的如那日在藏書閣時的感覺。

雲遲嫉妒了，大約是與今日要去的地方有關。

他雖然身為太子，自少以儲君的身分培養著長大，日漸養成了冷靜睿智，沉穩內斂，涼薄寡淡的脾性，但自從遇到她，她便成了讓他不冷靜不沉穩變得十分敏感的那個人。

偏偏，她明明知道，還沒有辦法拔除這些。

她伸手反抱住他，打住一切的思慮，她能給雲遲的並不多，但竭盡所能，只要她有，只要他要，她便不會吝嗇地給。

雲遲也覺得自己瘋了，可是偏偏壓制不住克制不了這種嫉妒之火，他知道這樣不對，奈何就是管不了自己。

花顏霧眼濛濛中，看到雲遲一直緊閉著眼睛，她喊了一聲：「雲遲！」

雲遲似沒聽見。

花顏把控著一絲理智，急促地說：「若不然我們不去了，這便回宮好不好？如今是青天白日，我們還在馬車裡，你……我們……不能……」

她一句話，說得急切且斷續。

雲遲猛地一頓，霎時睜開了眼睛。

四目相對，雲遲眼裡的嫉妒之火，一覽無餘，花顏眼睛裡霧濛濛的，透著一層薄薄的水光。

四下靜寂，似瞬間山河壓蓋了一切熱鬧喧囂。

雲遲看著花顏，心狠狠地抽了抽，嫉妒之火和慾火一下子悉數散去。

花顏看著雲遲，心如刀割一般地在凌遲，她從來不知道該如何待一個人好，四百年前的人和事兒扎根刻在她的靈魂裡，即便她理智地知道時過境遷遠如雲煙，該淡忘，但是她偏偏做不到。

她沒想到自己埋著深刻記憶的同時，又愛上了雲遲。

雲遲其實是一個很容易讓人一眼就愛上的人，雲遲一顆心全撲在她的身上，他求的是自己的所有都歸屬他一人，從身到心。但偏偏她這一世生來就註定有那麼一塊地方，無論是他，還是她自己，都莫可奈何。

換做是她，她覺得自己怕是比他更要瘋的厲害。

她哽了哽，輕聲開口：「雲遲，對不起，是我不好，我……」

雲遲伸手捂住她的嘴，一切的尊貴尊華被他自己踩在腳下，抱著她的手有些輕顫，聲音也低啞地顫：「是我不好，該說對不起的人應該是我，不是你……」

花顏抿唇，不再說話。

她與他之間，橫陳的東西，就是一道深深的深淵和溝壑，哪怕雲遲身為太子，哪怕她學盡所學盡自己兩世所能，也破不了，化不開。

她的魂咒，雲遲心裡的結，這一輩子，怕都沒有解了。

雲遲伸手輕輕地帶著絲顫意地為她攏好衣衫，白玉的雪膚上因他早先粗魯的動作，落下了片片紅痕，她的肌膚太嬌嫩，而他失去理智時下手沒有分寸，他不自覺地緊抿了嘴角。

他愛重她，捨不得傷她，但偏偏，一次次的，是他在逼迫她，是他在傷害她。

自從她答應嫁給他以來，她真是未曾得了好，纏綿病痛的時候居多，為他著想的時候更多，因為他，她才這麼孱弱，也是因為他，她才犯了癔症，一次又一次，面對不想面對的東西。

他真是沒有理由嫉妒的，四百年，塵土都化沒了，偏偏他控制不了這份嫉妒。

雲遲為花顏重新整理好衣衫後，伸手輕輕地又重重地將她抱在懷裡，低聲說：「花顏，我是不是讓你感覺很累？」

花顏搖頭，輕輕地說：「不累，是我拖累了你。」

雲遲搖頭：「我甘之如飴。」話落，鄭重地說，「以後，我若是也如今日這般犯渾，你就打我，狠狠地打，打醒我為止。」

花顏一時又是心疼又是被氣笑，伸手捶了他一下：「我才捨不得呢。」

雲遲聽她笑，心裡霎時舒服了些，自我踐踏地說：「是我混帳，偏偏不自控，你打我是應該的，不要捨不得。」

花顏失笑，反抱住他：「我什麼時候都捨不得。」

雲遲低聲說：「你若是捨不得，我自己打自己好了。」說著，他抬起手。

花顏一驚猛地攔住他的手，對他杏眸圓瞪：「不准打，我都捨不得，你憑什麼給我打？」

雲遲手一頓，看著她。

花顏清楚地看到他眼中的自責和內疚，她握住他的手，歎了口氣，輕聲說，「雲遲，有些事情我做不了主，你也一樣，但有一點，你要知道，我是花顏，不是花靜。這一世我是你的，誰也搶不去，無論什麼時候。如今是你的未婚妻，將來是你的妻子。有些東西困住了我，但萬萬不要困住你，你也不該被困住。」

嫉妒可以毀滅一切，哪怕這個人是太子雲遲。

花顏能夠理解他，但還是不想他因此煎熬，他該是站在雲端上的雲遲，清風明月，袖手乾坤，指點江山，不該被兒女私情的嫉妒之火困住甚至淹沒。

雲遲點點頭，放下手，重新抱住她，也深深地歎了口氣，低聲說：「花顏，你是我的命。」

花顏心裡咯噔了一下子，心抽地疼，但還是抬手捶他，笑著說：「胡言亂語什麼，我的人是你的，心是你的，命就……」

雲遲截住她的話：「命也是我的。」

花顏笑起來，軟聲軟語：「好好好，我的太子殿下，我的命是你的，是你的。」

雲遲見她軟柔地附和依了他，心情頓時也好了起來。

馬車來到宮門，護衛打開宮門，馬車一路行至了中門，直到無馬車通行的路時，小忠子停下馬車，在外低聲稟告：「殿下，太子妃，下車了。」

雲遲放開花顏，理了理衣襟，下了馬車，將手遞給花顏。

花顏將手放在他手裡，就著他的手下了馬車。

皇宮裡早已經被雲影安排妥當，雲遲和花顏進宮的動靜未驚動宮裡的皇帝和太后。對於朝臣來說，太子殿下進宮實屬尋常，也無人關注。

雲遲握著花顏的手，一路來到了皇宮禁地溫泉宮門前。

暗首帶著所有暗衛等在宮門口，所有人皆穿黑衣，唯一與雲遲上次來不同的是，無人蒙面，包括暗首。因常年不見天日，所以，每個人臉上都比常人白，每一張臉都木木的。年紀最長的不過三十，最少的也不過十三四的少年。

暗首看起來很年輕，也就二十多歲，見到雲遲，當即跪在地上，聲音冷木：「太子殿下，卑職願以一人之命效忠太祖爺，其餘兄弟，以後望太子殿下照拂。」

暗首說完一句話後，跪在地上，垂首不再言語。

花顏看著太祖爺留下來的這一支暗衛，足有千人。每個人站在那裡，氣息不聞。昔日，太祖爺身邊的暗衛，她曾見過幾人，氣息與這些人的氣息如出一轍，自然是實打實的相承一脈。

這暗首的武功分毫不次於雲影，甚至比雲影更多了一種氣息，那是真正的冷木和不近人情的死暗之氣。

若論交手，花顏覺得，雖然武功不相上下，但是雲影在他手下，怕是會吃虧，略輸一籌。

但若說論整體的勢力，東宮的勢力若是強硬地破除這溫泉宮的話，自然是血的洗禮，還是綽綽有餘的。

這也是暗首為什麼會同意破太祖遺訓，開宮門的原因，因為他遇上的是雲遲。

雲遲沒說話，盯著暗首，面無表情。

花顏立在雲遲身旁，打量暗首半晌，想著這樣的一個人，若是以死謝罪，實在是可惜了。她最見不得有大才者無辜被犧牲。

於是，她撤出被雲遲握著的手，上前一步，來到了暗首面前。

暗首垂著的頭抬起，從下而上，便看到了她淺淡的容色。

這一張臉，讓他驀地驚怔，動了動嘴角，最終無聲地看著她。

早先，他一直未見過花顏，方才花顏跟著雲遲來時，他也未曾注意她的臉。

花顏蹲下身子，與他平視，一字一句地說：「溫泉宮裡，冰棺裡的那個人，可還完好無損？四百年了，我來看看自己。」

暗首倏地睜大眼睛，滿眼的不敢置信。

花顏對他笑了笑，雲淡風輕的隨意：「當初雲舒未經我同意，擅自將我困居在這裡，我在九泉下分外不滿，折騰了四百年，總算從地獄爬了出來能找他算帳了。」

暗首一雙麻木的眼角終於布滿徹徹底底的震驚。

花顏又笑了笑，淡如雲煙地說：「四百年前，到臨死，懷玉帝未曾廢后，我到死都是懷玉的皇后，是後樑皇室的媳婦兒，他憑什麼不讓我入後樑皇陵？又固執地將我困在這裡不得入葬，讓我靈魂安息？」

暗首猶處在震驚中，聽著花顏的話，一個字也答不上來。

花顏淡笑：「我沒有對不起雲舒，他欠我的卻如山如海，你不是要給他盡忠嗎？那就將你的命給我好了，報我也算效忠他，也是盡忠了。」

暗首從震驚中回過神，抖動嘴角，終於吐出一句話：「你……你是……」

花顏站起身，目光平靜：「後樑皇后淑靜，也是臨安花顏。今日來這裡帶走我的屍骨。」

暗首聞言，猛地看向雲遲。

雲遲從認識花顏後，不知見識過她多少面孔，今日這副面孔，卻是第一次見。

這般的雲淡風輕，這般的淡然隨意，這般的平靜至極，這般的輕飄悠遠，提起四百年前，提起太祖雲舒，提起後樑懷玉帝，她明明排斥得很，明明對這個地方怕得很，但踏足到這裡之後，似乎豎起了堅固的城牆，玄鐵鑄造，捅不破的那種。

雲遲看著花顏，移不開視線，竟不自覺地忘了嫉妒忘了沉重忘了替她悲傷，反而有些癡然。這一刻，他覺得花顏美得讓他心尖兒都跟著顫，不同於以往。

暗首清楚地看到雲遲臉上的神色，愣了愣，須臾，後背陡然地出了一層冷汗，然後又垂下頭，聲音重新變得木木的：「太子妃，您的話，當真？」

「誰拿這種事情開玩笑？莫不是瘋了？」花顏淡笑，眉梢眼角微嘲，「雲舒有一個祕密，南楚皇室後世子孫誰也不知道的祕密，但他的暗衛想必清楚得很？要不要我說出來。」

暗首猛地又抬起頭。

花顏聲音很輕：「雲舒生來便有不能育養之症，他對天下撒了一個彌天大謊，人人都道南楚太祖對後樑淑靜皇后情深意重，為她不立后不納妃，空置六宮，哪怕即便到死，身邊沒有一個女人，寧願不入南楚皇陵，也不惜藏著這個祕密埋葬在這溫泉宮，且讓自己的暗衛，世代守護。這謊撒著撒著，連他自己是不是都信以為真了？」

暗首臉色一瞬間數變。

雲遲回過神，也愣住了。

花顏雖笑著，但面上卻沒有多少笑意：「他可真是看得起我。」

暗首臉色變化，不語。

「我不欠他什麼，反而是他欠我頗多，我不能入後樑皇陵，背負了與他糾纏不清的名聲，這風雲四百年，也該夠了。他還不了，你既不惜已死效忠於他，那就替他還報效我好了。」花顏盯著暗首的眼睛，「你意下如何？」

暗首動了動嘴角，沒發出聲來。

雲遲這時開口，聲音涼薄寡淡：「本宮允了，你起來吧！」

暗首又看向雲遲。

雲遲眉目平靜：「太祖爺這一支暗衛，代代傳承了四百年，毀了可惜，本宮惜才，太子妃更惜才。從今日起，你帶著這支暗衛，報效太子妃吧！也算是來回報太祖爺欠的恩情。」

暗首垂下頭，未曾言聲。

花顏忽然一笑，問道：「怎麼？你不願意？你若是不報效我，你死了，這一支暗衛所有人，都跟著你一起去九泉之下跟他請罪好了。」

暗首抿唇，片刻後，重重地叩頭：「屬下雲暗，拜見主人。」

不是太子妃，是主人。

花顏微笑：「起吧！」

雲暗站起身，讓開宮門，立在一側，示意所有人上前拜見。

「拜見主人！」須臾，上千暗衛齊齊跪地，聲音響徹在溫泉宮內外這一片土地。

花顏擺手，風輕雲淡：「都起吧！我只一個要求，唯我之命是從。否則……」她話語頓住，輕輕揮手，眼前的宮門轟然倒塌，發出一聲震天動地的巨響。

這一聲巨響，結結實實地砸在所有人的心上。

花顏隨意地收了手，面容清淡，笑容輕淺：「都知道了嗎？」

「是！」雲暗與一眾人等齊齊垂首。

他們心中都知道，對於太祖爺的這一支暗衛，報效花顏是最好的選擇。他們沒的選擇，雲遲不會收用太祖爺的這一支暗衛，即便以雲暗一人之死，也不見得被雲遲以後重用。雲遲有自己自小培養的暗衛，太祖爺的這一支暗衛除了死，他們的出路只能在花顏這裡。

花顏既是淑靜，她便不怕收了這一支暗衛。

雖然匪夷所思，但是沒有人會不信，畢竟，太祖爺的確有這樣的一個祕密，的確除了駐守在這裡的暗衛，無人知道。南楚的後世子孫也不知道。

太祖爺駕崩後，傳位給了胞弟之子，迄今，天下都傳頌著太祖情深，反而真正地掩蓋了這一樁不為人知的祕密。

這一個祕密，四百年前，也只有淑靜知道，四百年後，也只有花顏知道。

花顏抬步，踏著厚重的躺倒在地上的鐵門，緩步走進了溫泉宮。

雲遲站在她身後，看著她，明明纖細不盈一握的人兒，此刻卻一步一個腳印地走著，厚重的鐵門被她足下踏出了鞋印，每一步一樣的間隔，每一步一樣的深淺。

她沒回過頭握著他的手讓他陪著她一起走進去，她就這樣自己一步步沒回頭地走了進去。

雲遲深吸一口氣，抬步跟在了花顏身後。

天不絕、安十七對看一眼，想著太祖爺這一支暗衛收得好，他們本來一路上擔心花顏來到這溫泉宮門口也許就會受不住吐血暈倒，沒想到她這般剛強，姿態和心態比他們想像的要好。

二人一起抬步，不敢越過雲遲，一起跟在了他身後。

溫泉宮因常年與世隔絕，處處透著一股沉暗之氣，但卻十分乾淨，不見塵土，可見暗衛們每日打掃。外院無寸草，有不少株古樹，古樹遮蔽了日光，日色照不進來，十分昏暗。

推開正殿的宮門，入目處，是兩個牌位，一個冰棺。

冰棺裡不像花顏想像的那般躺著四百年前的她，而是散落著一些灰，冰棺外，有一個黑匣子，不用想，她也能猜到，應該裝的是雲舒的骨灰。

牌位的下方，放著兩本古籍。

花顏先是看著冰棺內的灰，眸光縮了縮，然後目光落在那兩本古籍上，聽到身後雲遲的腳步，她沒動作，靜靜地轉過身，對他淺淺地微笑：「原來，再好的冰棺也不能讓人存放四百年，時間早已經讓屍骨化成灰了。」

雲遲進來後也已經看到了，這一處溫泉宮內沒有他想像的那般神祕，反而是簡簡單單地放著牌位，簡簡單單的一副冰棺，簡簡單單的一個骨灰匣子。

那黑色的骨灰匣子就放在冰棺的腳下，似是太祖爺在自己給自己恕罪。

他早先因花顏說出那個祕密時的震怒，再看到這副情形時，忽然便釋然了，她看著花顏平靜的臉，想著她應該也是，沒了惱怒。

沒看到完整的屍骨躺在冰棺內，他反而心裡鬆了一口氣，他實在難以想像，跟花顏長得一般無二的女子，躺在那裡，塵封了四百年，他若是見了，怕是會瘋。

雲遲目光從花顏的臉上落到冰棺裡，那灰顯然是骨灰，細細碎碎的化成了灰燼，他抿了一下嘴角，上前抱住她身子，柔聲說：「是啊！四百年了，你看，連世上最好的冰棺都存不住的東西，證明這世上沒有什麼東西是能千年萬載地長久不化的，所以，你心裡的東西，就讓它散了吧！別固執地執念留著了。」

花顏微笑：「好。」

雲遲心底微鬆了一口氣：「你若是想，這冰棺我讓人送去後樑皇陵與他合葬。」

花顏目光微微飄遠，輕輕淡淡的，似穿透時空，有些飄渺，過了一會兒，才輕若雲煙地說：「算了，他生都不想與我一起，死想必也亦然，是我執著執念了。」

雲遲心疼：「那這冰棺……」

「送去花家。」花顏輕聲說，「就埋在雲霧山鳳凰木下，我喜歡那裡。」

雲遲知道雲霧山鳳凰木在她心中的分量，那長明燈，她點了四百年，他微微地點頭：「好，聽你的，你說如何，便如何。」

花顏微笑，走到那兩處牌位前，先是伸手摸了摸自己的牌位，然後又戳了戳雲舒的牌位，之後，拾起上面放著的兩本古籍，隨意地翻弄了兩下，遞給雲遲：「這是雲族傳承下來的禁術古籍，沒想到被他安置在這裡。」

天不絕和安十七對看一眼，想著花顏這般輕巧地將這兩本關於雲族禁術古籍給太子殿下，難道這裡面沒有記載魂咒之術？拿了也無用？不由得齊齊心一涼，想著魂咒當真沒辦法解了？

雲遲伸手接過，翻開隨意地看了兩眼，然後「啪」地砸到了雲舒的骨灰匣子上，寡淡地說：「既然是太祖爺不想子孫傳承的東西，那麼就是無用之物，毀了好了！」

天不絕聞言恨不得衝上前，但他知道，他不能衝上前去，雲遲最是敏銳，他身為醫者，一旦他衝上前，恐怕會暴露。不管裡面有沒有記載魂咒的東西。

安十七猶豫了一下，上前說，「雲族之術，毀了可惜！少主，太子殿下，屬下有個不情之請，可否能將這兩本古籍送給花家保管？皇室雖不再傳承雲族術法，但花家一脈卻未曾荒廢。」

花顏聞言看了一眼安十七，他說得十分平靜坦然，她沒說話。

雲遲回轉頭，也看了一眼安十七，然後，他轉過頭，忽然又拿起了那兩本古籍。

安十七心裡猛地一緊，暗想自己怕是壞了少主的事兒。

花顏面上卻平靜至極，不見任何情緒。

雲遲拿起來後，這一回，多了耐心，一頁一頁地翻弄著，記載禁術的古籍，本就是很薄的一本，不多時，他就將一本古籍翻完了，然後，又打開另一本古籍，也是一頁一頁地翻著，不消片刻，便翻完了。

天不絕瞅著雲遲，他神色漫不經心，看不出心中想法。

花顏立在他身邊，偏頭就能看到古籍上的字元，一頁一頁地，隨著他看完。

溫泉宮的正殿裡靜靜的，落針可聞。

雲遲翻完了兩本古籍，隨手遞給安十七：「也罷，本宮倒是忘了此事，人有過，書無過，況且是雲族先人傳承下來的東西，毀了是暴殄天物，著實可惜，應你所求，就送給臨安花家吧！」

安十七立即伸手接過：「多謝太子殿下！」

雲遲轉過頭，看向花顏，溫聲詢問：「是想四處看看，還是離開？」

花顏平靜地說：「四處轉轉吧！四百年已經物非人非，天下早已經變了樣，只有這裡還是四百年前的樣子，一點兒都沒變。」

雲遲頷首，伸手握了她的手：「好，那就轉轉。」

花顏的手冰涼，若非被雲遲握住還未覺，這時被他握住，感受到他的溫暖，不由得對他笑了笑，低聲說：「還好，我還不是那麼沒用和無可救藥。」

雲遲用另一隻手摸了摸花顏的頭，聲音溫柔似水：「你一直就很好，不要妄自菲薄，我喜歡深愛的女子，是天下最好的。」

花顏笑出聲：「你這是在誇我，還是在誇你自己？」

「誇你也是誇我。」雲遲見她笑了，眉眼蔓開溫暖，他心也跟著一暖。

花顏抿著嘴笑，轉過頭去，不再說話。

二人出了正殿，進了內殿，內殿內偌大的溫泉池，熱氣騰騰地冒著白霧，水裡十分清澈，衣架上放著兩套衣服，一套是黑色的，一套是白色的，黑色的是男袍，白色的是女裙。

花顏目光落在那兩套衣物上，瞳仁又縮了縮。

雲遲也看到了，輕抿嘴角沒說話。他心中清楚，這兩套衣服不是太祖爺放置的，既然這裡什麼都沒變，那就是四百年前後樑留下的舊物。是懷玉和淑靜所放，也是他們所穿。

「走吧！」花顏只待了片刻，便反握著雲遲出了內殿。

雲遲沒有異議。

二人離開內殿轉到了後殿，後殿擺放著前朝古物，牆壁上掛著兩幅畫，左邊是一個黑衣男子，身子秀挺，穿著雲裳華服，輕袍緩帶，丰姿潤骨，玉樹芝蘭，眉眼看不到半分的孱弱之氣。右邊是一個女子穿著白衣的畫像，女子身材細挑，姿態嫻雅，眉目與花顏一般無二，只不過看起來比花顏溫婉端莊，花顏慣常身穿淺碧色的衣裙，而畫中的女子穿著白色的輕裳，嘴角笑容溫柔。

這兩幅畫沒有題名，但雲遲知道，一個是後樑懷玉帝，一個是淑靜皇后。

這兩幅畫，男子的畫卷是出自淑靜皇后之筆，女子的畫卷是出自懷玉帝之筆。因兩人的畫工不同，男子畫工雖將女子畫得栩栩如真，但線條不可避免地露出大氣之態，而女子的畫工細膩，處處透著娟秀溫軟。

雲遲早先不止一次因懷玉帝而嫉妒，在來皇宮的路上，還曾控制不住爆發，但如今，他心裡卻沒生出熊熊的嫉妒之火來，反而奇異地覺得，怪不得四百年前花靜甘願自逐家門改名換姓嫁入東宮。只一幅畫，再結合懷玉帝生平，他想的反而是，四百年前，也只有他，能配得上她。

花顏想起了當初畫這兩幅畫時的情形……與燈對影、剪燭西窗，何其美好的一天。

哪怕到如今，四百年滄海桑田，又有她十六年的成長，有些東西被她塵封，卻也不會忘。

她與懷玉，大約也就那麼幾年的夫妻緣分。

而他與雲遲，又有多少年的緣分？

她收回視線，偏頭看雲遲。

雲遲本來在看那兩幅畫卷，察覺到花顏視線，也偏過頭看著她，目光溫和，不見別的顏色。

花顏對他笑了笑，笑容淺淺的，卻真實，她輕聲說：「雲遲，我可能一輩子到死都放不下四百年前的過往，忘不了懷玉，但我也會把你刻在心裡，生生世世地印刻，亦不忘。」

雲遲點頭，重重地，將她抱在懷裡，摟著她纖細的腰身，輕聲說：「我的榮幸。」

他想說，也許正是因為懷玉與淑靜的不幸，成全了他的榮幸，但這話，他不會也不能對花顏說出來。

此時此刻，他隱約地有一種感覺，他才是撿了便宜的那個人。

相比懷玉，他幸運太多，雖為了娶花顏，經歷了無數磋磨，但到底，換得了她真心實意。如今她待他，他能夠深切地體會到這一份厚重，猶如山海之高之深。

他對她，無非是盡所能地好，但這好，換做任何一個男子，哪怕蘇子斬那樣脾性乖張張狂的人，也能做到，更遑論其他人了。他其實，沒做到更好。

但她對他卻是掏心掏肺了，不止為他這個人，還幫他肩負起了社稷朝綱，擔起了天下黎民百姓，擔負起了他一直以來所立的關於熔爐百煉天下，四海清平，海晏河清的志向。

她為他所思所想所做的，相比來說，他不能回報萬一。

西南境地因她，他的功績提前了五年甚至更多年，北地因有她要去，他不必焦頭爛額地擇選人再派人盯著或者分身乏術顧不得無法安穩坐鎮協助安書離川河谷治水。

將來，還會有更多。

他抱著花顏，如抱至寶，懷中的人兒很輕，輕得沒有分量，抱在他懷裡，乖巧地依靠著她，他的心被填充的滿滿當當，萬分能體會這份榮幸和幸運。

過了一會兒，花顏輕聲說：「懷玉離開時什麼也沒帶走，除了那個冰棺，還有太祖爺的骨灰，其餘的這些東西都焚燒了吧！包括這一處溫泉宮。畢竟，撤走了暗衛，這裡就空了，被焚毀了，也就免得人打探揣測了。」

雲遲放開她，看著她的眼睛，她眼底無波無瀾，他點頭：「好，聽你的。」

花顏微笑：「太祖爺的骨灰，你身為後世子孫，既然進來這裡，最有資格安置。」

雲遲想了想，說：「身為後世子孫，理當請太祖爺歸位皇陵。」

花顏點頭：「他是該歸位皇陵，何必在這裡委屈自己？他雖然欠我的多，但我這個人大度，就不跟他計較了，讓他去皇陵安息吧！」

雲遲伸手揉揉花顏的頭，微笑：「本宮的太子妃最是寬厚心善。」話落，拉著她出了後殿。

二人一路再無話，走出溫泉宮的宮門，霎時日色陽光打了二人全身。

一下子，洗去了沉暗，暖融融的。

花顏瞇著眼睛看著天空，已中秋時節，太陽不再烤的人炎熱灼燒，伴隨著清涼的風，它給予的卻是濃濃的溫暖。

碧空如洗，萬里無雲，天氣是極好的秋高氣爽。

她沒想到自己進入溫泉宮和走出溫泉宮會這般平靜，以前很怕這個地方，生怕自己進得去，出不來，走了一遭後，卻發現，原來也沒那麼可怕。

她雲淡風輕地走進去，還是雲淡風輕地出來了。

她想著她一直沒去後樑黃帝陵，是不是去走一遭，也會如今日一般？

雲遲也跟著花顏看向天空，晴朗的天空讓人心情也跟著變好，早先他提著的心，如今也跟著花顏輕鬆地走出來而落回肚子裡。

第七十八章 永世無解的魂咒

「走吧！」花顏從天空收回視線。

雲遲點點頭，吩咐雲影：「將那個冰棺，祕密派人送去臨安花家，將那個骨灰匣子，先帶回東宮安置，等本宮擇日送請皇陵。至於其餘的……這一處溫泉宮，現在就焚了。」

又看向立在一旁的雲暗，對花顏說：「讓雲暗帶著人先跟你去東宮吧！」

花顏沒意見，對雲暗說：「你帶著人先去東宮，中秋之後，隨我啟程前往北地。」

「是！」雲暗垂首。

雲遲和花顏抬步，離開了溫泉宮。

天不絕和安十七見花顏完好地走出來，心裡齊齊地鬆了一口氣，跟上二人。

一行人離開後，雲影命人給溫泉宮潑了油，然後一把火點燃了溫泉宮。

不多時，溫泉宮便火光沖天，映紅了整個皇宮。

皇帝聞言大驚失色，急命人查看情況，同時自己也匆匆帶著人趕往溫泉宮。那一處禁地是太祖遺留下來的密地，四百年來，一直都好好的，他不明白怎麼今日晴空朗日無風無雲的著了火?!

太后聽聞稟告後也嚇了一跳，命人前去打探的同時，也匆匆趕去溫泉宮。

雲遲並沒有打算告知皇帝和太后原因，但一把火焚燒了溫泉宮，他知道出了這麼大的事兒，皇帝太后自然會找他，所以，他也沒離開皇宮。

但他也沒打算在路上與皇上太后碰頭，所以，先帶著花顏去了御花園。

中秋時節，御花園的桂花樹都開了花，入園後，撲面便是濃郁的桂花香。

雲遲對花顏溫聲問：「去水榭裡坐坐？歇息片刻？」

花顏搖頭：「去桂花樹上摘桂花吧？我喜歡吃桂花糕，新鮮的桂花做的桂花糕很好吃。」

雲遲微笑：「好。」

於是二人來到桂花樹下，花顏足尖輕點，輕巧地上了樹幹。

雲遲看著她，纖細的她立在桂花樹幹上，那一張容顏，比滿樹的桂花還要明媚鮮豔。他回頭對小忠子吩咐：「去找一個籃子來，本宮陪著太子妃採桂花。」

片刻，王公公匆匆找來了御花園，見到雲遲和花顏面帶微笑採摘桂花，在枝葉相間中如一幅畫，讓人不忍打擾這份美好，他愣了愣，但還是不得不出聲打斷：「太子殿下！不好了，禁地著火了，皇上請您立即過去。」

雲遲動作一頓，轉過頭，看著樹下跑得滿頭大汗的王公公蹙眉，明知故問地問：「禁地著火了？為何會著火？」

王公公搖頭：「奴才不知，就在不久前，大火突然著了起來，皇上和太后都已經過去了。」

雲遲聞言頷首，偏頭看向花顏，溫聲說：「禁地著火了，我去看看，你在這裡等我？」

花顏點頭，沒有去的打算，溫柔地說：「嗯，我在這裡一邊採摘桂花，一邊等你。」

雲遲握了握她的手，下了樹幹。

王公公偷眼看了花顏一眼，見太子妃抬頭望向禁地方向，似也一副不解的模樣，他收回視線，跟在雲遲身後，匆匆走了。

小忠子也跟著雲遲離開後，花顏身邊只剩下了天不絕和安十七，今日將采青留在了東宮。

花顏在雲遲離開後，從禁地方向收回視線，繼續若無其事地採摘桂花。

樹下的天不絕忍不住了，見四下無別人，立即壓低聲音問花顏：「那兩本古籍，當真是無用？沒有記載魂咒？」

花顏搖頭，手下動作不停，淡聲說：「沒有魂咒。」

天不絕的臉頓時垮了下來：「怪不得你那麼放心地將兩本古籍遞給太子殿下，連皇室裡傳承保留下來的古籍裡都沒記載魂咒，那該怎麼辦？該去哪裡找破解魂咒的法子？」

安十七懷裡揣著那兩本古籍，此時拿出來翻開看，懷疑地說：「當真沒有嗎？少主中的魂咒，既然是有人下了魂咒，就該有考究出處才對啊！雲族一脈的傳承，除了我們花家，再就是皇室，還能哪裡有？真是聞所未聞了。」

天不絕點頭：「普天下，據我老頭子所知，是再沒有了。」

花顏漫不經心地說：「沒有就沒有了，能活多久算多久，我也沒抱能解的希望。」

天不絕瞪眼：「那怎麼行？你說得輕巧，但不說太子殿下，只說公子和我們，你若是出事兒，我們哪個人不會瘋了？」

花顏手一頓。

安十七立即說：「是啊！少主，您若出事兒，我們所有人都會瘋的，不單單是太子殿下。您不為自己，也該想想我們花家的人。」

花顏抿唇，扔掉了手裡剛摘的桂花，坐在了樹幹上，淺淡隨意地說：「五年後，我死了，興許又是一個輪迴，那時候，我們花家哪個嬰兒出生，也許就是我呢，也不是不得見了。」

天不絕惱怒：「那能一樣嗎？」

安十七哆嗦了一下，白著臉說：「少主，這……實在難以想像。」

花顏看著二人笑起來：「跟你們說著玩呢，一次輪迴，已經是上天厚愛了，哪裡還能那麼便宜地有第二次第三次甚至生生世世？」

二人看著他，一時沒了話。

花顏歪躺在桂花樹枝幹上，望著桂花縫隙露出的天空，幽幽地低聲說：「今日踏入這禁地，也不是全然沒有收獲，我知道了一件事兒。」

「什麼事兒？」天不絕看著她的模樣，忽然覺得不太對勁，立即問。

安十七也盯緊花顏，心忽然提了起來。

花顏望著枝葉縫隙透出的蔚藍天空，低低地笑起來，笑著笑著，眼底笑出了眼淚，用輕得不能再輕的聲音說：「我身上的魂咒，是我自己給自己下的。」

「什麼？」天不絕猛地睜大眼睛。

安十七渾身一震，也不敢置信地看著花顏：「少……少主……您怎麼會？」

曾經，無論是花灼，還是天不絕，都曾猜測過，會不會她身上的魂咒與她自己有關，但她們都熟悉花顏，又都給否定了這個想法，畢竟花顏曾經都覺得是懷玉帝恨她，所以，才讓她生生世世都忘不了他。最有可能的原因，大多是與懷玉帝有關，或者與太祖爺有關。他們沒想到，今日從花顏口中說出來，魂咒是她自己下的。這實在讓他們一時接受不了。

花顏不看二人，依舊望著樹頂的天空，斑駁的樹影落在她身上，她眉眼染上濃濃的霧色：「四百年前，我隨懷玉死後，雲舒厚葬了懷玉，卻沒有讓我與他合葬入後樑皇陵，而是將我用冰棺鎮住，安置在了溫泉宮裡。當年，他登基後，大肆招納天師道士作法，意圖招回我的魂魄，讓我死而復生。因他本身就得雲族一脈的傳承，又知道我是花家的花靜，自小也傳承雲族一脈的靈術之根。所以，他相信，是能讓我起死回生的。」

天不絕和安十七靜靜地聽著，大氣也不敢出，怕打斷花顏的話。

花顏繼續輕聲說：「的確如他所想，他攔住了我下九泉的路，為我設了重重壁壘，也就是我記憶中所記得的濃濃的白霧迷障和一眼望不得盡頭的路，沒有懷玉，誰也沒有，他為了聚我的三魂七魄，將我的靈識先困了起來。」

天不絕和安十七一時間呼吸也不聞了。

太祖雲舒若真是如花顏所說是利用淑靜對天下撒了一個彌天大謊，他完全不必如此大費周章復活她，可見太祖雲舒對她不是利用那麼簡單。

花顏頓了一會兒，繼續輕聲說：「他的確是成功了，祛除了我身體裡飲下的劇毒，將我的三魂七魄都招了回來，但也就是因為將我的魂魄重新凝聚招了回來，我的意識也隨之復生了，自然就衝破了他的禁錮，知道了他在做什麼？」

天不絕和安十七聽到此處，心中齊齊又是提緊。

花顏繼續輕聲說：「我惱恨他為我聚魂，阻我隨懷玉入九泉之路，但我又沒有法子，而他知道我魂魄聚齊，大喜，但又怕我醒來後念著懷玉再赴死，於是，就對我用了毀靈術，要毀了我記憶。我不想復生，更不想忘了懷玉，所以，在他用毀靈術時，我發狠地對自己用了魂咒，不求復生，哪怕覆滅，也要生生世世記得他。」

天不絕和安十七驚駭不已，沒想到，她身上魂咒的由來原來是有這樣的內情。

花顏又笑起來，笑中含淚：「魂咒是我自己給自己下的，只有我最知道，魂咒無解，因為，我下咒時，下的就是永世無解。所以，你們都知道了，我在沒踏進溫泉宮的禁地，沒激發記憶想起來這些事情時，心裡便認定魂咒無解，那也是因為，我雖忘了，但感知仍在。所以，如今做什麼都是徒勞無功的，魂咒就是無解，且永世無解。」

天不絕和安十七聞言心中齊齊生起絕望來，一時都哆嗦著說不出話來。

花顏閉上眼睛，低聲說：「我沒想到四百年後，我會遇上雲遲……」

是啊，她是真的沒想到四百年後她會遇上雲遲，也沒想到她會愛上雲遲。

四百年前她不悔的要生生世世記住懷玉的決定，下得果斷決然，是半絲沒給太祖雲舒留餘地，也是半絲沒給自己留餘地，她彼時根本就沒想過四百年後，她的天定姻緣是雲遲。

四百年滄海桑田，懷玉早已經成了她靈魂裡印刻之深化不去的存在，她的魂咒也是一個永世無解消弭不去的存在，可是偏偏，她如今所求與四百年前所求背道而馳，她想和雲遲天長地遠長長久久，她想忘了懷玉……

自己種的因果，反而回頭蠶食的是她自己。

就在她碰觸了那冰棺，碰觸了那牌位，碰觸了那兩本古籍，她開通了塵封的靈識，恍然記起，那一刻，站在他身邊的雲遲不知道，她當時平靜的外表下是怎樣的心情。

大夢一場後，是可悲還是可笑，算得上是造化弄人了。

都說前世因有今世果，她面對這因果，只有無奈和無力。

天不絕到底是年長，驚駭恍然過後，深吸了一口氣，問：「還是不準備告訴太子殿下？」

花顏搖頭，輕聲說：「告訴他什麼呢？魂咒永世無解是我自己下的，五年是我的命，他愛我之深，若是得知，是毀了他。我不想毀了他，便就這樣吧！」

天不絕也覺得雲遲若是因花顏而毀，實在可惜，南楚四百年了，到如今，這江山已經走到了一個坎上，表面上看著是風平浪靜，但有心人都知道，若再不整治官場朝綱吏治民生，那麼，南楚也許就會從現在起走下坡路。

雲遲身為太子，看這南楚江山比誰都看得明白，而花顏自小就遊歷天下混跡市井百姓中，也更看得明白。

雲遲是南楚江山轉折的一顆明星，他有才華有本事，胸中有乾坤，腹中有丘壑，若他依照自己的志向，一定可以讓南楚江山再延續四百年，那麼，在千秋史冊上，便是他真正的豐功偉績。

安十七此時難受得不行，知道這件事兒，比找不到魂咒是誰下的更讓他難以接受，他看著花顏，哽聲問：「少主，要告訴公子嗎？公子近來一直在雲霧山。」

花顏點頭，輕聲說：「告訴哥哥吧！傳信給十三，讓他回臨安，親口告訴哥哥，讓他別費心再找了，趕緊和秋月給我生個大侄子，我想在有生之年，抱上侄子。」

安十七眼睛發紅：「今日出了皇宮後，我便去找十三哥。」

花顏「嗯」了一聲，將籃子扔給安十七，「你們倆閒著也是閒著，趕緊幫我採桂花，待雲遲回來之前，最好採摘滿了。」

安十七接住籃子，默默地去另一顆樹上採摘桂花。

天不絕深深地歎了口氣，也跟著安十七去了。

花顏躺在樹幹上，御花園靜靜的，依稀可以聽見遠處溫泉宮禁地的方向傳來的喧鬧聲。

雲遲隨著王公公折返回了溫泉宮的禁地，此時整個溫泉宮籠罩在火光中，熊熊的火焰沖天，已經救無可救。

皇帝和太后被人簇擁著站在最遠處，見到雲遲走來，都齊齊地向他看去。

雲遲面色平靜，看了一眼被熊熊大火包圍的溫泉宮，火光映紅了天空，距離得遠都覺得烤得慌，他想著裡面的那兩幅畫和那兩身衣服應該此時都燒毀了吧？

花顏沒有半絲捨不得，讓他的心裡好受些。

花顏是在用這種方式，毀滅四百年前的一切，也讓他清楚的感受到她待他的愛重之心，她拿自己的記憶沒辦法的同時，捨不得委屈他。

他盯著大火熊熊燃燒的溫泉宮看了一會兒，開口沉聲吩咐：「所有人都撤下！不必救了。」

小忠子揚聲高喊：「傳太子殿下命令，所有人都撤下，不必救了！」

他這一聲喊出，所有人果然都齊齊停下撤退，呼啦啦的退到了遠處。

皇帝蹙眉，白著臉看著雲遲：「都撤下做什麼？為什麼不救了？那裡面有太祖爺的骨灰和牌位！」

雲遲淡淡道：「父皇，青天白日，這一處禁地無風自燃，也許就是太祖爺在天上示警也說不定，如今既然已經救無可救了，何必徒勞無功再救？」

皇帝一愣。

雲遲轉過頭，寡淡地說：「四百年了，這一處禁地，這樣毀了，也沒什麼不好。我們後世子孫，也不必代代帝王都跟扎著一根刺一般，想踏足，又謹遵祖訓不敢了。」

皇帝看著雲遲寡淡的俊顏，一時間沒了話。

太后認真地打量了雲遲一眼，看著熊熊大火滅都滅不掉地吞噬溫泉宮，沉默片刻：「罷了，既然救不了，那只能這樣了。」說完，她對身邊的周嬤嬤吩咐，「扶我回宮吧！」

周嬤嬤點頭，扶著太后，轉身離開。

太后走了兩步，忽然想起什麼，又停下，問雲遲：「太子妃呢？聽說你們一早就進宮了，怎麼未曾見著她？」

提到花顏，雲遲眉目暖了暖，溫聲說：「皇宮的桂花開得正好，她想吃新鮮的現做的桂花糕，今日休沐不早朝，孫兒陪太子妃進宮採摘桂花，她如今正在御花園。」

太后點點頭笑著說：「摘桂花這種事兒，奴才們多的事兒，怎麼還勞動你們倆親自動手？」

雲遲淡笑：「親自動手不失為一種樂趣，興許她還想親自做桂花糕呢。」

太后好笑：「倒也是，她是絲毫沒有太子妃的尊貴架子，咱們皇家最缺的就是尋常夫妻，你們能這樣在放下朝事兒和身分時過尋常的日子，倒也好。」

雲遲頷首：「正是。」

太后不再多言，由周嬤嬤扶著回了甯和宮。

太后一走，皇帝盯著雲遲，沉聲道：「你跟朕來，其他人都不准跟著。」

王公公等人齊齊應是，都後退了幾步。

皇帝離開原地，向御花園方向走去，雲遲抬步跟在皇帝身後。

走出很遠，無人之處，皇帝回轉身，瞪著雲遲，臉色陰沉：「你跟朕說實話，禁地著火與你有沒有關係？別糊弄朕！你是朕的兒子。」

雲遲看著皇帝，他顯然在壓制著怒氣，皇帝雖弱，對南楚江山近年來越發有心無力，但並不糊塗。他既然被問到，也不隱瞞，誠然地點頭：「有關。」

皇帝見雲遲承認，險些氣得背過氣去，他伸手指著雲遲，好半晌沒說出話來。他是怎麼也沒料到，雲遲會對禁地動手。那是太祖爺封鎖的禁地，四百年來，無人敢去踏足碰觸。

若是沒有太祖爺打下這江山基業，沒有他傳位，便沒有他們這一支坐享江山的後世子孫。

每一代帝王不是不好奇，只不過都壓制著這好奇之心不去踏足探究，人人心中都敬重太祖爺，自然不會去闖入打擾他為自己選的安息之地。

而雲遲，他卻這般一把火就給毀了。

他臉色難看地咳嗽起來，一時間，咳嗽得劇烈，有止不住之勢。

雲遲上前一步，輕拍皇帝後背。

皇帝氣急，揮手打開他的手，罵道：「你個逆子！大不孝。」

雲遲見他還能罵他，這咳嗽也沒什麼事兒，索性便站在一旁看著他，淡聲道：「父皇罵得對，兒臣是逆子，是不孝，您消消氣。」

皇帝被氣笑，震怒地說：「你讓朕怎麼消氣？那是我們的祖宗，你竟然敢滅祖，你……」

他想罵雲遲更狠的話，但看著他一副寡淡模樣，一時堵在嘴邊，罵不出來了：「理由！你給朕個理由！」

雲遲搖頭：「沒有理由。」

皇帝騰地怒火更甚：「你少糊弄朕，別以為你長大了，朕治不了你了。今日你若是不說出理由，朕絕不饒你。」話落，他發狠地說，「朕就不信花顏不知道，難道你讓朕去問她？」

雲遲抿唇，沉默半晌，淡聲道：「父皇何必非要問呢？我只告訴您，溫泉宮的冰棺我派人送去後樑皇陵了，太祖爺的骨灰匣子，我暫且命人安置在了東宮，擇日入葬皇陵。」話落，他看著皇帝，「難道父皇想太祖爺永世都待在溫泉宮那冰棺的腳底下？您還是別問了，我只不過是做了我們歷代皇室子孫不敢做的事情罷了。」

皇帝冷冷地哼了一聲，對於他這個說法顯然不買帳：「你是打定主意不告訴朕了？」

雲遲淡淡道：「父皇只需知道，兒臣生來被您封為太子，肩上擔負著江山社稷，兒臣不會做損害江山社稷的事兒就是了。至於其餘的，您還是少操些心，仔細修身養性，等著抱孫子吧！」

皇帝一噎，氣不順地看著雲遲，見他一副無論他怎麼問，他都不會告訴的態度，他梗了半晌，狠狠地揉了揉眉心，洩氣道：「罷了，你自小就有主意，你不說，朕也知道必有理由，朕只想知道，太祖爺的那一支暗衛，哪裡去了？你焚燒了禁地，總不能將他們都毀了。」

雲遲淡淡道：「去看守南楚皇陵了。」

皇帝皺眉：「南楚皇陵有人看守，用不著他們。」

雲遲無所謂地說：「父皇也說了，總不能也毀了他們，他們效忠太祖爺，前去看守皇陵最好不過。」

皇帝一時沒了話，狠狠地擺手：「你……你給朕滾遠點兒，朕不想看見你。」

雲遲轉身就走，半絲不耽擱，很快就離開了皇帝的視線。

皇帝無言地看著雲遲乾脆地離開，前往的是御花園的方向，不用想也知道他是去找花顏了。

王公公聽見皇帝氣急敗壞地大喊，匆匆從遠處跑來，看著臉色不善鐵青一片的帝王，小心翼翼地詢問：「皇上？」

皇帝深吸一口氣，吩咐：「命人守好了禁地，不准讓大火波及皇宮別處。」

王公公立即應聲：「是，皇上放心，奴才一定讓人看好了。」

皇帝又吩咐：「若是有人打探消息，就說天乾物燥，不知怎地就起火了，想必是天意。」

王公公點頭：「是。」

皇帝交代完，又咳嗽了兩聲，揉揉眉心，向帝正殿走去。

王公公連忙招呼人跟上皇帝，自己則趕緊去禁地盯著大火別波及別處。

雲遲回到御花園，便見到花顏躺在樹幹上似乎睡著了，那個籃子還掛在早先他掛的枝幹上，天不絕和安十六並排地坐在不遠處的樹下，百無聊賴地數螞蟻。

雲遲在不遠處停住腳步看著花顏，花葉繁盛間，她容色寧靜安然，他發現，自從踏進溫泉宮的禁地，她似乎又與以前不同了些，眉目間不再籠照著無奈和惶然，沒了焦躁和焦灼，更不見沉暗和滄桑的孤寂以及被刻在靈魂深處記憶困頓的不堪以及面對他時又是心疼又是愧疚的愁苦。

她如今這樣看來，是真真正正的安寧和坦然。

雲遲看著花顏，一時間有些移不開視線。

天不絕和安十七已經平靜了下來，既然魂咒已成永世無解的定論，那他們如今唯一能做的就是遵照花顏所想，替她瞞住此事，當作什麼也不知道。

二人見雲遲來了，起身對他見禮。

雲遲點點頭，足尖輕點，輕飄飄地落在了花顏躺著的樹上，一眼所見，籃子裡已經採滿了滿滿的桂花，飄著濃郁的香氣，就連她身上，也染了桂花香。

他挨著花顏坐下身，看著她，低低呢喃：「折桂鎖清秋，十里美人香。」

花顏小睡了片刻，在雲遲來時便醒了，只不過沒睜開眼睛，如今聽到他的話，實在忍不住「噗哧」一聲樂了，睜開眼睛笑吟吟地說，「太子殿下，您這是在調戲我還是在調戲桂花？」

雲遲目光溫柔似水，也露出舒心舒展的笑意，嗓音低悅潤耳：「自然是你，桂花之美不及你十之一二。」

花顏撇撇嘴，伸手戳他的臉：「吃了蜜了嗎？怎麼這麼甜得膩人？」

雲遲失笑，順勢握住她的手，詢問：「回宮做桂花糕？」

花顏點頭：「好啊！」話落，對他趁機要求，「不過我累了，你要背著我出宮。」

雲遲自然無不應允：「好，背著你出宮。」說著，便將她抱起，輕巧地放在他後背上，背著她跳下了樹，然後背著向宮外走去。

天不絕和安十七對看一眼，昔日調皮刁鑽黏人不講理愛欺負人找樂子的少主怕是又回來了。這也是好事兒，畢竟他們近幾個月來，看多了花顏半死不活纏綿病榻的模樣，如今，她舒心開心，他們雖心裡一樣壓著大石，但也跟著高興。

雲遲雖清瘦，但脊背給人寬厚之感，秋日的太陽打在身上，暖融融的，不冷不熱，舒爽至極，花顏趴在雲遲的背上，閉上眼睛，舒服地打了個哈欠，繼續睡。

雲遲背著花顏出了御花園，沿途遇到宮女太監，都齊齊睜大了眼睛，呆愣不已，在雲遲走到近前，才恍然驚醒，惶惶然跪在地上見禮。

雲遲不理會，背著花顏一路走向宮門。

他背著花顏走遠了，小太監和小宮女們才聚在一起竊竊私語，紛紛不敢置信地問那是太子殿下吧？他們的記憶裡，太子殿下寡淡冷漠，高高在上，從來不曾見他對誰親近過，更遑論背著人？

不出半個時辰，皇宮禁地著火與雲遲背著花顏出宮的消息便傳出了宮外。

有許多大臣們紛紛進了宮，十分關心禁地著火之事。

皇帝在帝正殿見了眾人，擺手：「尚未查出原因，好在只禁地一處失火，未有傷亡，朕和太后都很好，眾位愛卿不必掛心。」

眾人雖納悶，但皇帝如此說，畢竟是皇宮禁地，又牽扯太祖爺的祕辛，於是都紛紛壓下心中的驚異，不敢再探究。

雲遲和花顏回到東宮後，花顏便提著一籃子桂花拉著雲遲去了廚房。

廚房的人見到太子和太子妃來了，紛紛退在一旁，面上雖然好奇，但也不如第一次雲遲來廚房時誠惶誠恐了。

花顏放下籃子，問雲遲：「你不會做桂花糕吧？」

雲遲點點頭。

花顏乾脆指揮他，吩咐道：「那這樣，你洗桂花，我去準備材料。」

雲遲又點點頭，動手挽袖子，用盆子接了清水，將桂花倒到盆子裡，如玉的手為桂花的花瓣洗去浮塵。

花顏開始準備材料。方嬤嬤帶著人瞧著，見這二人似乎都不需要別人插手幫忙的樣子，便悄悄地擺手，讓廚房內的所有人都退了下去。

晌午時分，桂花糕出爐，遠遠地便能聞到從廚房飄出的桂花糕香氣。

花顏洗淨手，捏了一小塊，放進雲遲的嘴裡，笑吟吟地問他：「嘗嘗，味道怎麼樣？」

雲遲吞下一小塊桂花糕，同時吮了一下花顏手指，眉目盡是笑意，看著她因為忙活而出了薄汗微微泛紅的臉龐，嗓音低潤，別有深意地說：「嗯，味道極好。」

花顏臉一紅，嗔瞪他：「我問你桂花糕。」

雲遲一本正經地點頭：「我說的就是桂花糕。」

花顏扭過身，紅著臉瞪他：「我看你說的才不是桂花糕。」話落，她為自己捏了一小塊扔進嘴裡，嚼了嚼，評價，「還行，沒有秋月做得好。」

雲遲淨了手，伸手抱住她纖細的腰，下巴擱在她肩膀上，輕輕地親暱地蹭著：「我覺得極好就是極好，桂花糕好，你也好。」

花顏失笑，揚起手，輕輕地拍了拍他肩膀：「果然吃了放了蜂蜜的桂花糕這嘴說出話來能甜死個人。」

雲遲也啞然失笑。

花顏將桂花糕裝了盒子，皇上一份，太后一份，敬國公府一份，梅府一份，安陽王府一份，東宮留了兩份，一共分了七份，喊來小忠子，吩咐他讓人分別送去皇宮和各府。

雲遲沒意見，在一旁笑著說：「本宮的太子妃親手所做的桂花糕，誰吃了誰有福氣。」

花顏大樂：「錯，還有太子殿下也親手做了呢。這桂花糕打著燈籠都難買！」

小忠子小聲嘟囔：「何止難買啊！萬金都不換。」

花顏聽著高興，拿起一塊桂花糕遞給他：「賞你了！」

小忠子當即眉開眼笑地謝恩：「謝太子妃賞，奴才也是有福氣的人。」

花顏誠然地點頭：「自然，否則這世上千萬人，怎麼就偏偏你自小跟在太子殿下身邊呢。」

小忠子笑著連連點頭：「奴才上輩子好事兒做得多。」

雲遲笑著擺手：「別貧了，快去吧！新出鍋的桂花糕好吃，別擱久了失了味道。」

小忠子應是，連忙提著盒子去了。

花顏拎著剩下的兩盒出了廚房，將其中一盒遞給方嬤嬤，笑著說：「嬤嬤，你拿去跟大家分了吧！」

方嬤嬤連忙擺手，受寵若驚地搖頭：「太子妃，您和殿下辛苦做的，奴婢們都沒幫上忙，這怎麼使得？」

花顏笑看著她：「這麼多年，你們侍候太子殿下有功，一盒桂花糕而已。」

雲遲含笑：「太子妃賞接著就是。」

方嬤嬤連忙雙手接過盒子，眼眶發紅：「奴婢謝太子妃賞！」

花顏不再多待，笑著拉著雲遲回了房。

這一日的午膳便就著桂花糕吃了，飯後，花顏拉著雲遲午睡。

皇宮禁地一場大火將溫泉宮燒了個片瓦無存，皇帝心中到底不快，但在收到小忠子親自送來的雲遲和花顏親手做的桂花糕時，鬱氣頓時消了一半。

他嘗了一口，點頭：「味道不錯。」話落，懷疑地問，「當真是太子和太子妃親手做的？未曾假手於人？」

小忠子笑著搖頭：「回皇上，沒有。」

「太子會做這東西？」皇帝還是不信。

小忠子笑呵呵地說：「太子殿下打下手，太子妃準備材料和的麵，無人幫忙。」話落，他美滋滋地說，「太子妃還賞了奴才一塊呢，是奴才吃過的最好吃的桂花糕。」

皇帝也拿了一塊給了一旁的王公公：「給你嘗嘗。」

王公公連忙伸手接過，笑得見眉毛不見眼睛：「多謝皇上賞！」話落，一小塊一小塊地掰了放進嘴裡，連聲說，「老奴也覺得這是吃過的最好吃的桂花糕。」

皇帝氣笑，哼了一聲，伸手指指王公公，又指指小忠子：「你們一個個的，都是馬屁精。」王公公和小忠子一起嘿嘿地笑，有生之年，能吃到太子殿下和太子妃一起做的東西，這不是什麼人都能有的福氣。

皇帝又吃了一塊，心情舒暢了些，誠然地說：「嗯，御膳房做的東西吃膩了，換換口味，的確做得不錯。」

小忠子覺得皇上若不是抹不開面子，估計還能誇得更好，太子妃這手藝，要他誠實地說，御膳房的廚子也只能比她好那麼一點點而已。

皇帝打賞了小忠子，小忠子美滋滋地拎著食盒又去了甯和宮。

太后心裡也不大舒服，畢竟皇宮禁地著火，她也隱約地猜到這火跟雲遲脫不開關係。如今禁地毫無預兆地著火，顯然是在他的默許或者是命令之下。

她有些想不明白，那一處禁地被封了四百年了，哪裡就惹了他了？

問也問不出來就算了！昨日雲遲跟她提北地程家的事兒，她雖然心向著雲遲，但多少還是心悶，意識到人年紀大了，比年少時更容易念舊。她從皇后到太后，一輩子待在皇宮裡，確實大多數時候，常常想起未出嫁在閨閣時，又想想程家之所以越來越不像話，也是有著她的縱容。

她這些年來不該縱容程家，是她錯了。

小忠子拎著食盒送來甯和宮，說明了是太子殿下和太子妃親手做的桂花糕，剛剛出爐的，送來給太后嘗嘗。

太后驚訝不已，打住思緒，連忙讓人將食盒打開，裡面擺著六塊糕點，每一塊都不同的形狀和印花，看起來十分精緻，食盒打開，一陣桂花香，看著就讓人心情很好。

太后沒立即吃，也問出與皇上一樣的不太相信的問話。

小忠子連忙點頭，肯定地說，就是太子殿下和太子妃親手做的，沒人幫忙。

太后仔細地端詳了半晌，讚歎地說：「這麼精緻，哀家覺得看著就養眼，真是捨不得吃啊！」

小忠子笑嘻嘻地說：「您只管吃，太子殿下和太子妃特意交代了奴才，剛出鍋的，就是趁著鮮嫩時吃，擱久了就不好吃了。」

太后點頭捏起一塊，掰開放進嘴裡，連連點頭，然後，又挑了一塊，遞給周嬤嬤。

周嬤嬤連忙擺手。

小忠子笑著在一旁又將自己得了賞的話說了一遍，那美滋滋的樣子著實礙眼，太后笑罵了他一句，周嬤嬤趕緊接了。

太后一連吃了兩塊，感慨地說：「哀家真是沒想到，有朝一日竟能吃到太子做的桂花糕。自從有了太子妃，他真是改變了不少。」

周嬤嬤和小忠子都連連點頭，他們跟在身邊的這些人，都熟悉雲遲，以前的太子殿下什麼樣和如今的太子殿下，可以稱得上天地的差別。他們都喜歡如今的太子殿下，雖然也高高在上，但不會那麼冷冷清清了。

小忠子自然又得了太后的重賞，高高興興地出了甯和宮，然後親自前往梅府、敬國公府、安陽王府。這一圈走下來，自然又收了大筆的賞銀和辛苦費，讓他荷包都鼓了起來。

小忠子回到東宮後，本來要稟告雲遲，聽聞太子殿下陪太子妃午睡，便作罷，拉了福管家找了個背陰的地方說話，自然是離不開人人聽說太子殿下親手做的桂花糕，下巴都掉下來的模樣。

方嬤嬤給大家分食那一盒，自然少不了福管家的份，福管家感慨更多。

昔年太子殿下經歷了皇后薨，武威侯夫人死在東宮，這兩件大事兒，性子日漸冷清涼薄，待人越發地疏離寡淡。即便面對皇上太后，笑的時候也極多，但多數不達心底。

如今的太子殿下，不說面對太子妃溫柔淺笑，寵溺妥貼，就是面對朝臣，也較之以前溫和了，眉目雖也涼，但到底與以前相比改了極多。

福管家聽著小忠子絮叨完，笑著說：「咱們現在就盼著太子殿下和太子妃順利大婚，再盼著兩位大婚後儘快有小殿下，殿下圓滿，咱們也圓滿了。」

小忠子點點頭，小聲說：「還有一樣，盼著太子妃癔症得解，平平安安的。」

「對。」福管家點頭，「只要太子妃好，太子殿下就好了。」

天不絕和安十七回到東宮後，安十七又悄悄地溜出了東宮，去了山珍館。

安十三正在等著花顏的消息，見到安十七找來，知道他是有事兒，立即帶著他進了山珍館的密室詳談。

安十七將花顏進了皇宮禁地，得知了原來魂咒是她四百年前自己給自己下的之事說了。

安十三聽聞後，半晌驚駭得沒回過神來。

安十七等著安十三回神，想著這事兒公子若是知道，不知該會有多難受。魂咒永世無解，也就是說，少主的命，五年也就到頭了。

以後過一天少一天，誰知道誰都會受不住。

安十三好半晌才開口：「這可怎麼辦？」

安十七臉色灰暗：「少主說沒有法子，當初她沒給太祖爺留餘地，也沒給自己留餘地。」

安十三又沒了話。

二人相對沉默許久，安十三道：「將此事儘快稟告給公子吧！少主瞞太子殿下，不會瞞公子的。」

安十七點頭：「少主瞞太子殿下也是沒法子，魂咒永世無解若是被太子殿下知道，後果不堪設想。少主是為太子殿下，也是為了南楚江山和江山下的千萬黎民百姓。」

安十三也贊同：「這是少主的決定，我們自當遵從。」話落，道，「我今日就啟程回臨安見公子，當面與公子說此事。」

安十七頷首，將那兩本古籍交給他：「一併給公子吧！少主和太子殿下都看過了，我也看了，連魂咒的皮毛都沒記載。」

安十三接過，看了一會兒，揣進了懷裡。

花顏午睡了一個時辰，醒來時，見雲遲正睜著眼睛看著她，目光溫溫潤潤的。她笑著伸手輕輕地拍拍他的俊顏，詢問：「你沒睡？」

雲遲搖頭：「睡了一會兒，比你早醒了一會兒。」

花顏伸手摟住他的脖子，腦袋在他胸前親暱地蹭了蹭，然後看向窗外：「天色還早，我們要不要出去走走？明日便是中秋了，宮裡有宮宴，你我也不能缺席宮宴跑出去玩。後日我就要離京了，算起來，還就今日有空閒。」

雲遲點頭：「想去哪裡？」

花顏想了想，笑著說：「去半壁山轉轉吧！這時節，半壁山後山上的桂花應該開滿了整個山坡，想必十分好看，與皇宮御花園裡的那幾株被精心修剪的桂花想必沒法比較。」

「好。」雲遲沒意見。

於是，二人收拾一番，雲遲吩咐人備車，很快就出了東宮。

剛走不遠，遇到了五皇子和十一皇子，二人似乎剛從宮裡出來，正要前往東宮，見到雲遲的馬車，連忙上前。

小忠子勒住馬韁繩，對裡面小聲說：「太子殿下，遇到了五皇子和十一皇子。」

雲遲「嗯」了一聲，隨手挑開車簾。

五皇子和十一皇子連忙見禮：「四哥，四嫂。」

雲遲點點頭：「你們要去哪裡？」

五皇子還未作答，十一皇子嘴快地撓撓腦袋說：「上書房也放假了，我讓五哥帶我出宮走走，正要去東宮小坐。」話落，他好奇地問，「四哥，你們這是要出宮去哪裡？」

雲遲淡笑：「去半壁山賞桂花。」

十一皇子眼睛一亮。

五皇子笑著一把拉住他：「那我們改日再找四哥和四嫂小坐，就不打擾四哥和四嫂了。」

雲遲看十一皇子眼神暗了下去，沒說話。

花顏打量著二人，她第一次來京，最先見到的皇室之人就是他們了。幾個月過去，五皇子倒是沒什麼變化，十一皇子似長高了些。上一次她受二人之邀前往湘水河遊湖，利用柳芙香退婚，給二人惹了麻煩，說到底，還欠著二人的人情。於是，她笑著對雲遲說：「五皇子和十一皇子若是無事兒，不如跟我們一起去半壁山賞桂花吧？」

雲遲似乎也明白花顏的意思，頷首：「好。」話落，對二人道，「上車吧！」

十一皇子大喜，立即反拉五皇子袖子：「多謝四哥、四嫂。」

五皇子見雲遲同意，也不再推脫，笑著道謝，跟十一皇子一起上了馬車。

車廂寬敞，多兩個人也不顯擁擠。

雲遲詢問十一皇子課業。

十一皇子苦下臉，硬著頭皮答了兩個問題。

花顏在一旁坐著覺得好笑，他這個太子殿下，還真真是有幾分嚴厲兄長的意思。皇帝一直不怎麼管諸皇子的課業，只對雲遲很是悉心教導。

反而是雲遲，不同於皇帝，自從五年前監國後，便隔三差五抽空督促兄弟們的課業。五皇子比他小兩歲而已，卻也是在他督促中長大的，而十一皇子甚至更小的皇子，更不必說，提到課業，兄弟們見了他如老鼠見了貓，怕得緊。

十一皇子正是貪玩的年紀，所以，課業學的馬馬虎虎，答題磕磕絆絆。

雲遲考完了兩個課題，見十一皇子不敢看他，一副恨不得從沒上過車的模樣，也不再理他，轉而詢問五皇子課業。

五皇子與雲遲年歲相仿，又是他下面的第一個兄弟，前幾年被他看得嚴，時常被他教訓，課業學得緊，半絲沒敢疏忽落下，哪怕如今，雲遲不再管他，他也養成了溫書的習慣，如今雲遲一考，自然是對答如流。

十一皇子見五皇子比他答得明顯好了不是一個層次的課業，哀怨地看了五皇子一眼，想著五哥就不能答差點兒?對比的他成了不好學的笨蛋。

五皇子回答完，看到十一皇子甩來的眼神，氣笑，伸手敲十一皇子的腦袋：「四哥將你交給我，我對你管得寬鬆，是我的錯，你不會，我也沒臉，若是題再答差了，被四哥趕下車，以後更沒臉出現在四哥面前了。」

雲遲難得露出絲笑意：「難得你還記得被我趕下車的事兒。」

五皇子笑：「記得清楚，那一年，我跑出去玩，沒溫習課業，四哥考我，我一個字也答不上來，大雪的天，將我扔下了馬車，走了半個時辰，才回了宮。」

雲遲看向十一皇子，語氣不輕不重地說：「聽到了嗎?是不是你想讓我親自管你?」

十一皇子一嚇，連忙告饒：「好四哥，我再也不敢了，以後一定不貪玩，好好學。」話落，舉起手，「我保證。」

雲遲隨意地瞥了他一眼：「再有下次，答得這麼差，我就將你送去麓山。」

十一皇子臉一白，連忙保證：「麓山那個魔鬼先生嗎?不要啊!我一定好好學。」

「不想去，就好好學。」雲遲看著他，聲音驀地嚴厲，「父皇生了你們，為皇室開枝散葉，他是完成了自己生的責任，未盡教導之責，一半是他身體孱弱，有心無力，一半原於他對江山的考量。子不言父之過，本宮不敢言父皇之過，你們既身為皇室的子孫，別以為只頂著一個皇室的姓糊弄混日子就夠了，皇室可以養人，但不養廢人。同是雲姓，別侮辱了投胎到這個姓氏。」

十一皇子脖子一縮，頓時不敢出聲了，大氣也不敢出了。

五皇子顯然是聽過雲遲說這樣的話的，所以比十一皇子鎮定，他笑著說：「十一比別人皮些，

「四哥放心，我以後一定對他嚴厲些，嚴加管教。」

雲遲點頭：「再管不好，你也去麓山。」

五皇子點頭：「一定管好。」

他雖是被雲遲管出來的人，但也沒學的多好，要他自己掂量，估計不及雲遲一半，今日考他的題不難，也是他沒有意為難，他才能考得過關，但若去了麓山，魔鬼先生挑剔得很，他估計也一樣會被修理得扒一層皮，他對自己如今的日子滿意，自然還是不去得好。

花顏發現，經過雲遲考校一場，十一皇子明顯拘謹得不敢出聲了，怕得很，乖乖巧巧地坐在那裡，沒了早先的笑模樣。

五皇子雖在雲遲面前自然，但似乎也不敢輕易找話怕一不小心觸他楣頭。

車內的氣氛一時較為安靜，甚至有幾分寂寂。

第七十九章 登半壁山賞桂花

花顏伸手捅了捅雲遲，好笑地埋怨他：「你幹嘛啊？今日你都休沐了，卻還來考校人課業。是不是也該讓皇上管管你？」

雲遲偏頭看她，失笑：「我有什麼需要管的地方？」

花顏挑眉：「怎麼沒有？」

「哦？哪裡？願聞其詳。」雲遲笑看著她。

花顏掰著手指頭數：「你近來誤了早朝三次，昨日的奏摺沒批閱完，今日就跑出來玩了，俗話說溫故而知新，你書房的案桌上有兩本準備看的書，近來一直沒看……」

她一連氣說出了一大堆。

五皇子和十一皇子聽得目瞪口呆，在他們的認知裡，雲遲是完美的，但是沒想到從花顏的口中說出這些來，似乎讓他們都以為太子殿下真需要人好好地管管了。

雲遲聞言氣笑，這些都是事實，全部還都是因為她，自從她來了，他就想每日陪著她，手邊的事兒一拖再拖，確實不如以前嚴以律己。

他咳嗽一聲，看著花顏得意的臉，伸手狠狠地揉揉她的腦袋：「你當我是因為誰？」

花顏佯裝不知，無辜地看著他：「說你近來懶了就是懶了，還能因為誰啊，我每日乖得很，可沒纏著你打擾你！」

雲遲更是氣笑，的確她沒纏著他打擾他，但是他纏著她了，而且至今沒纏夠。他揉揉眉心，妥協：「好，你說得對，待你離京，我就改正。」

花顏微笑：「是該改正，要給弟弟們做榜樣呢。」

雲遲拿她無法，揶揄地笑著說：「不止給弟弟們做榜樣，還要給我們未來的孩子做榜樣。」

花顏臉一紅，一句話被他給噎住了下面的話。

五皇子新奇地看著二人鬥嘴，原來四哥還有這樣的一面，這麼多年，他算是與雲遲走的最近的兄弟，也不曾見過這樣的他。

十一皇子更是稀奇，他認識的雲遲，也從沒見過這樣的。

雲遲除了不管上面的三個兄長外，自他監國後，把下面的兄弟們都給管教了起來，以一對一的形式，比如他被認為是皇室裡最皮最難管的皇子，將他交給了五皇子單獨管他，其餘的六皇子管十皇子和十二皇子，七皇子管十三皇子和十四皇子，八皇子管九皇子和十五皇子，剩餘的十六皇子和十七皇子還小，沒斷奶。

他日漸威儀，不止朝臣們對他又敬又怕，就是兄弟們對他也是又敬又怕。被他訓一頓要傷心幾天，被他誇一頓也要高興幾天。

但無論如何，從來都沒有見過他與人鬥嘴，如今兄弟二人真覺得開了眼界。

五皇子在二人打住話後笑著說：「四嫂要走？你才來京沒幾日吧？怎麼不多住些日子？」

花顏笑著搖頭，不像隱瞞太后那般隱瞞五皇子：「有一樁事情，我要去辦。」

五皇子聞言點點頭，也不多問。

雲遲似想到了什麼對花顏說：「讓小五跟著你去如何？他也是時候該磨練一番了。」

五皇子不解地看向雲遲，知道他是在問花顏，沒插話。

花顏看了五皇子一眼，對雲遲笑道：「你覺得可以，我這裡沒問題。」

雲遲見花顏答應，對五皇子道：「我已經安排蘇子斬前往北地查辦魚丘縣大水之事，你四嫂明日晚離京去暗中協助他，你可願意跟著她去北地走一遭？長長見識。」

五皇子心下一喜，他雖然幾年前就知道雲遲不會讓他們兄弟們庸庸碌碌無為，這些年他們在他的管教下，雖不會給他惹麻煩，但也不想做閒散王爺鬥雞走狗庸碌一生，所以，他一直在等著雲遲安排。如今，雲遲讓他跟著花顏前往北地磨練，他也想離開京城，去見識見識。

他當即點頭：「多謝四哥，我很願意。」話落，看向十一皇子，「只是十一……」

雲遲道：「暫且先跟著我。」

十一皇子身子頓時顫了顫，想張嘴說不，又一副不敢的模樣。

五皇子微笑：「也好，四哥好好地管教他些時候，再交給我時，他大約就聽話了。」

十一皇子不敢吱聲，沒有發言權，於是，此事就在雲遲和五皇子的言談間定了。

五皇子笑著問花顏：「四嫂，我該準備些什麼東西帶著？」

花顏搖頭：「不需要你準備什麼，隨身帶幾件衣服和貼身所用之物就行，我們輕裝簡行，到了北地，缺什麼，再置辦就是了，出門行路，最好輕便。」

五皇子點頭：「好，聽四嫂的。」

他比花顏年長兩歲，但還是要正兒八經地喊一聲四嫂，況且花顏雖然年少，但行事卻一點兒也不稚嫩，無論是從見識，還是其他，比他這個一直困居在皇宮的皇子見過的世面要多。

雲遲囑咐了一句：「此去北地，凡事聽她的，不得擅作主張，無論大事兒還是小事兒。」

「四哥放心。」五皇子點頭。

十一皇子此時好奇地開口：「四嫂，你去過北地嗎？」

「嗯，去過。」花顏笑著點頭。

「北地好玩嗎？」十一皇子問。

花顏微笑：「若是以名山大川來定義的話，北地山河地貌自然是極好的，我們南楚江山廣博，東南西北各有風土人情，每一個地方都不同，各有各的好，但若是以人文來定義的話，北地不好玩，民風很浮躁，不夠樸實，這也跟北地多年來各級官員的治理有關，所謂官不為民，導致民生多有怨懟。」

十一皇子受教地點點頭，又問：「那四嫂覺得哪裡最好？」

花顏淺笑：「若是我說的話，自然是臨安。」

十一皇子笑起來：「臨安是四嫂的家，四嫂自然說好。」

五皇子接過話：「不是這樣說的，我聽聞臨安夜不閉戶，路不拾遺。極好！」

雲遲頷首，淡笑道：「不錯，臨安最好，花家更好。我們皇室雖無爭鬥，但親情也十分涼薄，生在皇家，這是沒法子，宗室的長輩不盯著，還有御史台和朝臣盯著，動輒就會波動社稷，人人都會小心翼翼。但是臨安花家是真真正正的親情厚重，數百上千人，互敬互愛，無謀權奪利，從無糾葛。普天之下，再也找不出第二個臨安花家。」

十一皇子神往地說：「真想去臨安看看。」

雲遲瞥了他一眼：「這幾個月功課若是有長進的話，待我大婚，讓你跟著去臨安迎親。」

十一皇子聞言差點兒歡呼起來：「多謝四哥，我一定長進。」暗暗打定主意，這幾個月好好攻克課業，霎時覺得雲遲教導他也不是那麼可怕了。

五皇子暗歎果然是四哥，三言兩語便讓十一服服貼貼聽話地奮力學課業了。以前他管教他時，似乎也是這樣，先是訓一頓，再給個甜餅，然後，他為了吃甜餅，只能發狠心地學課業，直到能達到他滿意過關的程度。

他不由得有些懷念從前被管的日子。

花顏看著雲遲，想著雲遲真是一個好兄長，他寡淡涼薄也不過是表象罷了，真正瞭解他的人，還是能明白他心底深處的熱忱。國與家，他都兼顧，做的很好。

花顏覺得，以後他們有了孩子，雲遲也一定會將孩子管得好好的。

腦中自動地構成了有了孩子之後的畫面，從孩子出生到他兩歲……

她心裡漸漸地蔓生出荒蕪，也只能想到兩歲而已，再多的，便沒了。

「怎麼了？」雲遲察覺到花顏氣息不對勁，偏過頭低聲問她。

花顏回過神，也沒覺得在五皇子和十一皇子面前不好意思，對他笑吟吟地說：「在想我們將來大婚後，有了孩子，你一定能將孩子教養得極好。」

雲遲失笑：「那是自然。」

十一皇子立即在一旁小聲說：「四哥，你和四嫂有了孩子後，可不可以讓我帶著他玩啊？」

雲遲偏頭瞅了他一眼：「你把課業學好了，將來我就讓他跟著你玩，否則，休想靠他邊。」

十一皇子似又被一個重磅砸中，重重地點頭：「我一定好好學。」

五皇子接過話說：「叔叔們這麼多，但也該長幼有序，應該我先帶著他玩。」

十一皇子瞪著五皇子，癟嘴：「五哥欺負我年紀小呢。」

五皇子點頭，絲毫不覺得在這件事兒上欺負了人：「誰讓你晚生了幾年呢。」

十一皇子沒了話。

花顏好笑地看著兄弟二人，心裡的荒蕪卻在一寸寸的擴大，如今的她不敢去想未來，能抓住的也就是五年而已。有雲遲在，有他對一眾兄弟們的厚愛來看，將來他和她的孩子，一定會十分的受寵，她也不擔心他會長歪，雲遲不會讓他長歪的。

雲遲看著花顏，瞳孔縮了縮，即便她隱藏得很好，面上笑著，絲毫看不出破綻，但他就是能從她周身散出的氣息上明白她此時心情並不好。他笑著摸摸她的頭，故意轉換她心裡那被她藏在深淵裡的心思，揶揄地說：「你還沒嫁給我，想得也太遠了吧？」

花顏啞然失笑，心裡荒蕪因為這一句話一掃而空，煙消雲散：「可不是嘛，想得太遠了，幸好你提醒我。我們還沒有大婚呢，想什麼孩子。」

雲遲感覺出她周身莫名沉暗的氣息散去，心底鬆了一口氣。

花顏伸手挑開車簾，向外看了一眼，才走出不過幾里地，距離到半壁山還早，於是，她笑著說：「來，路上怪無聊的，咱們打牌吧！」話落，問雲遲，「你車裡有葉子牌嗎？」

雲遲搖頭，他車裡從不備這些東西。

花顏問完也想起了雲遲的車裡怎麼會有這東西，對於堂堂太子自小受的教養來說，一切的玩要之物都是玩物喪志的東西。

十一皇子小聲說：「我身上有帶著。」

花顏眼睛一亮：「來，拿出來，咱們四個人玩。」

十一皇子拿出懷裡揣著的牌遞給花顏，同時偷偷看了一眼雲遲。

雲遲含笑，沒訓斥他。

花顏俐落地洗牌，問雲遲：「會玩嗎？」

雲遲淺笑：「會。」

花顏眨眨眼睛。

五皇子和十一皇子也露出訝異之色，他們還真不知道雲遲會玩，最起碼從來沒見他玩過，在他們的認知裡，四哥這些年除了文治武功外，別的就沒碰過。

花顏洗完牌，笑吟吟地說：「既然會玩就好辦了。開始吧！」

雲遲點頭，慢悠悠地說：「玩牌怎麼能沒有賭注？你們都想好拿什麼來當賭注了嗎？」

花顏又眨了眨眼睛：「那太子殿下想好了？」

雲遲點頭。

花顏覺得有趣：「那你先說你拿什麼當賭注？我們參考參考。」

雲遲嘴角微勾：「你贏了我再說。」

花顏失笑：「好。」

五皇子和十一皇子也好奇雲遲拿什麼做賭注，四個人玩了起來。

開始時，花顏發現雲遲很生疏，但想必他看過別人打牌，所以，雖然沒玩過，但是不能說他不懂不會。不過他聰明絕頂，兩局後，便熟練了。

又打了幾局，花顏暗暗地思量，她若是不動手腳，估計贏不了雲遲。畢竟這個人真是太聰明了。她很想知道他拿什麼做賭注，所以，果斷地動了手腳。

馬車到了半壁山腳下時，花顏贏得最多，笑容燦爛地看著雲遲：「太子殿下，說出你的賭注吧？你是堂堂太子，賭注可不能太小氣，否則不符合你的身分。」

雲遲似笑非笑地看著花顏：「若非你動了手腳，你覺得你能贏我？」

花顏又眨眨眼睛。

五皇子訝異地看著花顏，顯然沒看出她什麼時候動手腳了，她一直玩的一本正經。

十一皇子脫口問：「不會吧四嫂？你什麼時候動手腳了？」

花顏不否認，點頭，笑吟吟地看著雲遲：「當時沒抓住都不算，反正是我贏了。」

雲遲覺得但凡是玩的事兒，花顏都會玩得極好，而她的笑容也會與尋常時候不同，靈動得很，她動手腳時他確實沒察覺出來，只不過越來越覺得不對勁，才恍然她動手腳了。

他眉眼的笑意微深：「你想要什麼？」

花顏「唔」了一聲，暗暗想著他的什麼東西是她肖想的？還真沒有！

她不滿地看著雲遲：「不說我想要的，我也沒什麼想要的，只說你準備的。」

雲遲聞言也「唔」了一聲，「既然你沒什麼想要的，那就算了。」

花顏瞪眼：「雲遲你耍賴，咱們四個人，我贏得最多，你愸底，自然願賭服輸。」

五皇子和十一皇子對看一眼，五皇子如今卻明白了，花顏動了手腳，不止讓自己贏得多，還故意不動聲色地提攜了他和十一，故意讓雲遲墊底說出他的賭注。

雖然雲遲從不涉賭，於這方面不精通，如今他輸了，很是新奇，讓他拿賭注，更是新奇。

雲遲懶洋洋地靠在車壁上，支著腿對她笑：「容你動手腳，自然也容我耍賴。都是遊戲規則，不能只許州官放火，不許百姓點燈。」

花顏一噎，沒了話，看雲遲這模樣，是打定主意要賴了，若是往常，她肯定想方設法撒潑撒嬌讓他說出來，但如今五皇子和十一皇子在，她即便再厚臉皮，也不能在小叔子面前鬧騰他太不像樣子，於是，白了雲遲一眼，氣嘟嘟地轉身挑開簾子跳下了馬車。

雲遲眉目動了動，理了理衣擺，也下了車。

五皇子和十一皇子沒看上好戲，只能跟著下了車。

春夏的半壁山與初秋的半壁山景色不同，前山有寬敞的山路，直通山上的清水寺，但是後山沒有行車道，只有一條羊腸小徑上山。小忠子早聽了雲遲的吩咐，不想驚動清水寺接駕，直接將車趕來了後山，一行人徒步上山。

花顏下了車後，站在山腳下，望著前面的大山說：「這後山倒是個清靜的所在，適合安靜地賞桂花，但若是登山上去，看來需要好好地費一番時候了。」

「今日閒得很，有的是時候，不怕浪費。」雲遲下了車後微笑。

花顏故意不理他。

雲遲走到她身邊，然後在她面前彎下身，嗓音隱著濃濃笑意：「上來我背你。」

「才不要，我有腿有腳。」花顏哼了一聲，扭頭就走。

雲遲一把拽住她，看著她氣嘟嘟的臉，笑意更濃：「你不是說願賭服輸嗎？我的賭注就是誰贏了我背誰上山，你難道真不要？」

花顏腳步一頓，轉回頭，睜大眼睛看著雲遲。

雲遲一本正經地點頭：「賭注就是這個。」

花顏看了看前面的大山，又看了看雲遲，佯裝生出的那點兒氣一掃而空，伸手戳雲遲心口，又氣又笑：「原來你在這裡等著我呢。」話落，不客氣地爬上了他的背，摟住他脖子說，「要！怎麼不要，走吧！」

雲遲笑出聲，背著花顏向山上走去。

五皇子和十一皇子都驚呆了，看著前面的背影，覺得他們今日可真是開了眼界了。

雲遲背著花顏，一步一步，走得穩穩當當。

花顏趴在雲遲的背上，欣賞著山路兩旁的山景，身後五皇子、十一皇子、小忠子、采青的腳步都放得很輕，他們在儘量地忽視自己的存在，不敢上前打擾。

大約走了一里地，花顏終究是心疼雲遲，對他說：「放我下來。」

雲遲搖頭：「不累。」

花顏笑著說：「不是你累不累的事兒，是我想走走。」

雲遲偏頭瞅她，眉眼都是笑意：「你就是心疼我累。」

花顏輕哼了一聲：「沒有。」

雲遲轉過頭，繼續向前走，聲音溫潤：「蘇子斬背你夜行山路三十里，你可有讓他停下？我這才背你走了一里地。」

花顏氣笑，伸手掐他腰：「當時我是一步都走不動了，如今我腿腳好著呢，怎麼能比？陳芝麻爛穀子的事兒了，太子殿下，你可真是刻在心坎裡忘不了了。」

雲遲低笑：「會一直記著的。」

花顏無語，伸手推他：「讓我下來。」

「不讓！你不是說願賭服輸嗎？真想讓我做一個耍賴無信用的人？」

花顏沒了話：「好好好，你背你背，這山路還遠著呢，別喊累啊！現在不讓我下來，等一會兒你喊累我也不下來。」

雲遲笑意深深：「好。」

花顏只能繼續趴在雲遲的背上，她心中清楚，雲遲是捨不得她走路，也捨不得她離開京城。此去北地，處理了北地之事後，她估計也沒時間再來京城，也許這一走後就等著大婚再見了。

十一皇子拽拽五皇子的袖子，小聲說：「五哥，四哥對四嫂真好。」

五皇子微笑點頭，雲遲對花顏好，這是誰都知道有目共睹的。以前他見花顏時，提起雲遲她渾身都排斥，如今改變最大的那個人不是雲遲而是她。

一行人上了半山坡，半山坡有一處觀景台，此時已經可以看到大半山坡開的桂花，清風吹來，一陣陣桂花香。

花顏低頭問雲遲：「如今可以放我下來了吧？」

雲遲點頭，笑著放下花顏，直起身。

花顏看著他，額頭有細微的汗，她伸手入懷掏出帕子，踮起腳為他擦汗：「挺大的人，非要跟自己的腳過不去。」

雲遲低笑，目光柔柔地看著她：「真的不累。」

花顏低哼一聲：「你是不累，可是我心疼啊！」

雲遲笑容蔓開，眼底的笑意似再也藏不住地溢出來，低頭吻了吻她：「就喜歡你心疼我。」

花顏嚇了一跳，立即躲開，紅著臉說：「還有小孩子呢，你別帶壞小孩子。」

此時，五皇子和十一皇子走上來，因五皇子在前擋了大半截身子，十一皇子沒看到雲遲的動作，但五皇子看到了，用手揉了揉鼻子，輕咳了一聲。

雲遲臉不紅地回頭瞥了一眼，收整神色，說：「去亭子裡面坐。」

花顏點頭，收了絹帕，被雲遲拉著，去了亭子裡。

幾人落坐，小忠子連忙拿出背著的水壺茶具，給每個人倒了一盞茶。

花顏端起茶來喝了一口，懶洋洋地看著半山坡的大片桂樹：「大半個山坡都是桂花，是清水寺的哪位大師喜歡桂樹嗎？」

雲遲「嗯」了一聲，「是清水寺的智緣大師喜歡桂樹，他是德遠大師的師父，這些桂樹百年了。」

花顏「咦」了一聲，好奇地轉頭問雲遲，「據說智緣大師出身南楚皇室？是位皇子？」

雲遲含笑點頭：「嗯。」

花顏更好奇：「他為何好好的皇子不當，跑來出家？」

十一皇子此時插話：「四嫂，這個我知道。」

花顏轉頭看向他。

十一皇子立即說：「當年諸皇子奪位，智緣大師不喜爭鬥，乾脆剃度出家了。」

「這樣？」花顏看向雲遲。

雲遲淺笑：「倒也有關聯，但最大的原因是他生就了一副菩薩心腸，自小就喜歡經文和佛門清靜。」

花顏笑道：「這樣說來，這位智緣大師真是與佛有緣了。」

雲遲點頭。

花顏又轉過頭去，道：「這桂樹還真是與皇宮的桂樹不同，在山間比在皇宮被精心修飾的多了些靈氣。」

五皇子聞言好奇地問：「四嫂，我聽聞臨安花家傳承了雲族一脈的靈術，據說靈術奇妙，能夠感悟自然草木之靈氣，你真能感受得到？」

花顏笑了笑，點頭：「能的。」

十一皇子聞言更是驚奇地看著花顏。

五皇子仔細打量花顏，笑著說：「此時我們一起坐在這裡，真看不出四嫂與我們有何不同。」話落，他問雲遲，「四哥傳承了雲族一脈的靈根，可有感受？」

雲遲笑著搖頭：「微乎其微，我們皇室之人，自四百年太祖爺之後，歷代子孫，為了江山社稷，多費心神，在傳承之術上，一代不如一代，怕是再幾百年後，這傳承就失了。」

十一皇子立即說：「不會的，四哥有四嫂，將來你們的孩子，便是我們雲家的孩子。他會傳承四嫂的，失不了。」

五皇子點頭，附和十一皇子：「十一說的有道理。」

花顏轉過頭，笑吟吟地說：「我也覺得有道理。」

雲遲失笑：「確實有理。」

四人說了一會話，正要再往山上走，依稀聽到山下有腳步聲傳來。

花顏隱約聽到了熟悉的聲音，對雲遲笑著說：「天色還早，我們再坐一會兒好了。」

雲遲自然也聽到了熟悉的聲音，對她要繼續坐著沒意見。

不多時，山下上來了一行人，兩名女子，兩名婢女，其餘是護衛和家僕。

那兩名女子上來之後，似乎沒料到會見到雲遲和花顏以及五皇子、十一皇子，齊齊一愣，須臾，一人臉色有些尷尬，一人似十分驚喜。

臉色有些尷尬的是趙清溪，另一人美衣華服，朱釵環繞，光豔可人，花顏不認識。
二人齊齊上前，對雲遲、五皇子、十一皇子見禮。
雲遲淡淡地「嗯」了一聲，五皇子和十一皇子也點了點頭，沒說話。
趙清溪直起身，看向花顏，又對她見禮：「太子妃！」
另一名女子眼睛似捨不得離開雲遲，不過還是跟隨趙清溪對花顏見禮：「太子妃！」
花顏含笑看著二人，笑吟吟地說：「真沒想到在這裡遇到了趙姐姐。」話落，對著另一名女子詢問，「這位姐姐是？」
那女子早就聽人說花顏美貌猶勝趙清溪，今日一見果然如是。她又福了福身，笑著直視花顏，報上家門：「家父是閆如青，小女名喚玉雪。」
花顏眨眨眼睛，笑著恍然：「原來是禮部尚書府的閆小姐。」頓了頓，瞥了雲遲一眼，笑著說，「辛苦閆尚書了，聽聞為了我和太子殿下大婚事宜，近來一直忙得腳不沾地。」
閆玉雪臉上的笑意一僵，看了雲遲一眼，見他面色平靜，沒什麼表情，她連忙笑著說：「家父為朝廷辦差，是應該的。」
「總之辛苦了！待我和太子殿下大婚時，一定要讓閆尚書多喝幾杯。」花顏這話是對雲遲說的，「怎樣？」
雲遲笑著頷首：「好。」話落，他拉著花顏站起身，「走吧，我們上去！」
花顏順勢站起身，對趙清溪和閆玉雪笑著說：「這裡風景不錯，兩位姐姐坐吧！」
趙清溪點頭，讓開了路。
閆玉雪看向趙清溪，見她沒有跟著的打算，也往一旁讓了讓。

雲遲彎下身，對花顏說：「上來。」

花顏咳嗽一聲，小聲道：「不要了吧？有人在呢，再說我自己能走。」

「上來。」雲遲不容拒絕。

花顏見他執拗，想著今兒這人是背定她了，不好與他再爭執，只能重新趴在了他的背上。雲遲背著花顏，向山上走去。

五皇子和十一皇子立馬跟上，小忠子和采青快速地收拾了東西，一行人轉眼就走沒了影。

趙清溪看著雲遲背著花顏的背影有些愣神，而閆玉雪睜大眼睛，似被驚住了，不敢置信。

花顏趴在雲遲的後背上，亂七八糟地想著在她有生之年，雲遲只有她一個就行了，等五年後她去了，她心裡還是希望有一個溫柔善解人意的女子陪著他的。

人生路漫漫，一個人太孤獨，她愛雲遲，捨不得他以後漫漫一生孤苦。

「怎麼了？一句話都不說了。」雲遲出聲詢問。

花顏笑吟吟地說：「說什麼呀？說咱們太子殿下很招女人喜歡嗎？」

雲遲失笑：「這說的是哪門子話？」

花顏輕輕地哼了一聲：「我就不信你沒看出來，那閆玉雪恨不得眼睛黏你身上了。」

雲遲誠然地搖頭：「還真沒看出來，我沒看她。」

花顏失笑：「我可看了，她見到你十分歡喜，眼睛滿是傾慕愛戀，可見情根深種。」

雲遲收了笑：「閒雜人等，理會她作甚。」

花顏「唔」了一聲，「我在想，空置六宮什麼的，其實是不對的，將來以後，就我一個人在你的宮內，多寂寞啊！要不然，咱們改改，大婚後，還是選幾個人納了吧？」

雲遲臉色一沉，立馬將花顏放下，轉過身，眉目暗沉地看著她：「你說什麼？」剛剛臉上還是晴空朗日，這轉眼便是烏雲密布了。

花顏眉目動了動，她敢篤定，她若是敢將剛剛的話再說一遍，他一準發怒，後果不堪設想，她頓時嘻嘻一笑，伸手抱住他胳膊，賴皮地說：「誰說什麼了啊？我沒說啊！你幻聽了吧？」

這般模樣，著實服軟和識時務。

雲遲面色稍霽，但眼睛沉沉地看著她：「花顏，我告訴你，若是讓我再聽到你這般胡言亂語，我饒不了你。」

花顏眨眨眼睛。

「聽到了嗎？」雲遲餘怒未消，「我耳朵好得很，還沒到頭昏眼花任你糊弄的地步。」

花顏抽了抽嘴角，立馬討饒：「好啦好啦，是我錯了，太子殿下，我來恕罪好不好？」話落，試探地笑吟吟地看著他，「我來背你？」

雲遲氣笑，伸手狠狠地揉了揉她的腦袋，又轉過身去：「上來。」

花顏這回不敢磨嘰，乖乖地爬上了雲遲的背。

雲遲背著她繼續往前走。

五皇子、十一皇子、小忠子、采青等人跟在二人身後默不作聲。

又走了一段路，十一皇子忍不住，拽了拽五皇子衣袖，用極小的聲音小聲說：「五哥！四哥他好凶啊，原來對四嫂也有凶的時候。」

五皇子微笑，也壓低聲音說：「兩個人在一起，自然不能一個人一直一味地忍讓包容的，四哥和四嫂這樣就很好。」

十一皇子小聲說：「四嫂勸四哥在大婚後納側妃吧？可是四哥不同意是吧？父皇、皇祖母和朝臣會同意嗎？」

五皇子低聲說：「四哥決定的事兒，誰能做得了四哥的主？以後且看吧！」

十一皇子不再說話了。

一行人上了山頂，山頂沒有觀景的涼亭，只有幾塊碩大的山石或立著或橫著躺在那裡。

雲遲放下花顏後，花顏照樣給他擦了擦汗，然後舉目四望，果然是站得高望得遠，這一片半壁山盡攬在眼底。

十一皇子興奮地大呼：「我還是第一次爬上半壁山，這風景當真是極好。」

五皇子拍拍他肩膀：「半壁山是風水寶地，否則歷朝歷代的皇陵也不會安置在半壁山了。」

十一皇子立即說：「對啊！前朝陵寢似乎就在距離這裡不遠處。」話落，他伸手一指，「五哥，是那個方向吧？據說後樑的懷玉帝就葬在帝陵裡。」

五皇子忽然轉頭，看了眼雲遲，轉移話題：「半壁山風景，不止可以看到滿山桂花，還可以看到萬年古松，亦可以看到清水寺廟宇群，最值得一看的，是掛在半壁山崖壁上的暮鼓晨鐘。」

五皇子雖不知道花顏的癔症與懷玉帝的糾葛，但是他卻知道皇宮禁地失火與雲遲脫不開關係。若不是雲遲所為，身為太子，皇宮禁地失火必會命人大肆徹查，可雲遲卻沒理會此事。

皇室的人幾乎都知道，皇宮禁地裡太祖爺安置了後樑淑靜皇后的冰棺，而自己的骨灰陪著淑靜皇后，間接合葬。

所以，皇宮禁地著火，與雲遲有關，也就說明，這其中有著不可言說之事。

五皇子怕十一皇子無形中惹到了雲遲，才轉移了話題。

十一皇子果然不再說前朝帝陵，而是目光轉去了掛在半壁山崖壁上的鐘鼓，驚歎地說：「好大的一口鐘。」

五皇子道：「數千年了，據說鑄造師花了半生心血鑄造，由數百武功高強者合力將之掛在了半壁山的山壁上。只有清水寺重大的日子，才會由清水寺武功高強者登山壁鳴鐘。」話落，又看向雲遲，「四哥，據說每一代帝王駕崩，皇室也會擇選一人前來鳴鐘，可有此事？」

雲遲點頭：「有的，當年先皇駕崩，父皇體弱，由孝親王前來鳴的鐘。」

「原來是孝親王鳴的鐘，孝親王後來意外傷亡，可惜了，據說這位王叔十分有才華，皇祖母也很喜歡他。」五皇子道。

「嗯，是可惜了。所以，皇室子嗣單薄，父皇才廣納後宮，以養皇室血脈。」雲遲道。

五皇子不說話了，除了雲遲外，他們這些皇子都是廣納後宮的結果。

花顏聽著三人說話，目光落在西北方向，隔著重重山巒，她看不到前朝帝王陵寢，若非太祖雲舒將她困在皇宮禁地以求死而復生，那麼，她是應該隨懷玉一起葬在那裡的，也就沒有她給自己下魂咒了，更沒有如今四百年後的自己了。

如今，她愛上了雲遲，也不必再去打擾懷玉了，那冰棺也送回了臨安雲霧山。

她看了一會兒，轉過頭看那口偌大的鐘，那鐘靜靜地掛在半壁山的山壁上。

她上次來京，那時帶著秋月，她們走的是前山，還想著去敲敲鐘，聽聽這半壁山清水寺聞名天下的鐘聲，據說只要鐘聲一響，回音會迴盪在整個半壁山，向外擴散，響徹方圓百里。

不過德遠大師攔住了她，說這鐘輕易敲不得，帝王喪葬，才會鳴鐘。如今皇帝好好的，清水寺也沒什麼重大事件，她若是去鳴鐘，那可不得了。

她當時雖千方百計想與雲遲退婚，但也還不至於咒皇帝出事兒，自然就打消了念頭。

花顏又看了一會兒，轉身坐在了一旁橫陳的山石上，對雲遲說：「我好像有些餓了。」

雲遲聞言詢問小忠子和采青：「可帶了吃食？」

「帶了糕點。」采青立即說。

花顏卻搖頭：「不想吃糕點。」

雲遲看著她：「那你想吃什麼？」

花顏呶呶嘴：「去抓兩隻山雞來，就在這裡，烤著吃，我想吃烤山雞了，野兔也行。」

她剛開口，十一皇子頓時說：「四嫂，這不行吧？這是佛門之地，切忌殺生的。」

花顏好笑：「看不出來啊，小十一有一副菩薩心腸。」

十一皇子臉一紅：「不，不是，這是清水寺，不太好吧？」

花顏看向雲遲。

雲遲微笑：「佛祖普度眾生，總不能讓人餓著。」話落，對采青吩咐，「去抓兩隻山雞來，祭奠你家太子妃的五臟廟。」

小忠子聞言立即說：「采青，你多抓幾隻，上次在西南境地太子妃烤的山雞，我至今還回味呢。」

采青不客氣地對小忠子說：「要多抓你自己跟來。」

小忠子後退一步：「我要留在這裡侍候殿下和太子妃，你武功好，幾隻山雞小意思。」

采青嘲笑地看了小忠子一眼，轉身去了。

采青對抓山雞不太在行，不過也沒用多久，便提了幾隻血淋淋被劍斬斷了腦袋的山雞和野兔回來了。她一路走著，一路滴著血。

小忠子嫌惡地看著血滴了一地，指控采青：「你太粗暴了。」

采青將山雞和野兔甩給他：「你來！」

小忠子立即搖頭。

采青硬塞給他：「這裡除了我就是你能幹活，難道讓殿下和太子妃來？還是讓五皇子和十一皇子來？」

小忠子沒了話，乖乖地接過了山雞和野兔，毛手毛腳的一副不知怎麼處理的模樣。

花顏好笑地看著二人，對小忠子說：「拿來，給我好了，你去拾乾柴吧，這一處正好避風，就在這裡烤了。」

小忠子得了赦令，但還是看向雲遲。

雲遲點頭：「去吧！」

小忠子立即將山雞給了花顏，轉身去拾掇乾柴了。

采青對著小忠子撇撇嘴，圍在花顏身邊為他打下手，轉眼，雲遲也走了過來，拿起一隻山雞，學著花顏拔毛。

五皇子和十一皇子驚奇地看著雲遲和花顏，今日他們已經長了幾番見識，與花顏在一起的雲遲，打破了以往他們認知的雲遲。

花顏下手十分地俐落，在小忠子拾掇回一大抱乾柴時，她已經處理好了幾隻山雞。而采青和雲遲一人處理了一隻。

花顏拎著光溜溜的山雞和野兔遞給采青：「不遠處有山泉，聽到泉水響了吧？拿去洗洗。」

采青應了一聲，立即去了。

花顏從懷中掏出火石，開始架火，將火架好，采青也拎著山雞野兔回來，她依次地將之擺在了架子上，然後對雲遲說：「你看著，我去採點兒入味的藥材。」

雲遲搖頭：「我陪你去，讓采青和小忠子看著烤。」

「我走不遠，你歇著吧！」花顏笑著擺手。

雲遲固執地站起身，打定主意陪著她。

花顏無奈，只能依了她，兩人一起沿著山林去找入味的藥材。

看著二人背影，十一皇子對五皇子說：「五哥，我怎麼感覺如今的四哥好有煙火氣啊！」

五皇子失笑：「是有點兒。」

十一皇子湊到采青身邊，好奇地問：「尋常四哥和四嫂也這樣相處的嗎？」

采青一邊翻弄著山雞野兔，一邊說：「回十一皇子，太子殿下和太子妃自西南境地之後，一直是這樣的。」

十一皇子八卦兮兮地問：「在西南境地時，四哥是怎麼讓四嫂回心轉意不悔婚的啊？」

采青搖頭：「十一皇子還是別問了，奴婢不能說。」

十一皇子聞言又看向小忠子。

小忠子更是搖頭擺手，同時語重心長地對十一皇子說：「您若是想知道，還是問殿下吧！當然殿下願意告訴您的話。」

十一皇子一噎，想著四哥當然不會告訴他了，不止不會告訴他，若是他太好奇追著問，估計還會罰他考校課業。

五皇子微笑：「我告訴你很多遍了，不要有太多的好奇心，否則哪一日便會被好奇心害了。你怎麼就是不聽？」

十一皇子立即噤聲，閉了嘴。

入味的藥材很好找，花顏和雲遲轉了一圈，便有了收獲，拿著藥材走到不遠處的山泉處清洗乾淨，然後走了回來。

花顏將藥材擰成了汁，淋在了山雞和野兔上，發出滋啦啦的聲響，不多時，香氣便溢了出來。

五皇子和十一皇子也圍坐了過來，十一皇子忍不住說：「真香。」

小忠子得意地說：「太子妃烤的山雞和野兔是奴才吃過最香的烤野味了。」

采青拆臺：「除了吃過太子妃烤的，你也沒吃過別的。」

小忠子一噎，瞪眼：「你怎麼總是跟我作對？」

采青咳嗽了一聲：「誰讓你膽子小呢。」

小忠子對花顏告狀：「太子妃，采青總是欺負奴才。」

花顏好笑：「行，一會兒罰她多吃幾塊雞肉。」

采青頓時笑起來：「多謝太子妃！」

小忠子頓時苦下了臉，暗想著以前采青是不敢嘲笑他的，自從跟了太子妃，她的身分也水漲船高了，如今竟然對他絲毫不客氣了，偏偏他的確膽子不大，最怕雞血，也只能任她嘲笑了。太子妃不向著他，殿下更不會向著了。

山雞的香味越來越香濃，不多時，十一皇子就直咂嘴：「一定很好吃。」

花顏好笑地看著他，十一皇子還是一個小少年，童心未泯，按理說出身在皇室，到了這個年紀，都很難再保持一顆童心了，但是十一皇子至今還很純澈，這可以說是歸功與雲遲對皇室一眾兄弟的愛護了。

她見一隻山雞烤的差不多了，便撕了一隻雞腿遞給他：「給你先嘗嘗。」

十一皇子雖然眼饞，但花顏第一個給他，他還是連忙擺手：「我等等，四哥先吃吧！」

雲遲淡笑：「給你就接著，眼饞不如解饞。」

十一皇子這才接過了雞腿，紅著臉道謝：「多謝四嫂。」

花顏又扯了另一隻雞腿給五皇子。

五皇子搖頭：「四嫂餓了，先吃吧！」

花顏笑著說：「這一隻呢，夠我們先分了，你拿著，同是兄弟，我總不能厚此薄彼。」

五皇子笑著伸手接過，也道謝：「多謝四嫂。」

花顏又扯了胸肉遞給小忠子和采青，二人連忙接了謝恩，花顏最後將兩個雞翅分給了自己和雲遲。於是，在半壁山後山的山頂處，一行人賞著景，圍著烤架，分食山雞。

烤野味的香氣藏也藏不住地蔓延開來，最終使得整個半壁山都聞到了香氣。

趙清溪和閆玉雪兩人帶著婢女僕從上得山頂來後，便看到了幾個人圍著烤架分食山雞的情形，一行人齊齊地睜大了眼睛，驚訝極了。

花顏見到二人，笑著對二人招呼：「趙姐姐，閆姐姐，過來吃烤山雞嗎？」

趙清溪回過神，搖搖頭，看著這情形，目光有些複雜。

閆玉雪也搖頭，整張臉依舊是驚異和不敢置信。

花顏恍然，她們都是大家閨秀，自然做不出這種在山野之地烤吃食的做派，她也不強求，笑著說：「那你們找地方坐吧，這裡風景不錯。」

趙清溪點點頭。

閆玉雪看著花顏，火光映照下，她眉眼十分的清麗明媚，與早先在半山腰處第一次所見的懶散隨意嬌柔不同，此時兩手捧著半隻雞，吃得津津有味，眼睛亮晶晶的，十分明豔動人。

雲遲坐在她身邊，手裡也拿了半隻雞，絲毫不顧忌自己太子殿下的身分，便那樣隨意地挨著花顏坐著，吃著，自她們上來，未曾掃過去一眼，這般的姿態，明明很像山野粗人的做派，但偏偏他豐儀尊貴，氣度尊榮，絲毫不損姿態。

五皇子和十一皇子第一次這般吃烤山雞野兔，也覺得十分美味，比皇宮御膳房做的膳食還要好吃，所以，二人吃得正香，自然不理會上來的這兩人。

趙清溪拉了拉閆玉雪的袖子，示意她去遠處坐。

閆玉雪想靠近雲遲，但是礙於花顏在，不想表現得太過遭了花顏的記恨，於是，聽從了趙清溪，去了遠處。

幾人分食三隻雞和一隻兔子，還有兩隻雞和一隻兔子，花顏也分給了雲影他們。

第八十章 酒不醉人人自醉

十一皇子摸著肚子說：「太好吃了！好飽喔！」

花顏吃飽了，靠在山石上，日光照下，暖融融的，她伸手拽了雲遲的胳膊，枕在他胳膊上，舒服地說：「悠閒雲中鶴，美味在山間。」

雲遲失笑，伸手點花顏眉心：「饞貓！」

花顏嗔了他一眼：「說的你好像比我吃的少似的。」

雲遲笑看著她點頭：「嗯，我五十步笑百步了。」

趙清溪遠遠地看著雲遲和花顏，吃完了烤山雞後，花顏拉著雲遲胳膊閉著眼睛躺在山石上，如山中覓食飽了的野貓，十分愜意舒心。

雲遲任她枕著胳膊，也隨著她半躺在山石上，眉目含笑，同樣悠閒愜意。

陽光打在兩人身上，明媚耀眼，灼人眼目。

趙清溪看著看著，眼眶忽然酸了酸，收回視線，隔著重重山林，看向遠處。

從小到大，她從來沒有離開過京城，去得最遠的，便是受閆玉雪相邀今日到這半壁山清水寺的後山賞桂花了，沒想到會在這裡碰上同樣來賞桂花的雲遲和花顏。

在她的認知裡，雲遲素來高高在上，從不會來這山野林間悠閒遊逛。他十六歲監國至今，據她所知，沒有一日不與奏摺朝臣打交道，即便賦閒在東宮，也會待在書房處理朝務或讀卷宗。

自從有了花顏，他確實與以前不同了，不同得她幾乎認不出了。

閆玉雪也看著雲遲和花顏，沒想到他們是這般相處的，讓她忍不住心中又是嫉妒又是羨慕。京中的閨閣小姐，無不將雲遲比作天上的明月，高不可攀，尊貴奪目，她忍不住懷疑，這樣的雲遲，即便能做了他的側妃，能得到他的眷顧和寵愛嗎？

趙清溪忽然低聲開口：「閆妹妹，你若是有什麼不該有的想法，你我相交一場，我勸你還是打消吧！」

閆玉雪一怔，勉強收回視線，看向趙清溪，壓低聲音：「趙姐姐，你什麼意思？」

趙清溪扯了一下嘴角，輕聲說：「就是你聽到的意思。」

閆玉雪咬唇：「我是有想法，但是也不算是不該有吧？雖然太子妃定了，但還有側妃呢！我知道你也喜歡太子殿下，難道因為太子殿下不選你為太子妃，你就這麼放棄了？」

趙清溪心中發苦，但近來這苦她已經嘗了太多，也不覺得太苦了，平靜地說：「你難道覺得太子殿下還會選側妃嗎？」

閆玉雪一驚：「這話怎麼說？」

趙清溪低聲道：「太子殿下喜歡花顏天下皆知，太后昔日反對，他曾言，此生非她不娶。」

閆玉雪立即說：「娶是娶，納是納，不同的。」

趙清溪笑了笑：「在你眼裡娶納不同，但在太子殿下眼裡只有一個娶字，沒有納字。這世上千千萬萬的女子，他的眼裡心裡只能裝得下一個臨安花顏罷了。所以，為她空置東宮，將來空置六宮，不會沒有可能。」

「什麼？」閆玉雪騰地站了起來，不敢置信。

趙清溪伸手一把將她拉著重新坐下，壓低聲音說：「閆妹妹，憑你尚書府小姐的身分，何愁沒有良緣？不該想的人，不要想了，否則毀了自己。我言盡於此，望你能夠懸崖勒馬。」

閆玉雪怔怔的，腦子嗡嗡作響，她方才前一刻還在肖想太子側妃的位置，轉眼間趙清溪就給了她一個晴天霹靂，她有些不能接受，但看著趙清溪平靜的臉，一時間什麼也說不出來。

花顏吃飽喝足後覺得十分愜意舒服，忍不住犯了睏，閉上眼睛不一會兒，就要睡去。

雲遲見她犯了睏意，伸手推她：「別睡。」

花顏「唔」了一聲，「好睏啊！」

雲遲坐起身，伸手拉她：「這是山頂，你身子弱，禁不得山風吹，我背你下山，要睡去車裡睡。」

花顏搖頭：「不要，這裡暖融融的，不冷，就睡一會兒，沒關係的。」

「不行。」雲遲乾脆起身，將她往自己背上一帶，便背起了她，不容拒絕地往山下走，同時吩咐五皇子和十一皇子，「跟上。」

五皇子和十一皇子立馬起身。

小忠子和采青快速收拾了東西，也趕緊跟了上去。

一行人匆匆下了山。

趙清溪和閆玉雪回過神時，才發現雲遲和花顏已經走了，二人對看一眼，趙清溪面容平靜，閆玉雪臉色有些灰暗。

趙清溪道：「閆妹妹，咱們也下山吧！」

閆玉雪坐著沒動，看著趙清溪：「趙姐姐，聽聞趙宰輔為你選婿，這事兒是真的？趙宰輔真放棄太子殿下了？選了哪家的公子？」

趙清溪想起數日前發生的事兒，臉色微白，回道：「目前還沒有合適人選。」

閆玉雪看著她：「趙姐姐拿我當妹妹，卻不與妹妹說實話。我聽聞趙宰輔看上了安陽王府書離公子了？」

趙清溪苦笑：「父親看上誰，也不是能做得主的。更何況書離公子不喜趙府。」

閆玉雪仔細打量趙清溪神色，見她此言不像說假，歎了口氣：「花顏怎麼這麼命好。」

趙清溪不置可否。

被二人說命好的花顏此時正趴在雲遲背上，也沒了來時欣賞風景的興致，昏昏欲睡。偏偏雲遲不讓她睡，不停地與她說話，還非要他說一句讓她回應一句，她若是不回應，他就晃她，將她晃得沒法睡。

花顏沒法子，只能睏兮兮地與他有一搭沒一搭地說話，說的什麼，都被睡蟲給吃了一半，說過了就記不清了。

五皇子和十一皇子跟在後面，看著前面走的二人，覺得很想笑，但也不敢笑。

上山容易下山難，下山確實廢了不少時間。

來到山腳下，見到了馬車，花顏總算是鬆了一口氣，對雲遲說：「我是不是可以睡了？」

雲遲好笑地「嗯」了一聲，「睡吧！」

花顏當即閉上眼睛，不管不顧地睡了。

她睡得很快，顯然是睏極了，在雲遲剛將她放進了馬車裡，她就睡得熟了。

雲遲也上了馬車，不客氣地對五皇子和十一皇子說：「你們倆騎馬。」

五皇子和十一皇子連忙點頭。

雲遲落下簾幕，將花顏抱在懷裡，看著她睡著了還一副睏死了的神色，不由得輕笑，如玉的手指輕輕摸著她的臉，指尖流連處，溫滑細膩，讓他心都暖化了。

他摸了一會兒，也閉上了眼睛。

馬車一路回城，十分順利。

回到東宮，雲遲見花顏未醒，抱著她下了馬車，進了垂花門。

五皇子送了十一皇子回宮後，自己回到了府邸。他沒忘記雲遲說花顏這兩日就走，連忙吩咐人悄悄地收拾行囊，不得驚動人，畢竟從雲遲的言談話語間曉得花顏是暗中去北地的，他自然也要暗中跟著，不能洩露風聲。

這一日，花顏連晚飯也沒吃，一覺睡到了半夜。

她是半夜被渴醒的，睜開眼睛，身邊躺著雲遲，不客氣地伸手推他：「雲遲，我渴了。」

雲遲醒來，「嗯」了一聲，下床給花顏倒了一杯水，藉著中秋的月光遞給她。

花顏接過杯子，咕咚咚的喝光，又給他：「還要。」

雲遲又倒了一杯。

花顏一連氣喝了三杯，總算是解了渴，嗓子也不啞了，十分精神地問雲遲：「幾時了？」

雲遲笑著說：「三更了。」

「三更了啊！」話落，她活動活動筋骨，沒有睏意地說，「不想睡了怎麼辦？」

雲遲瞧著她，昨日將她抱回來，她睡得熟，是他怕她和衣而睡不舒服給她換的睡袍，此時，她纖細的身子在寬大的睡袍內，月光映照下，曲線玲瓏，柔美的臉柔媚可人。

他笑著伸手將她拽進懷裡，帶著濃濃笑意地說：「昨晚我就想弄醒你，奈何見你睡得熟，沒忍心，如今你既然醒了，不想睡了，那麼我們就做點兒有意義的事兒。」

花顏伸手摟住他脖子，欣然地說：「好啊！」

於是，雲遲不再客氣。

從三更到五更，從日出到日上三竿，花顏最終哭的嗓子快啞了，雲遲才放過了她。

花顏悔得腸子都青了，深切地認識到她錯了，她就不該挑釁雲遲這匹惡狼。

雲遲心滿意足地放過了花顏後，躺在她身邊，如玉的手指纏著她一縷青絲，笑看著她問：「可服了？以後還敢不敢惹我？」

花顏筋疲力竭，抬手指的力氣都沒有了，氣若游絲地說：「你滾！」

她多少次求饒，他就跟沒聽見似的，說什麼疼她寵她愛她，全是屁話。

雲遲瞧著花顏通紅嫵媚被汗水浸濕的臉，嬌豔欲滴的顏色，每看一次，都讓他恨不得死在她身上，聽見她氣嘟嘟的話，他低笑起來：「不滾。」

花顏閉上眼睛不理他。

雲遲逕自笑了一會兒，愉悅的笑聲響徹在花顏耳畔，震的花顏恨不得封了他的嘴，堂堂太子呢，欺負起人來，一點兒也不矜持。

過了一會兒，花顏睏得睡了過去。

雲遲看著她渾身濕透被他摧殘的模樣，到底後知後覺地又升起了愧疚，他的確是不知節制了，一想到她這兩日就要走，他就恨不得讓她下不了床，走不動。

他簡單收拾了一下，披衣下床，吩咐人抬水。

方嬤嬤應了一聲，不多時，帶著兩個粗使婆子進了屋，將一桶水放去了屏風後又悄悄退了下去。

雲遲抱起花顏，她已經沉沉入睡，他給她沐浴後，她都未醒，他只能又將她放回了床上。

等他沐浴後，也捨不得起身，便也陪著她又躺下睡了。

今日是中秋佳節，宮裡中午有宮宴，晚上才是各府自己過團圓宴。按理說，雲遲和花顏應該一早就進宮，但是二人三更開始荒唐地折騰到日上三竿，如今連床也沒起，這午時的中秋宴……送進水後裡面又沒動靜了，大約是累得又睡了。

小忠子和采青立在門外，你看看我，我瞧瞧你，然後又一起看看天，相對無言。

他們自小待在雲遲身邊，太子殿下嚴以律己，雖然遇到太子妃後時常破例晚起些時候，但也沒有這般不管不顧地到日上三竿過。

中秋節，福管家已經命人將東宮上下都打理得有了過節的氣氛，也為雲遲和花顏早就備好了馬車，但是一直沒見西苑有動靜，眼看著天色不早，連忙過來詢問。

小忠子見了福管家，迎了上去，不等福管家開口，將人拽走到了背靜處，小聲說：「殿下和太子妃昨夜鬧騰得太狠，如今還沒起呢。」

福管家「哎呦」一聲，看看天色，「那……殿下和太子妃不打算進宮參加宮宴了？這怕是不行吧？宮裡的皇上、太后還等著呢，朝中重臣和家眷也都進宮的。這……殿下和太子妃若是不去……不太好吧？」

小忠子聳聳肩：「剛剛殿下叫了水，也沒說起，如今這會兒又沒動靜了。反正我不敢去打擾殿下，要不然福伯你去問問？」

福管家臉色一苦，犯難地說：「殿下心裡應該有數吧？」

小忠子撇嘴：「以前奴才覺得殿下心裡任何事兒都清明著呢，但是如今嘛，可不好說了。」

福管家一時沒了話，太子殿下這些年身邊清冷寡情，沒有一個人，好不容易有個名正言順的太子妃，讓太子殿下沾染了人間的煙火氣，這是好事兒，但今日是中秋節，這就讓人犯難了。

二人正商量時，有人來報，說宮裡來人問太子殿下和太子妃怎麼還沒進宮？

福管家和小忠子對看一眼，不知該如何回話。

福管家咬咬牙：「我去問問殿下。」

小忠子連忙笑嘻嘻地說：「福伯您辛苦。」

福管家哼了一聲，又進了西苑，來到屋外，試探地喊了一聲：「殿下？」

這一聲不大，比他平時說話聲音小了幾分。

雲遲躺下後還真陪花顏睡著了，此時被喊醒，未睜開眼睛「嗯」了一聲。

福管家一喜，連忙說：「今兒是中秋，如今已經巳時三刻了，宮裡來人問，您和太子妃什麼時候進宮？」

雲遲睜開眼睛，偏頭看了花顏一眼，一張巴掌大的小臉，滿是疲憊之色，一覽無餘，他自責了一會兒，說：「去回話，讓宮裡的午宴推遲一個時辰。」

只一句話，沒有原因。

福管家連忙應是，趕緊走了。

雲遲又閉上眼睛，陪著花顏睡了。

宮裡來的小太監得了話，連忙回宮去回話。皇帝和太后聽聞後都有些納悶，詢問東宮發生了什麼事兒？小太監搖頭，說只得了太子殿下這一句話。

今日，甯和宮和帝正殿都十分熱鬧，朝臣們圍著皇帝，命婦女眷們陪著太后。

太后笑著吩咐：「讓御膳房多做些糕點給夫人和小姐們，推遲一個時辰可別餓著大家。」

眾人都暗暗揣測，想著大約是太子殿下即便在這年節日子，也是忙於朝務的，應該是被朝務絆住走不開，怕是哪裡又發生了什麼事兒。

今年可真是多事之秋，先是西南境地，如今又是北地，委實不太平。幸好太子殿下有本事，也是南楚黎民百姓的福氣，若換一個人，怕是鎮不住這天下。

趙清溪聽著周遭夫人小姐們私下議論，想起昨日在半壁山後山，雲遲背著花顏上山，陪著她烤野味，又背著她下山，一派遊山玩水的輕鬆自在，怕不是朝中出了什麼事兒絆住了太子殿下，大約是事關花顏。

不過即便她聰明，也是怎麼都想不到是因為那二人荒唐得過了時辰起不來床，如今正在東宮鳳凰西苑的鸞鳳榻上同眠，才推遲了入宮的時間。

宮裡人多熱鬧，吃著茶點，三三兩兩聚在一起閒聊著，多等一個時辰倒也不算什麼。

午時二刻，花顏終於又醒了，睜開眼睛，見雲遲還躺在她身邊，她看了一眼天色，騰地坐起身，然後又「哎呦」一聲軟軟地躺了回去。

雲遲醒來，立即看向她：「怎麼了？」

花顏一雙美眸瞪著他，眼裡既是懊惱又是嗔怪，嗔怒道：「你說怎麼了？若是我沒記錯，今日宮裡有宮宴吧？這都什麼時候了？你怎麼不喊我？」

雲遲看著花顏，她的懊惱和嗔怪落在他眼裡，那就是三分嫵媚，七分風情，嬌柔無限堪憐，他伸手抱住她，低笑：「我告訴宮裡晚一個時辰開宴，本來想一會兒就喊你，沒想到你倒是比我預計的先醒了些時候。」

花顏身手拂開他的手，動了動身子，雖然他已經給她沐浴後一身清爽，但是腰痠背痠腿痠渾身痠，她蹙眉嘟囔：「真要命！」

「很難受？」雲遲又自責了。

花顏白了他一眼：「你說呢？」

雲遲眨眨眼睛，在她耳邊小聲說：「我很舒服，一點兒也不難受……」

他話未說完，花顏一巴掌拍在了他身上，將他推了出去。

雲遲低笑，她雖然看起來綿軟無力，但這手勁兒拍在他身上也確實夠他受的，他又伸手抱住她，輕輕哄：「我來給你按按，好不好？是我不對，別氣了。」

花顏哼了一聲：「你一邊去。」

雲遲將她身子翻轉讓她背對著，然後開始給她按胳膊、按腰、按腿，同時又哄：「下次你求我，我立馬住手，好不好？別生氣了？嗯？」

花顏倒也不是真生氣，似笑非笑地斜睨他：「你確定你說話算數？」

雲遲低咳一聲，最終在她的眼神下還是說：「不確定。」

「就知道你在哄我，堂堂太子，甜言蜜語，口不對心，出爾反爾，你個大豬蹄子。」

雲遲愕然，第一次求教地問：「什麼是大豬蹄子？」

花顏瞪眼，看著他一副求教模樣，伸手指著他，再也忍不住哈哈大笑，幾乎笑出了眼淚，笑夠了，才費力地爬起身，伸手勾住他脖子，抱著他親了一口，笑瞇了眼：「雲遲，你怎麼這麼……可愛呢。」

花顏一個吻又惹了火，雲遲反手將花顏按倒，又吻了個夠。

二人又鬧了一會兒，眼見時間快來不及了，才俐落地爬起身，梳洗穿衣，收拾妥當，趕緊出了房門。

小忠子早已經等得望眼欲穿，見雲遲出來，一副春風滿面神清氣爽的模樣，連忙笑嘻嘻地上前：「殿下，車早已經備好了。」

雲遲「嗯」了一聲，心情極好地握著花顏的手，向外走去。

采青跟在後面，發現太子妃今日真是美極了，雖然未曾滿頭珠釵環佩華光照耀，也未穿鮮豔的裙裝華服，但偏偏今日真真是讓人移不開眼睛。

柳眉杏目，如詩似畫，如日月光華集於一身。

走了一段路，采青終是忍不住小聲說：「太子妃今日真美。」

花顏聞聲，回頭瞅了采青一眼，心情倒也不錯，笑著問：「今日與往日哪不同了？」

采青小聲說：「就是比往日美，說不出來。」

花顏轉回頭，笑著不再說話。

小忠子走在采青身邊，忍不住小聲說：「殿下今日也比往日清俊呢。」

雲遲也回頭看了小忠子一眼，「哦？」了一聲，好心情地道，「你也來說說？你說不出來，本宮就罰你。」

小忠子嚇了一跳，頓時苦下臉，琢磨了又琢磨，才笑嘻嘻地說：「人逢喜事精神爽。」

雲遲失笑，算是認同小忠子過關了：「嗯，說得倒也是。」話落，捏了捏花顏的手指。

花顏好笑地偏頭瞅了雲遲一眼，大過節嘛，自然是喜慶。至於精神，他差點兒沒讓她溺死在床上，也確實夠精神。

二人出了垂花門，上了馬車，立即趕往皇宮。

眼看著宮宴推遲了時辰後還不見雲遲和花顏身影，皇上也有些坐不住了，滿朝文武重臣差不多都在這，雲遲能出了什麼事兒？他吩咐王公公：「再去問問，怎麼太子還沒來？」

王公公也納悶，連忙打發人去問。

不多時，小太監氣喘吁吁地回稟：「來了，太子殿下和太子妃的車進宮門了。」

皇帝點頭，吩咐：「走吧！去盛和殿，讓他們也直接去盛和殿。」

盛和殿擺了酒席，偌大的大殿，近千人的席面，美酒佳餚，香氣襲人。

雲遲和花顏來到時，外面有唱喏官高喊：「太子殿下到、太子妃到！」

鬧哄哄的大殿忽然靜了靜，眾人目光都向大殿門口看去。

雲遲攜手花顏緩步走到門口，花顏腳步頓了下，雲遲立即偏頭對她問：「怎麼了？」

花顏轉了一下腳尖，小聲說：「有點兒腳軟。」

雲遲低聲問：「我抱你？」

花顏瞥了他一眼，看著滿殿烏壓壓的人，撇嘴：「還是算了吧！我可不想背上紅顏禍水，禍害太子，騎在太子頭上作威作福，恃寵而驕的罵名。」

雲遲聽她一口氣說了這麼多，失笑出聲，放慢腳步，拉著她走進大殿。

滿朝文武家眷見過花顏的人不多，上一次，在趙府，也是與趙府交好些的人見過花顏一面，如今恰逢中秋佳節，朝中有頭有臉的人物都有資格攜帶家眷入宮參加宮宴，此一回，也是花顏正式堂而皇之地在人前露面。

雲遲和花顏給太后、皇帝見了禮，坐在了太子席位上。花顏挨著雲遲坐下後，看著滿桌佳餚，頓時覺得餓極了，她這才想起從昨日吃了野味後到現在，她滴米未進。

雲遲拿起筷子給她夾菜，柔聲說：「快吃吧，知道你餓了。」

花顏點頭，也立即拿起了筷子，雖然她極餓，但是也知道在無數人的矚目下要克制狼吞虎嚥，雖然她不在乎，但是也不能給雲遲丟臉，畢竟如今和以前不同了。

所以，雲遲給她夾菜，她便慢條斯理地吃著，怎麼看怎麼端莊賢淑，只不過頭也不抬，吃得很是認真和專心。

眾人自從二人出現，目光一直沒離開，雖然已經開宴，但是太子殿下剛來，殿中所有人都還沒下筷，所以，如今滿殿的人，看著雲遲給花顏夾菜，她一聲不吭地專心吃菜，且如今只她自己在吃。

有些人心中驚異，太子殿下不用隨身侍候的人布菜，親自給太子妃夾菜，這可真是……有的人羡慕花顏，太子給她夾菜，她竟然頭也不抬，吃得也太自然專心了。

他們自然不知道花顏餓得狠了，自然也不知道雲遲這是變相在挽救自責。

太后見慣了宮裡的美人，皇帝後宮的妃嬪有品級的今日也都來參加宮宴了，一個個各有風情，滿殿朝臣們的家眷，今日都打扮得爭奇鬥豔，但是太后發現，花顏一來，似乎一下子就將所有人都比了下去。

按理說，花顏穿著與往日沒有什麼不同，素淨的顏色，素雅至極，朱釵首飾也無幾，但偏偏，她就給人一種見之驚豔之感來。

明明是淡然隨意的一個人，今日坐在這殿上，無論是從她的容色，還是她周身的氣質，怎麼看都自然得端莊嫻雅，尊華婉約，渾然天成。

太后是十分滿意已薨的皇后的，昔日皇后便是母儀天下的典範，但她細思皇后當年，第一次參加宮宴，似乎也十分緊張，不及花顏自然，因為緊張，第一次也少了渾然天成的大氣。

如今，花顏坐在雲遲身邊，專心地用膳，沒別的言語，沒別的動作，即便頭也不抬，但就給了她一種感覺，她的確是如雲遲所說，最配他的那個人。

從沒有這一刻，讓太后深切地體會到了。

放眼整個大殿，滿朝文武家眷，趙清溪、李思緣、閆玉雪……等等人，委實都不及她這一份渾然天成。

大殿一時很靜，靜的無人說話，落針可聞，可以清晰地聽到筷子相碰的聲音。

花顏自然也都知道滿殿的人在看她，所以，她給肚子墊了些底後，便抬起頭，對雲遲嫣然一笑：「行了，大家都看著呢。」

雲遲也知道她的意思，笑著放下筷子，溫聲說：「因本宮有事，耽擱了時辰，萬分抱歉，開宴吧！」話落，端起酒盞，「皇祖母、父皇、諸位愛卿，本宮先自罰一杯。」

雲遲一開口，打破了大殿的靜寂。

皇帝輕咳了一聲，笑著道：「誤了時辰是該罰，但只罰你一人不行，太子妃也要罰。」

雲遲立即說：「她不能飲酒，兒臣替她也罰一杯。」

皇帝「嗯？」了一聲，「丫頭身體還沒大好？」

花顏嗔了雲遲一眼，笑著抬頭對皇上笑吟吟地說：「皇上別聽太子殿下的，他是捨不得我喝酒，我身體已經大好了，一會兒誰若是敬他酒，我還能幫他擋酒呢。」

皇帝聞言大笑：「好，朕就愛聽你這樣說話。」話落，擺手，「眾位愛卿聽到了，一會兒都別放過太子。」

眾人紛紛應是。

太后笑起來：「哪有你這樣做父皇的？這不是給兩個孩子挖坑嗎？」

皇帝笑著接話：「母后說對了，朕就是在給他們挖坑，若是他們不喝酒，朕就得喝，去年中秋，朕喝多了酒，頭疼了好幾天，今年就讓太子替朕頭疼好了。」

太后好笑：「你這算盤打得倒是響，推出去兒子和兒媳婦兒半點不含糊。」話落，她笑呵呵地警告眾人，「皇上雖這樣說，但你們也不能把哀家的孫子和孫媳婦兒給灌醉了，否則，哀家跟你們沒完。」

眾人聽到皇上和太后的話，都齊齊在心裡打了幾番思量。

皇帝對雲遲娶花顏，以前一直持不支持也不反對的態度，而太后則不同，普天下都知道她不喜歡花顏，覺得她配不上雲遲，如今不過短短幾個月，太后的態度可以說在花顏二次來京後，發生了翻天覆地的變化，近來，宮中傳出，太后十分喜歡花顏，恨不得讓她住在甯和宮。

今日一見，果然傳言是真的，如今二人雖還未大婚，但這名分已經定下了。早先，因為雲遲，所以，無數人都提前稱呼花顏為太子妃，如今太后這一句孫子孫媳婦兒，是從她這裡徹徹底底地將花顏冠上了皇家的名分。

雖然眾人都知道太子妃板上釘釘，但今日太后這般公然地定下，依舊不同。

眾人看著太后笑呵呵的臉，連忙說不敢。

雲遲含笑，溫聲道：「父皇這不止是在給兒臣挖坑，也是在給兒臣拆臺。您這樣一說，兒臣今日是管不了太子妃了。」

皇帝哈哈大笑：「今日是中秋節，不喝酒怎麼成？朕知道你捨不得太子妃，但朕知道顏丫頭愛酒，你不讓她喝，讓她饞著也不算心疼她。」

花顏頓時笑顏逐開：「皇上說得是，還是您最好。」

皇帝更是大笑：「太子若是欺負你，你欺負不過他，就告訴朕，朕幫你教訓他。」

花顏笑吟吟地點頭：「好。」話落，斜睨了雲遲一眼，「他的確是總愛欺負我。」

別人聽著這話沒毛病，但是雲遲卻聽出其中滋味了，他耳根子微微一紅，微笑著端著酒杯看著花顏，目光溫柔地說：「那這樣，本宮這一杯酒就先給我的太子妃賠不是？」

花顏也端起酒杯，悠閒地晃了晃，笑語嫣然：「好啊！我接受了。」

二人杯盞相碰，發出輕淺清脆的響聲，然後齊齊舉杯，一飲而盡。

眾人都看著這一幕，一對璧人，比翼連枝，分外驚豔人，也分外養眼。

這時，眾人方才覺得，雲遲的目光在對著花顏時前所未見的溫柔，而花顏的笑容如中秋滿月的月色之光，勾人心魄。

他們坐在一起，也是最般配的人了。

趙宰輔夫人看著那上座的二人，心裡十分的不是滋味，她從沒有想過自己的女兒會不得雲遲選為太子妃，以前一直想著早晚有朝一日，她的溪兒會是坐在太子殿下身邊的那個人，那才是真的郎才女貌，一對璧人。

可是如今，看看坐在雲遲身邊的花顏，再看看自己身邊的女兒，即便心裡不想承認，也不得不承認，自己的女兒不及花顏。無論是容貌，還是氣度，若是她的女兒坐在雲遲身邊，怕是也不會有花顏這般自然尊貴得渾然天成的氣度。

王公公擺手，宮裡的歌姬和舞姬魚貫而出，頓時大殿內絲竹聲聲，歌舞曼妙。有了樂舞助興，大殿上拘謹的眾人也漸漸放開了，熱鬧起來。

不多時，有人起身敬皇帝敬太后敬太子殿下，皇帝身體不好，太后年邁，所以，眾人都不敢多敬，大多數都敬了雲遲，雲遲一一笑納。

朝臣們三三兩兩交好的推杯換盞，女眷們也紛紛上前來敬太后敬有品級的妃嬪敬太子妃。

花顏是來者不拒，笑吟吟地說幾句漂亮話，把無論來敬她的夫人還是小姐都給誇的笑容滿面或者含羞帶怯。

女眷們這才發現，太子妃可真是一個討喜的人，沒有因為她如今的身分而傲得高高在上看不起人。所以，那些官職低微一些的朝臣家眷見了也紛紛起身敬酒。

趙清溪上前敬酒時，還沒開口，花顏便笑著端起酒杯，用兩個人才能聽見的聲音說：「趙姐姐，你放心，我從第一次見你，一直以來看你都順眼極了，雖然趙宰輔和夫人有些不討人喜歡，但你可是極討人喜歡的，我會幫你選一個如意郎君的。」

趙清溪愕然地看著花顏。

花顏俏皮地對她擠擠眼睛，笑吟吟地說：「我奪了你自小的心之所想，也沒有法子，實在過意不去，你若是看我也順眼，咱們就約定一下，我幫你瞧上一個？」

趙清溪看著花顏，看著看著忽然就笑了，這一笑，眉眼間籠罩的輕愁和憂鬱悉數化去，對著花顏點頭，也用兩個人能聽到的聲音說：「那就有勞妹妹了。」

沒稱呼太子妃，而是稱呼了一聲妹妹。

花顏笑著與她碰杯，趙清溪輕輕地與她碰了一杯，二人端起來，齊齊飲盡杯中酒。

眾人都注意到這一幕，暗暗地揣測二人在說什麼，可惜，聽不見。

一杯酒飲罷，趙清溪回到了座位上。

趙夫人立即拉過她：「溪兒，你與太子妃說了什麼？」

趙清溪心情很好，一直以來，她堅持的得不到的失望的無奈的惱恨的東西，似乎都在這一杯酒中消散了。她忽然就豁然開朗了，她對趙夫人笑著說：「母親，人與人之間看的是緣分，無論是君臣，還是父子，亦或者父女、母女，夫妻、姐妹，都不可強求。」

只這一句話，讓趙夫人愣了半晌，之後，趙清溪卻不再說了，不過她能夠看出，她女兒是發自真心的笑。有好些時日，自從出了那件事兒後，她都沒有笑過了。

雲遲距離花顏最近，但沒刻意去聽，自然也沒聽到二人說了什麼，此時見趙清溪離開，他偏頭看向花顏。

花顏笑著在他耳邊小聲說：「其實，我沒敢說，不是因為我奪了她的心之所想過意不去，而是我破壞了她的命定姻緣，實打實的有些過意不去。所以，我跟她說，幫她選一個好夫婿。」

雲遲溫聲道：「能破壞的，就不是命定姻緣。」

這話是意有所指他和花顏自己了。

花顏啞然失笑：「你說得倒也對。」話落，她佯裝歎息地晃著酒杯說，「普天之下，誰的姻緣我都能看透和破壞，唯獨我自己的，是怎麼都破壞不了的。」

雲遲眸光一縮：「你還想破壞？」

花顏端起酒杯，與他放在案桌上的酒杯輕碰，笑意柔柔地說：「不了，命定天定，破壞什麼？我沒那麼大的本事啊，所以，太子殿下，你就把心放進肚子裡吧！」

她與雲遲，真是命定和天定了，若不是四百年前太祖爺橫插一杠子非要她死而復生，她也不會對自己下魂咒靈魂不能入黃泉，早隨著懷玉投胎了。

那樣的話，便也不會有如今四百年後遇到雲遲，與他天命所定的糾纏了。

她想必就是他帝業路上的那顆鳳星，陪著他開創千秋史冊書寫萬載功績。

她的命定，便是使命吧？

雲遲低低地哼了一聲，不端自己的酒杯，也按住她手裡的酒杯：「你已經喝了不少了，不准再喝了。」

花顏瞅著他笑：「我千杯不醉。」

雲遲自是知道她千杯不醉的，還是道：「你身體不好，哪怕千杯不醉，也不宜多飲酒。」

花顏搖頭：「已經好了，天不絕的藥又不是白吃了這些日子，以後我都不想喝那些苦藥湯子了。」話落，瞅著他嫣然地說，「你今日喝的比我多，會不會醉倒？」

雲遲聽出花顏隱含的意思，以後不想喝那些苦藥湯子，也就是說以後都不犯癔症了。只要她不犯癔症，那自然就是好了的意思，這是在告訴他，讓他安心。

雲遲看著她光可照人的容色，淺笑嫣然的模樣，眉梢眼角，都是風流情意，他笑容深了些，低聲說：「我怕是已經醉了。」

「嗯？」花顏認真地看著他，「哪裡醉了？依我看好好的呢。」

雲遲低笑：「心裡醉了。」

花顏抿著嘴笑，餘光掃見有一位大人又前來敬酒，她笑吟吟地說：「宴席這剛過半，還早著呢，別醉得太早。」

說話間，那位大人已經走到了近前。

雲遲坐直身子，含笑端起酒杯，聽著這位大人祝賀的話，含笑點頭，勉勵了兩句，飲盡了杯中酒。朝臣們都發現今日太子殿下十分好說話，暗暗想著往年太子殿下可不這樣，往年他冷冷清清，寡淡至極，喧囂熱鬧的宮宴似乎也熱鬧不到他，他遺世獨立高高在上站於雲端，讓人不敢親近。今年，果然是有了太子妃，大不一樣了。

中秋宴席足足吃了兩個時辰，酒過三巡菜過五味，太后和皇帝今日顯然都很高興，沒有提前退席，而是撐到了宴席尾方才與大家一起散了。

宴席散了之後，太后和皇帝各自回宮歇著了，雲遲握著花顏的手，走出宮門。

花顏今日雖喝了不少，但是以她的酒量來說，還差得遠，她一直打量雲遲，雲遲比她喝得多，面色上倒是看不出什麼，但是握著她的手明顯比以往緊了，說話也比往常慢了，走路更是慢慢悠悠。

第八十一章　不想與你分開

一眾朝臣們在宮門口與太子殿下道別，朝臣們都喝了不少，一個個搖搖晃晃，有的被人攙扶著，有的自己咬牙支撐著，雲遲卻是站如青竹，脊背挺直，安安穩穩，對著朝臣們一一頷首，面容含笑，眉目淺淡。

花顏心想著雲遲即便喝多了，此時有些不勝酒力，但他也是雲遲。

上了東宮的馬車，花顏剛坐穩，便被雲遲拽進了懷裡。

花顏「唔」了一聲，看著雲遲，他面色微紅，一雙眼睛此時十分地明亮，裡面似有星河流光斗轉，美極了。她忍不住伸手去摸他的眼睛。

雲遲忽然一躲，身子一歪，砸在了花顏身邊，「咚」地一聲，砸得實在。

花顏一愣，回過神，偏頭看雲遲，寬大的雲紋水袖擋住了他的臉，他躺下後，悶哼了一聲，然後便一動不動了。

花顏伸手拿開雲遲的袖子，看到他已經閉上了眼睛，一張清俊如玉的容色此時如朝霞暈染，紅透到了耳根脖頸，睫毛乖巧地服貼在眼瞼處，靜靜的，呼吸輕輕淺淺，似睡著了。

花顏喊了一聲：「雲遲？」

雲遲十分安靜，沒回答。

花顏又喊了兩聲，見他依舊不聲不響不動，她伸出手指戳了戳他的臉，依舊沒動靜，眼皮都不抬一下，她後知後覺地發現，雲遲是喝醉了，而且，醉得不但不輕，反而十分厲害。

花顏盯著雲遲看了一會兒，啞然失笑：「早先我還以為你能喝呢，朝臣們敬酒一杯又一杯，來者不拒，像模像樣地走出盛和殿和宮門，上了車還會欺負人，原來是醉得厲害了。」

雲遲自然是聽不到了，看樣子是轉眼就睡著了。

花顏瞧著雲遲，她見過醉酒的人千千萬，有的人喝醉了耍酒瘋，罵人打人，好一點兒的登凳高歌，花樣百出，就算是她，喝得真醉了的那回還惹了事兒，跑去了賭場，贏空了賭場被抬去了山匪窩，惹出了一堆麻煩，回家躲了半年沒敢出門。可是唯有兩個人，醉酒後是真安靜啊！

一個是她哥哥花灼，哥哥的身體雖有怪病，但倒也不是不能飲酒，且他的酒量一直很好，他只見過哥哥醉酒一次，是三年前，他身體大好，舉族慶祝，大家不再顧忌他身體，放開了喝，哥哥那一次也是來者不拒，後來，宴席散了後，她與他一起回院子，走到半路，他說了一句「妹妹，你扶好了我。」，她一愣，他轉眼就砸在了她身上，幸虧她反應敏捷接住了他，再看，他已經睡著了。

不聲不響地醉酒，她當時覺得哥哥也是本事。

一個就是雲遲了，也是這般不聲不響地，毫無預兆，絲毫看不出來已經醉了的，轉眼就醉得睡得沒動靜了。

她躺在馬車上，又是好笑又是感慨，想著哥哥那一日醉得睡了兩天，雲遲沒哥哥那一日喝的多，如今這般醉了，不知道能醉得睡多久。

又想著，看來今夜賞月，什麼也不用安排了，她只能陪著這個醉鬼在房裡睡覺了。

馬車一路回到東宮，進了宮門，來到垂花門外。

小忠子停下車，小聲說：「殿下、太子妃，到了。」

花顏說了一句：「知道了！」，伸手又戳戳雲遲的臉，依舊沒動靜。她「唔」了一聲，坐起身，「我好久沒扛人了，難道讓我把你扛下車？那太子殿下會不會在東宮威儀掃地啊？」

雲遲依舊沒動靜。

花顏伸手挑開簾子，向車外看了一眼，對小忠子問：「你家殿下喝醉了，睡著了，你說怎麼辦？」

小忠子呆了呆，向車裡望了一眼，吶吶地說：「殿下真醉了？奴才從來沒見過殿下醉酒。」

花顏笑著伸手推了推雲遲，雲遲一動不動：「顯然他真醉了，要不然……我扛他進去？」

小忠子嚇了一跳，看著花顏：「太子妃，您扛得動殿下嗎？」

不是他懷疑，實在是花顏太纖瘦嬌弱了，如今這身板，手不能提，肩不能挑的那種。

花顏笑著點頭：「自然，我能扛得動他，但就是怕我若是扛了他進去，被大家都瞧見了，以後你家殿下在這東宮裡沒威儀了。」

小忠子看看雲遲，又看看花顏，雖對花顏能扛得動雲遲抱有懷疑態度，但還是深深地覺得花顏說的有道理，太子殿下若是被太子妃扛進去，雖不至於傳去東宮外，但是在東宮內，估計大家都得炸鍋。

於是，他立即說：「奴才去喊人，將太子殿下抬進去，奴才見喝醉酒的朝臣們都是用轎子抬的。」

花顏點頭：「行，聽你的。」

小忠子立即去了。

花顏坐在車上等著，在小忠子走後，笑吟吟地又戳雲遲的臉：「給你留點兒面子，我這個太子妃好吧？」

采青在車外抿著嘴笑：「第一次見殿下醉酒呢。」

花顏笑著說：「我也是第一次見。」

不多時，小忠子抬來了軟轎，喊來了兩名護衛，花顏下了車，由著護衛將雲遲攙扶進了轎子裡，抬著進了垂花門。

花顏跟著轎子後，慢悠悠地走著，想著今日天清氣朗，晚上的月色一定很美。

采青跟在花顏身邊，笑著說：「您也喝了不少呢，奴婢看您沒醉意。」

「嗯。」花顏點頭，笑著說，「我不輕易醉的。」

采青敬佩：「您酒量真好。」

「家裡遺傳。」花顏微笑。

進了鳳凰西苑，護衛將雲遲攙進了內室，放在了床上，退了下去。

小忠子問隨後進來的花顏：「太子妃，奴才侍候太子殿下換衣？」

「不用，我來吧！」花顏擺手。

「那奴才去吩咐廚房準備醒酒湯？」小忠子又問。

花顏笑著說：「天不絕那裡有醒酒的藥丸，一丸就能讓人醒酒，不過算了，他難得醉一次，就讓他安靜地睡吧！吃了藥丸，酒雖醒了，但也會頭疼。」話落，擺手，「你們都去歇著吧！」

小忠子點點頭，與采青一起退了出去。

房門關上，花顏落下簾幕，挪動著雲遲，幫他脫下衣袍，換舒服的睡袍。衣衫解開，清晰可見他周身透著淡淡的紅色，竟然十分美豔。

花顏慢悠悠地為他換衣服，足足地欣賞了個夠，才幫他穿好，蓋上被子。

她自己卻無多少睏意，倚在床頭，一會兒戳戳雲遲的臉，一會兒揉揉他的手指，一會兒又彈彈他的心口，覺得他真安靜啊！真乖啊！真俊俏啊！

他若不是太子，她會成日地拉著他去遊山玩水，走遍每寸山河，沒錢的時候，就拉著他進賭場，拿他做賭，肯定比秋月作價高，或者是沿街賣藝，估計也會很賺銀子，或者……

她不亦樂乎地想著，這個人怎麼能這麼俊呢這麼好呢，偏偏……他是太子。

她有些惆悵地歎息了一聲。忽然腦中又蹦出懷玉，四百年前，她也是想拉著懷玉棄了太子位遊山玩水的，但是自從她看到了他的《社稷論策》後，便打消了主意。

有些人，就是為了江山而生，為了社稷而生，為了黎民百姓而生，為了時代而生。所以，註定，身分便是主宰天下，肩上的責任不可卸任。

她玩得累了，便不再鬧雲遲，任他安穩地睡，自己躺在他身邊，也睡了。

花顏不知不覺睡著了，醒來時，屋中黑漆漆的，她伸手摸了摸，摸到了身邊躺著的人，身子硬邦邦的，手感熟悉，氣息熟悉，是雲遲。

她慢慢地適應了一會兒黑暗，坐起身，摸著黑走到桌前，拿了火石點上燈。

屋中的燈乍然亮起，外面響起采青的聲音：「是太子殿下醒了？還是太子妃醒了？」

花顏開口：「我。」

采青立即說：「您是餓了嗎？您和殿下晚膳都沒吃，奴婢怕您二人醒來餓，一直讓廚房備著呢。」

花顏捶捶肩，和衣而睡到底不太舒服，睡著前的睡姿顯然也沒調整好，所以睡醒了渾身不太舒服，她看了一眼雲遲，他依舊醉著，帷幔內四散溢出酒氣，顯然從把他放在床上，他一直沒醒來。

她向外看了一眼天色，黑漆漆的，不由問：「幾時了？」

「子時。」采青立即說。

花顏「哦？」了一聲，打開窗子，一陣夜風撲來，她不禁一陣清爽，她抬頭往天上望瞭望，對外問，「今夜沒有月亮？」

采青點頭：「昨晚突然起了烏雲，將月亮給遮住了。這天怕是要下雨呢。」

花顏點頭，笑著說：「八月十五雲遮月，正月十五雪打燈。正月的花燈節若是被雪一打，估計會很漂亮。」

采青「咦？」了一聲，「太子妃，竟然還有這樣的說法？」

「嗯，民間的說法。」花顏笑著說。

采青笑著說：「殿下這酒醉的竟然還挺應景，難道殿下知道今夜無月可賞？」

花顏笑起來：「不是，他想必沒料到自己會喝醉。」

采青也笑了，在門口問：「您餓了嗎？奴婢去廚房端飯菜？」

花顏搖頭：「不餓，吩咐廚房歇了吧，太子殿下今夜估計也醒不了了。你也去歇著吧，不必守著了，我喝口水繼續睡。」

采青應了一聲，似也睏了，打了個哈欠，去睡了。

花顏坐在桌前，給自己倒了一杯清水，端著水在燈下慢慢地喝著。

她剛喝了兩口，床上傳開低啞的聲音：「渴。」

花顏向床上看去，見雲遲說了一個「渴」字後不言語了，她拿了水杯起身，走到床前，對他笑問，「要喝水？」

雲遲「嗯」了一聲，睫毛微動，似醒非醒。

花顏伸手扶起他，將水杯放在他唇邊：「來，喝水。」

雲遲似沒力氣地靠著花顏，張嘴喝下花顏喂的水。

一杯水喝下，雲遲似不滿意：「還要。」

花顏放下他，又走到桌前倒了一杯清水，晃動著溫了後，又來到床前，喂他喝下。

一連喝了三杯，雲遲似解了渴，才搖搖頭。

花顏放下他後，他又繼續睡了去。

花顏站在床前瞧著他，想著真乖啊！怎麼能這麼乖呢，若是她醉成這個樣子，估計會纏著他抱，纏著他鬧騰，想怎麼折騰他就怎麼折騰他，一定是沒他這般乖的。

她隨手將杯子扔去了桌上，沒發出一絲聲響，坐在床前，看著他。

看著看著，忽然想著，她有些不甘心兩年後才與他生孩子了。她忽然想著若孩子早點兒生出來，一個像雲遲的孩子，她能多看他兩年陪他兩年。

她不能看著他長大，至少，能陪他個小童年。

不知道一個像雲遲的孩子會不會有他這麼乖？

她越想越抑制不住，忽然起身，伸手落下帷幔，熄滅了屋中的燈盞，出了房門。

她走出房門的動靜驚動了小忠子，小忠子揉著眼睛出來：「太子妃？」

花顏瞅了他一眼，說：「看好你家殿下，他還在睡著，我睡不著了，去園子裡轉轉。」

小忠子一愣，看了一眼天色烏雲蔽日，小聲說：「奴才喊采青陪您？這天似乎要下雨了。」

花顏搖頭：「不用，在東宮，有護衛巡邏，我就隨便走走，讓她歇著吧！」

小忠子知道花顏不喜歡人置喙，決定的事情就是太子殿下也奈何不了，點點頭，遞給她一盞罩燈：「天黑，您拿著燈，注意腳下。」

花顏好笑地接過：「知道了。」

花顏出了鳳凰西苑，並沒有如她說的一般去園子裡，而是去了天不絕的住處。

她想著天不絕應該有法子打破她因修習功法十八歲才能有育，她從不懷疑他的醫術。

來到天不絕的住處，屋內亮著燈，安十七、天不絕、花容三人未睡。

見花顏來了，安十七和花容迎了出來，花容笑著問：「十七姐姐，你怎麼過來了？」

花顏笑看著花容紅撲撲的臉，問：「你們在喝酒？」

花容點頭：「本來想著把酒賞月，可惜今夜沒有月亮，只能喝酒了。」

安十七仔細打量花顏：「少主，您臉色凝重，有事兒？」

花顏頷首，進了屋，見桌子上擺著酒菜，地上扔了兩個空酒罈子，不過天不絕顯然沒醉，安十七和花容也沒醉，她坐下身，對天不絕直接問：「有沒有什麼法子，打破我自小修習的功法，讓我儘快有孕？」

天不絕一愣：「小丫頭，你問這個？」

安十七和花容也驚訝地看著花顏。

花顏點頭，壓低聲音說：「我只有五年了，若是過兩年我才能有孕，懷胎十月生下孩子，再兩年後，他才牙牙學語，我想早點兒讓他生出來，我早點兒見到他，多陪他幾年。」

天不絕聞言翻了個白眼：「真沒見過你這麼急的，你是不是忘了你與太子殿下還沒大婚呢？

未婚先孕，不太好吧？」

花顏道：「沒忘，管不了那麼多。」

天不絕琢磨了琢磨，說：「你修習的功法，是雲族術法演變而來，若是想打破，憑我這點兒醫術，還做不到，但是你自己，興許可以試試，也許能做到。」

「怎麼試？」花顏問。

天不絕捋著鬍子說：「提前讓功法修成。」

花顏看著她：「我該怎麼做？」

天不絕搖頭：「這我就不知道了，你自己想想，功法修成，無非是增功到一定的境界，突破極限，達到大成。你的功法特殊，估計要自己悟。」

花顏聞言靜下心來，思索琢磨。

安十七看著花顏，第一次不贊同地說：「少主修習的功法，講求功法自然，若是急於求進，不是什麼好事兒，恐怕對少主身子有損。」

花容立即附和：「十七姐姐三思，十七哥哥說的有道理。」

花顏笑了笑：「身子損不損的，只五年而已，能損到哪兒去？我顧不了那麼多，如今只想顧著眼前，不想有遺憾。」頓了頓，輕聲說，「四百年前，懷玉因中毒傷身，需寡情禁慾，我後來一直後悔未與他⋯⋯」

她說著，頓住，後面的話不再說。

二人看著她，聞言都不再說話了。

天不絕倒是沒勸說，他活了大半輩子，比安十七和花容看得開，他點頭說：「以你的聰明，想要求這個結果，倒也不難，只不過也不是一兩日之功，需要些時候，我也許可以製作些提升功力的藥輔助你。」

花顏頷首：「行，既然有戲，那就這麼定了，回頭我仔細思索看看怎麼做。」

天不絕點頭，對她問：「小丫頭，喝兩杯？」

花顏站起身：「你們喝吧！雲遲還醉著，我回去了，明日晚啟程，你們別喝醉睡過頭。」

「喝醉睡過頭就後日啟程，反正太子殿下明日不也是休沐日嗎？何必非晚上走？」天不絕不解。

花顏搖頭：「晚上走好避開京城的耳目，畢竟我去北地是暗中去，還要帶上五皇子。」花顏站起身，丟下一句話，出了院子。

她提著燈盞，回了鳳凰西苑。

進了屋，雲遲還在睡著，依舊是那副乖巧模樣，臉龐如玉，氣息均匀，她拂散了身上的寒氣，解了外衣，又喝了一盞熱水，身子溫熱了，才上了床握住雲遲的手，掀開被子，進了被窩。

被子裡暖暖的，雲遲的身上也暖暖的。

花顏滿足地待了一會兒，揮手熄滅了燈盞，抱著雲遲閉上了眼睛。

不多久，外面一陣大風吹過，然後雨點劈里啪啦地下了起來。

花顏在雨聲中，安然地睡了過去。

天明時分，雲遲醒了，睜開眼睛，旁邊花顏在他懷裡安靜地睡著。

他看了花顏一會兒，動了動胳膊，打算不吵到她起身，沒想到花顏往日睡得熟，今日倒睡得淺，他剛輕輕動作一下，花顏便醒了。

她睜開眼睛，正對上雲遲的眼睛，露出笑意：「早醒了？」

雲遲搖搖頭，也對她微笑：「剛醒。」

花顏挪開身子，伸了個懶腰，骨碌一下子爬下床，往日都是雲遲睡在外側，昨日醉酒後，他睡在了裡側。她下床後，站在床前問：「要喝水嗎？」

雲遲有些愣神，嗓子是有些乾，點點頭。

花顏轉身給他倒了一杯水，遞給他。

雲遲喝了水，將空杯子遞給花顏，看著她又看看外面，雨不大，淅淅瀝瀝地下著，他揉揉眉心，歉疚地說：「沒想到昨日喝多了，沒陪你賞月。」

花顏輕笑：「昨日沒月可賞。」

「嗯？」雲遲看著他。

「昨日晚上烏雲密布，深夜就下起了大雨，如今這雨才小了。」花顏笑著說，「民間說法是八月十五雲遮月，正月十五雪打燈，等上元節，你就不要再喝醉了，陪我看花燈好了。」

雲遲放下手，笑著點頭：「好，往後都不敢醉了。」

花顏笑問：「可頭疼？可難受？」

雲遲搖搖頭：「不難受，就是渾身沒力氣。」

花顏抿著嘴笑：「你與我哥哥一樣，醉酒也不聲不響的，若不是上了車後你咚地砸車上睡了過去，我還不知道你醉酒呢。」

雲遲啞然：「失態了。」

花顏伸手捏捏他的臉，輕輕柔柔的：「沒失態，乖著呢，就那麼睡了。」

雲遲失笑。

二人說著話起身，花顏吩咐人抬了一桶水來給雲遲沐浴，雲遲沐浴後，二人梳洗穿戴妥當，坐在外間畫堂用早膳。

吃過早膳後，雲遲看向外面，對花顏說：「雖下著雨，但雨不大，若是你還想去哪裡轉轉，也沒甚影響。」

花顏搖頭：「不了，今日只想和你在東宮待著，哪裡也不去。」

雲遲微笑：「那……回房？」

花顏看著他的眼神，堅決地說：「去書房。」

於是，二人撐著傘去了書房。

書房堆了一堆奏摺，花顏坐在雲遲身邊，幫他挑選出北地的請罪摺子扔去了一邊，這一選，便摘出了大半，然後又陪著他把奏摺批閱了，時間過得快，已經到了中午。

用過午膳，花顏對小忠子吩咐：「去告訴五皇子，入夜離京，讓他提前來東宮。」

小忠子看向雲遲，雲遲點頭，小忠子立即去了。

小忠子離開後，雲遲看著花顏，攔腰將她抱起，進了內室。

內室窗簾落下，床前的帷幔落下，雲遲覆在花顏的身上，滿眼的不捨，嗓音透著濃濃的低啞：「若是今日讓你下不來床，是不是就不用去了？」

花顏低笑，伸手摟著他的脖子：「別這麼沒出息，你可是太子殿下，肩上扛著江山呢，我又不是去遊山玩水。」

雲遲深深地歎了口氣，低頭吻住她。

花顏暗想著這算是白日宣淫了吧？幸好東宮是鐵板一塊，否則，他們倆以後都不用見人了。五皇子很早就來了，被管家帶去了天不絕的院子，讓他與天不絕、安十七、花容三人熟悉。

入夜時分，花顏渾身沒力氣，求饒地抱著雲遲：「別鬧了，我還要趕路呢。」

雲遲心中不捨極了，一想到花顏要走，就跟把他的心也帶走了一樣，他抱著她柔聲哄：「要不然明日再走吧？」

花顏好笑，伸手戳他心口：「兒女情長，英雄氣短。」

雲遲沒了話。

「我會每日給你寫信的。」花顏推開他，沒力氣地坐起身，「你躺著吧，別起了。」

雲遲搖頭，又抱住她：「你歇一歇，天色還早。」

花顏打了個哈欠，被他折騰的渾身疲乏，怕是一躺下就起不來了。她說：「車上去睡。」

雲遲固執地說：「天涼了，在車上睡容易染寒氣。」

花顏好笑地看著他：「雲遲，我會好好照顧自己的，你也是。若是想我得厲害，你就當我還沒認識你，你以前如何來著，反回去向以前的自己學學。」

雲遲撤回手，十分無奈：「朝中無人可用，是我無能，否則焉能用你去？」

花顏不理他，俐落地穿衣下了床，然後見他要動，飛快地在他不設防時出手點了他的穴道，臉上沒了笑意，一本正經地說：「雲遲，我愛的男人，心中裝著江山社稷，天下黎民百姓，志向高遠，我永遠都會記著他對我說，總有一日，他要熔爐百煉這個天下。我很敬佩這份志向，任何人都不能給他消磨沒了這志向。你不能，我也不能。」

雲遲抿唇，一動不動地看著花顏，眼底瞬間漆黑如點墨。

花顏伸手解開他的穴道，見他依舊不動，她自知這話重了，放柔了語氣，柔聲說：「也許，事情會比我想像的順利，用不到三兩個月，也許一兩個月，我就處理完了。有時間再來京的話，我會毫不猶豫地先來京見你，再回臨安待嫁的。等我。」

雲遲一腔不捨，被花顏澆了一盆涼水，此時只覺得透心涼，看著她溫柔下來的目光，他靜默許久，方才吐出一句話：「是我沒出息，你別對我失望。」

花顏心揪地一疼，輕柔地說：「你不是沒出息，只不過你的身分是太子，是儲君，這南楚江山壓在肩上，容不得你兒女情長罷了。我有能力，且願意為你披荊斬棘，肅清前路，你當……」

「我當榮幸。」雲遲接過她的話，目光漸漸回溫，伸手將擱在床頭的聖旨和他的令牌遞給花顏，「你去吧，一切小心，若太過繁忙，不必日日給我書信，只要隔三差五，讓我知道你安好就好。」

花顏笑著伸手接過，揣進懷裡，輕鬆地拍拍他的肩：「不必送我出城，你目標太大，我走了。」話落，她俐落地轉身，出了房門。

雲遲在一瞬間想起身，他腳剛動作，便又壓制著自己穩穩地坐在床上。聽著花顏對收拾好行囊的采青吩咐了一聲，采青清脆地答了，二人快步出了西苑。

外面的雨依舊淅淅瀝瀝下著，雨聲伴隨著腳步聲走遠，那腳步聲，似踩在了雲遲的心尖上。

雲遲從來沒有這一刻覺得心中空落落的，他是太子，肩負著這江山天下是運也是命，如今，他不知道到底是他自己將花顏拖進了這運這命中，還是花顏將他按在了這個運數和命數上。

他的志向是熔爐百煉天下，但在與花顏日漸相處中，不知不覺便偏了。

他自己不想糾正，但偏偏花顏要將他矯正過來。

小忠子聽著在太子妃離開後，裡屋一直沒動靜，從屋內透出的沉暗氣息讓他都覺得冷得慌，比外面的秋雨還冷，他小聲喊：「殿下？」

雲遲未答。

「殿下？」小忠子又喊了一聲，小心翼翼地試探地問，「您沒事兒吧？」

雲遲閉了閉眼睛，聲音低沉：「沒事兒。」

小忠子不放心，推開門，挑開珠簾，走了進來，屋中未掌燈，他輕手輕腳地掌了燈，看著坐在床邊的雲遲，他僅披了一件單衣，整個人容色寡淡溫涼，看起來蕭索孤寂得很，他暗暗心驚，走到他近前，小聲勸慰：「殿下，奴才知道您捨不得太子妃，但太子妃也是為了您，多不過撐幾個月，您與太子妃就大婚了，幾個月快得很。」

雲遲眉目略動，眼底一片黑暗，低聲說：「不是幾個月的事兒。」

小忠子不解，看著雲遲：「那是？」

雲遲如玉的手抬起，按在眉心處，又沉默了片刻，寡淡蒼涼地說：「她是看盡了自己的一生，恨不得爭時爭刻地也看盡我的一生。若是我猜測得不錯的話，她的癔症應該無解，她是恨不得有生之年，看南楚在我的治理下四海河清，盛世長安。」

小忠子臉色唰地一白，腿一軟，一屁股坐在了地上，慘白著臉哆嗦地看著雲遲：「殿……殿下，您……別嚇奴才？」

雲遲慘澹一笑，沉暗地說：「嚇你做什麼？也為了嚇我自己嗎？」

小忠子看著雲遲說不出話來。

依照太子殿下的意思，太子妃她有生之年……那還有多久？

他幾乎要哭出來，但看著雲遲的模樣，他不敢哭，他的確是嚇壞了，他顫著聲問：「您不是帶太子妃進了禁地嗎？太子妃癔症沒再發作，且自那日一日比一日好了，就跟以前一樣了，癔症沒解嗎？」

雲遲涼聲說：「根本就不是癔症。」

小忠子睜大眼睛：「殿下，那……是什麼？」

雲遲搖頭：「我也不知道是什麼，但肯定不是癔症，癔症也不過是一個說法罷了。」

小忠子心疼雲遲：「殿下怎麼就這麼命苦呢？好不容易有了太子妃，卻……」

「命苦？」雲遲笑了笑，笑意不達眼底，「本宮的命不苦，本宮是幸運的。」話落，他身子向後一仰，軟倒在榻上，錦被上還有花顏殘留的氣息，他的身上也有，他手無意識地攥了攥錦被，「你下去吧！讓本宮一個人靜靜。」

小忠子點點頭，從地上爬起來，出了內室，關上了房門。

房間靜下來，昏黃的燈光映照在帷幔上，往日，這燈光照得人心暖，如今這燈光也冷清得很。整個房間，都透著一股濃郁的冷。

他躺了十年的房間，第一次覺得徹骨的冷。

他不能想像，如今花顏只是走了，他便如此感受，若是有朝一日，花顏丟下他去了，此生再也不見，他會如何。

哪怕不要江山，他也是恨不得陪著她一起的。

他想著，花顏瞭解她，她比他多活了一輩子，看得透，她看得透自己，也看得透他。

論心中有江山大義來講，她比他有江山大義。

就如四百年前，天下生靈塗炭，懷玉帝回天無力，她是救臨安花家沒錯，但也是救了天下蒼生。如今，他怕毀了他，怕毀了南楚江山，怕這天下的黎民百姓沒了他，便沒有了天下盛世長安。

雲遲閉上眼睛，他都懂，他都明白，他都能體會，但是，他做不到。

他騰地又坐起身，快速地穿戴妥當，風一般地衝了出去。

小忠子在外面只聽到門「咣噹」一聲打開，他抬眼，只看到一團青影，他愣了愣，喊了一聲，「殿下？」

屋內沒人聽聲。

他覺得不對，立即又衝進了屋，屋中果然已經沒人，他看看外面漆黑的夜，淅淅瀝瀝的秋雨，心不由得提起來，大聲喊：「雲影，雲影！」

雲影同樣沒聲。

不過他這一喊驚動了方嬤嬤，方嬤嬤立即進來，對小忠子問：「怎麼了？」

小忠子立即說：「太子妃離開了，殿下心情不好，如今怕是追出去了。」

方嬤嬤壓低聲音說：「不要聲張，太子妃剛走，殿下追出去也無礙，我們等等，沒准一會兒殿下就回來了。」

若是往常，小忠子自然是不急的，但是今日，聽了雲遲的話，他心中沒底，對方嬤嬤說：「殿下心裡有些想不開，我怕……」

方嬤嬤也察覺出小忠子今日的不對勁：「怎麼了？出了什麼事兒？讓你這般害怕？」

小忠子張了張嘴，事關太子妃的命，他還是住了口，歎了口氣：「等殿下回來吧！有些事兒，我不能亂說，嬤嬤你也不能亂聽。」

方嬤嬤是個沉穩的老人，聞言不再問了，但心也跟著提了起來。

雲影在雲遲離開東宮後，自然也跟了出去，他是太子殿下的近身暗衛，自然第一時間就知道太子殿下的動作。

自從在南疆闖進蠱王宮後，他這是第二次看到太子殿下方寸大亂。

花顏和采青出了鳳凰西苑後，很快就會合天不絕、安十七、花容、五皇子出了東宮。

為了避人耳目，一行人坐了兩輛普通得不能再普通的馬車，因今日下了一日的雨，街道上沒什麼行人，兩輛馬車暢通無阻，順利地出了城門。

出了城門後，兩輛馬車繼續往前走，而一行人則穿上了雨披，換了馬匹，前往半壁山清水寺。

花顏剛要縱馬前往清水寺方向，感覺身後有熟悉的氣息追來，她攏住馬韁繩回身去看。

須臾間，雲遲立在了她身後不遠處。

雲遲沒穿雨披，周身已經被細雨淋濕，在夜色裡，透著濃郁的冷清。

花顏認出雲遲，一愣，不由出聲：「不是讓你歇著嗎？你跑出來做什麼？」

雲遲看著花顏，抿唇不語。

花顏見他就這麼淋著雨，心下一緊，翻身下馬，隨手將掛在馬鞍前的傘解了下來，快走兩步，來到他身邊，將傘撐開，罩在了他身上，遮住了細密的雨。

她有些惱怒地看著雲遲，但看到他晦暗低沉的眉目，責怪的話卻怎麼也說不出來，不由軟了聲音：「昨日我還誇你乖呢，今日這是耍什麼孩子脾氣？不是早就說好今日走的嗎？」

雲遲看著花顏，一聲不吭地一把將她拽進了懷裡，緊緊地抱住。

花顏穿著雨披，雨披的外皮早已經打濕了，被他這樣一抱，冷雨自然都沾在了他身上，她頓時急道：「我身上都是冷雨，你穿得這麼單薄，仔細染了風寒。」

雲遲低啞地開口：「花顏！」

這般聲音，花顏聽了已是揪心更是心疼，氣怒的話又憋了回去，更溫軟了口氣：「在呢。」

「花顏！」雲遲又喊了一聲。

花顏心下更軟：「我在呢。」

雲遲深吸一口氣，抱著她纖細的身子，也不管那邊馬上那幾個人傻眼的眼神，低聲說：「我們是有大婚的吧？」

花顏一愣：「自然。」

雲遲蹭了蹭她肩膀，雨披因他蹭動，嘩啦啦地響：「你別騙我，我受不了你的騙。」

花顏恍然地明白了什麼，對他又氣又笑：「你以為我是騙你嗎？你是不是以為我此去北地，一去不回，自此後躲著你，再也不見你，不想跟你大婚？」話落，她抽出手戳雲遲的腰，「你胡思亂想什麼呢？我也是盼著與你大婚的，你若是跑了不跟我大婚，我還要把你逮回來呢，更何況我怎麼會自己偷偷跑路？你也真是……」

雲遲低聲說：「我怕。」

花顏心裡咯噔一下子，暗想著雲遲聰明，這個人實在是太聰明了，難道他知道了什麼？她伸手推雲遲，想看他這一瞬間的臉色。

雲遲固執地抱著她，繼續說：「以前總不能體會東宮冷清，如今你剛一走，整個屋子都是冷的，更別說東宮了。我今夜怕是睡不著了。要不然，你把我一起帶走好了。」

花顏聞言心底一鬆，不由得笑了：「我是想把你拴在腰帶上帶走，但是你若是不在京城，別說皇上會抓頭，就是安陽王妃也會跳腳，川河口一帶治理水患事重，萬不能出絲毫差錯，你乖些，我會儘快肅清北地，早些回來。」話落，給他出主意，「你若是睡不著，那麼就抓十一皇子學課業好了，或者，讓自己忙起來，時間總歸是好打發的。」

雲遲緊緊地抱著她，低聲說：「花顏，我從沒想過我身為太子期間收復了西南境地，也從沒想過我身為太子期間肅清北地，更沒想過我身為太子期間，便熔爐百煉天下。有些東西，我沒想過這麼快，這一生，漫長的很，我本來是想一步步做的。」

花顏心裡一緊，忽然沒了話。

雲遲提前收復西南境地是因為她，因為她奪蠱王，促進了西南大亂。如今她前去暗中幫助蘇子斬肅清北地，也是因為她想著在大婚前，讓北地不再找麻煩，給他們一個清靜的大婚，甚至是婚後安詳和美一段時間享受的日子，至於熔爐百煉天下，是她急著想要看到，因為，五年的時間，真的不夠長。

更甚至，她還有更急的事兒，是突破自身功法，想要提前要個孩子。

她的急，還是急得太明顯了，他這麼聰明，自然是感知到了。

她咬了咬唇，低聲開口，聲音在秋雨中輕飄飄的：「有些事情，越早做，對你治理天下越有利，越拖延，越不利。你怎麼就不明白呢。」話落，柔聲說，「你放心，我不會讓自己出事兒的，你信我好不好？」

雲遲很想信花顏，但是他不敢信，他一言不發地抱著她，越抱越緊。

花顏無聲地深深地歎息，這個人啊，對於她，從來都是這般的執著執拗，讓她對他無所適從。她只能伸手拍他，柔聲哄說：「我向你保證，我們有大婚，還會有孩子，我與你一起教他成長。對於與你的未來，我心嚮往之。」

雲遲面色終於動了動，微微放開緊抱著她的身子，低頭看著她，嗓音低啞：「當真？」

「自然當真。」花顏對他微笑，目光是歲月靜好的溫柔：「十萬個真。」

雲遲終於笑了，似因為她這句話，他忽然就踏實了，點點頭：「我信你。」

花顏將傘遞給他：「趕緊回去，你衣服都濕透了，染了風寒有你受的，別讓我走著也不放心你。」

雲遲接過傘，放開她，目光看向不遠處騎在馬上等著的幾人，清聲開口：「雲暗可在？」

「在！」雲暗在暗中應了一聲，並沒現身。

雲遲沉聲道：「仔細保護太子妃，若她出絲毫差池，本宮唯你是問。」

「是。」雲暗在聲音冷木木的，沒有生氣。

雲遲摸摸花顏的臉，她的臉清涼涼的，他責怪地說：「這麼大的雨趕路，你也沒多穿些。」

花顏無奈地看著他：「我們只需騎馬走三十里路去半壁山清水寺找十六和程子笑會合，然後就駕車了，我躺在車裡睡覺，放心，我在車裡會蓋很厚的被子。」

雲遲點點頭。

花顏伸手推他：「快回去吧！仔細身子。」話落，又好笑地說，「也不怕被人笑話？」

「不怕！」雲遲又伸手抱了抱她才放開，無限不捨，「走吧！我看著你走後，再回去。」

花顏固執地說：「你先回去，誰知道我走後你會再站到什麼時候？」

雲遲無奈，揉揉眉心，露出一絲笑意：「我在你眼裡，也沒信用可言了？」

「差不多。」花顏催促他，「快回去。」

雲遲點頭，轉身，腳步不快地走了兩步，然後，身影一閃，如青煙般地消失了身影。

花顏反而立在原處站了好一會兒，才翻身上馬，對等著的幾個人說：「走吧！」

安十七嘿嘿一笑，揶揄地說：「少主，太子殿下捨不得您呢，沒想到啊，冒雨追出了城門外，真是讓我們大開眼界。」

花顏瞪了安十七一眼。

五皇子感慨地說：「我也是第一次發現四哥原來是這樣的。」

天不絕嘖嘖了一聲：「一點兒也不像太子殿下會做出的事兒，他是栽在你小丫頭手裡了。」

花顏面對幾人的取笑，心中卻有些沉重，壓得她透不過氣來，過了好一會兒，她才輕聲說：「我倒是希望他對我不要這麼好，對他沒好處。」

幾個人聞言都不說話了。

天不絕、安十七、花容自然明白花顏的意思，五皇子雖不明白，但也知道，對於雲遲的身分來說，若是深愛花顏凌駕到皇權之上的地步，不是什麼好事兒。

自從遇到了花顏，他的四哥將以往從不做的事兒一一破例做了。

一行人騎馬到半壁山清水寺，安十六和程子笑早已經在清水寺等候。

清水寺的住持方丈見到花顏，雙手合十見禮。

花顏含笑擺手：「方丈大師不必多禮，多謝安排了！」

方丈大師笑著搖頭：「老衲沒做什麼，都是十六公子安排的。」話落，對花顏商量，「今日陰雨綿綿，少主不如歇一晚，明日再啟程，畢竟天黑路滑難走。」

「不了。」花顏搖頭，「若是歇一晚，我還不如不從東宮出來。」

方丈大師笑道：「上一次姻緣籤之事，老衲一直等著太子殿下來找老衲算帳，沒想到太子殿下大人大量，沒找上門。」

花顏大樂：「他找我算過帳了，自然不會再找你了。」

方丈大師笑著說了句「阿彌陀佛」，便不再強留花顏等人，送幾人從後山出行。

花顏發現程子笑走路很慢，上車的動作也很困難，她開口問：「受傷了？」

程子笑微笑：「受了些輕傷，不嚴重，我倒是沒想到有朝一日，我這條命還挺值錢。」

花顏瞅了他一眼，還有心情開玩笑，看起來是不太嚴重，但如今陰雨天氣，有傷勢總歸好得慢，她對天不絕說：「你看看他傷勢。」

天不絕點頭，跟著程子笑上了馬車。

三輛馬車，花顏和采青坐了一輛，花容在前面趕車，程子笑和天不絕坐了一輛，安十六在前面趕車，五皇子自己坐了一輛，安十七在前面趕車。

馬車的車頭都掛了罩燈，罩著前路，路上雖泥濘，但拉車的馬匹都是好馬，也不難走，馬車快而穩地前行。花顏車上鋪了厚厚的錦繡被褥，上了車後，她的確疲乏得很了，很快就睡了。

天不絕給程子笑檢查了傷勢，發現他傷勢不輕，有內傷，有刀傷，難得他一聲不吭，面上沒表現出來，倒讓他一把年紀的老頭子有些佩服。

程子笑的傷勢安十六顯然找好的大夫給包紮過了，他沒再動手，而是從懷中拿出一瓶藥，遞給他：「現在吃一丸，明日後，早中晚各一丸，保你內傷三天就大好。」

程子笑知道天不絕的本事，也不客氣伸手接過來：「多謝神醫。」

天不絕擺擺手，躺下身：「不用謝，你小子有福氣，得我們少主看中，但凡是跟在她身邊的人，她都護得緊。」

程子笑點頭，這一點這幾日他已經領教了，他也沒想到這一次北地那邊會派來大批人刺殺他，短短幾日，已經刺殺了三次，一次比一次出其不意攻其不備地狠辣，即便他已經再小心，還是著了道。幸虧有安十六護著，否則，他這條命就交代在京城了，哪裡還能回北地？

本來，他與花顏談買賣時，雖然同意了她的條件，但到底心有不甘，心中不太如意，畢竟他從小到大白手起家做起來的北地生意，一朝悉數讓出去，雖然花顏沒讓他吃虧，給了他想要的，但他心中也不舒服。如今這幾日，這不舒服早已經煙消雲散了。

有些東西，需要有命才能享受，若是沒命了，什麼都沒了。

他很感謝花顏護著他，雖然是為了他手裡藏在北地的那些證據，但也不得不佩服花顏，她竟然真會看面相，能看出他近期有性命之憂。

第八十二章 前往北地查真相

安十六也受了些輕傷，他武功比程子笑高，也著實沒想到殺程子笑的死士那麼厲害，他得承認花顏讓他保護程子笑時，他過於輕鬆地輕敵了，才受了傷。

安十六聽見裡面二人說話，開口道：「雖然安排得隱祕，但少主讓我做的安排也只是不讓人知道她來了北地，但你要回北地的消息少主沒讓我瞞著，不但沒瞞，還故意放了出去，這一路上，怕是還有的折騰呢。」

「有的折騰好，小丫頭厲害著呢，就是要讓來的人有來無回，怕是都用不著你倆出手。」天不絕哼了一聲。

安十六忽然挑開簾子，看向裡面，小聲說：「我是發現少主身邊跟著人保護了，但摸不著是什麼路數，不過十分強大厲害就是了，這周遭的氣息因為這些人跟著似乎都不一樣了，你知道是什麼人不？免得我再去問少主了，她如今估計睡了。」

天不絕點頭：「自然知道，我還見過呢，不過不告訴你，你問少主去好了。」

安十六「啪」地放下簾子，「一把年紀了，臭老頭，一點兒都不可愛。」

天不絕不再理會安十六，躺下身，舒服地睡了。

程子笑也隱約有感，早先他以為是臨安花家的人，或者是東宮的人，但是聽安十六這說法，顯然都不是，他也好奇了。

五皇子在雲遲的一眾兄弟裡，他得雲遲親自教導的時間最長最多，雖不及雲遲，但也不是個傻的，對於早先雲遲在雨中提到雲暗，他一直心裡有個猜測，不過也只是放在心裡猜測罷了，自然不會說出來。

他這一次出來，就是跟著花顏磨礪的，自然是少說多看多做。

花顏在馬車上睡得熟，但只要不是在家裡或者在雲遲身邊，她的警醒意識便會十分強。

所以，當前方樹葉被風吹得嘩啦啦地作響時，她便睜開了眼睛，對車外的花容說：「有殺氣，小心些。」

花容沒感知到，他畢竟年歲小，在外磨練的時間短，武功也未到火候，聽花顏這樣一說，他頓時坐直了身子，給趕車的安十六和安十七分別遞信號：「十七姐姐說前方有殺氣，十六哥十七哥你們小心些。」

安十六、安十七在花容提醒，仔細感知後，便感受到了。二人齊齊應了一聲，暗暗想著，少主還是那個少主，雖看起來弱不禁風，但關鍵時刻，他們這點兒本事擱在她面前，還是不夠看。

安十七提醒五皇子：「五皇子，前方有殺氣，小心些。」

五皇子本來也躺著，此時騰地坐起身。因自小皇室的一眾皇子們都被皇帝故意往廢了養，所以，一切的明刀暗箭，都不會對準他們，只會對準雲遲。他雖算不上是在蜜罐裡長大的，但也沒經歷過大風大浪刀口染血的刺殺，更沒經歷過兄弟背後算計的骯髒事兒。

他有些緊張，又有些興奮，但還是低低地故作鎮定地「嗯」了一聲。

安十六同時也提醒天不絕和程子笑，畢竟，殺手大多數時候喜歡放冷箭，車裡人有心理準備總歸要好。

程子笑慢慢地坐起身，他是自小在陰暗和陰私裡摸爬滾打起來的人，所以，絲毫不緊張。他只是好奇地想看看跟在花顏身邊保護的人是什麼樣的人，怎麼出手面對這麼強大的殺氣。天不絕更是連身都沒起，他跟著花顏進的禁地，自然見識過太祖爺留下的這一支暗衛，已經沒了好奇。

馬車又行出一里地，前方的冷箭如密雨般地射向三輛馬車。

安十六、安十七、花容剛拔出腰間的寶劍，後方便有清一色的黑衣蒙面人保護住了三輛馬車，齊刷刷的寶劍擋開了箭羽，雲暗一聲令下，一半人保護馬車，一半人衝進了樹林中箭羽的來源。

然後，便是殺氣對殺氣，鋪天蓋地的血氣，連細細密密的雨都掩蓋不住。

程子笑第一時間挑開車簾，向外望去，黑衣蒙面的暗衛，數百人之多，將三輛馬車護得密不透風，看不到臉，只能感覺到昏天暗地的氣息。

他第一時間覺出這是皇室暗衛的氣息，但又不像是東宮的暗衛。

他昔日也曾瞭解過皇室的暗衛，但似乎都不是這個路數，不過隱約又有些相像，他一時間也不禁疑惑起來。

這一批暗衛，著實是強大的，強大到不可思議的地步。

出手必見血，見血必殺。

程子笑也有自己的暗衛，但此時他發現，完全用不上他的暗衛出手，在這樣的暗衛面前，他的暗衛是小巫見大巫了。

臨安花家的暗衛在安十六察覺到這些人跟著花顏後，便都讓自己人撤後了，原因是安十六也想見識見識。

如今這一見識，果然讓他眼皮往上挑了挑，也不禁佩服起這些人的強大了。不是說這些人劍術有多高絕，武功有多高絕，而是這昏天暗地的氣息，似從地下爬出來的鬼魅一般。

花顏挑開簾幕瞅了一眼，又放下簾幕，安心地躺下了。

她早就想著，有雲暗帶著這一支暗衛跟著她，以後她走到哪裡，估計都不用動手指頭就安枕無憂了。她這也算是在四百年後向太祖雲舒討了四百年前他欠她的人情。

這一批刺殺足有兩百人，可以說，都是絕頂高手，但在雲暗和這一支暗衛面前，就如刀切白菜，完全不夠看，也沒有半絲還手餘地。

不到半個小時，外面的聲音小了。

雲暗提了一個活口，來到花顏車前：「主子，抓了一個活的，可要審問？」

「審！」花顏吐出一個字，她是想看看到底是北地的哪路神仙，這麼想要程子笑死，恨不得他不踏足北地。

又想著不知蘇子斬前往北地的路上可也遇到了刺殺？不過又想想應該不會，畢竟雲遲和她給蘇子斬去信時，蘇子斬前往北地查辦的消息還沒洩露出去。真正將消息放出去，也不過是這兩日而已，若是蘇子斬不在臨安過中秋節的話，他如今應該已經到北地了。

他想著，蘇子斬應該沒在臨安過中秋，畢竟他知道她要前往北地，想必會提前去北地暗查打點好一切，等著她去。

雲暗聽花顏說審，應了一聲是，便提著那人退了下去。

隨著他退下，保護三輛馬車的所有暗衛悉數也跟著退了下去。

昏天暗地的氣息就如烏雲蔽日，在他們退下後，雖然還下著細雨，但似乎周遭的氣息一下子晴空朗日了。

在他們離開前，灑了大量化屍粉，那些屍首瞬間便化成了血水，被雨一沖，想必很快就了無痕跡。

程子笑還在驚歎中，就連安十六都敬佩不已，安十六終於忍不住，丟了馬韁繩，讓馬自己走，他跑去了花顏的馬車上。

花容見到安十六嗖地一下子就坐在了他身邊，眨了眨眼睛，他那日沒跟著進禁地，也沒見過這些人，同樣覺得好厲害。

安十六敲了敲車壁，對裡面小聲喊：「少主！」

花顏「嗯」了一聲，沒看到他的人，便知道他的來意，懶洋洋地說，「是太祖爺留下的那一支看守皇宮禁地溫泉宮的暗衛，如今被我收留了。」

安十六愣了愣，恍然大悟：「怪不得這麼厲害，我還想著這些人是從哪裡冒出來的，不像是東宮的暗衛，但卻與皇室一脈的傳承有些相似。」

花顏笑了笑：「他們在雲遲的威脅下，背叛了太祖，雲暗本要以他一死效忠換這些人一個活路，我惜才，便攔住了。」話落，她輕聲說，「雲舒欠了我，如今找他還一筆，也是應該。」

安十六煞有介事地點頭：「少主做得對，這些人厲害，不收白不收，糟蹋了可惜，落在少主手裡，是他們的福氣。」

花顏擺手：「別再多話囉嗦了，如今你知道了，好好去趕車，我繼續睡。」

安十六點點頭，又回到了自己的馬車上。

程子笑好奇不已，見安十六回來，盯著他小聲問：「十六兄，什麼人？你我的交情也算是過命的交情了，解個惑唄。」

安十六回頭瞅了他一眼，故意說：「誰知道你是不是好人？」

程子笑立即保證：「在太子妃面前，我也不敢做壞人啊！若是做了，怕是連自己怎麼死的都不知道。」

安十六大樂：「算你有見識。」話落，也不瞞他，「是太祖爺留下的一支看守皇宮禁地的暗衛，被我家少主給收了。」

程子笑震驚不已。

安十六不再多言，打了個哈欠，拍拍馬屁股：「好好趕車，別走岔路，爺也進去睡一覺，若是你不聽話走錯路，爺睡醒了不給你草吃，聽到了嗎？」

趕車的寶馬「嘶——」地一聲，甩了甩尾巴，算是回應安十六。

安十六脫了雨披，脫了靴子，鑽進了車廂內。

天不絕已經睡著了，老頭四仰巴拉地，他不客氣將他往一邊推了推，躺在了他身邊。

車廂寬大，躺三個瘦子，還是綽綽有餘的。

程子笑震驚過後，想著世上的事兒真是沒有什麼是不可能的，太祖爺的這一支暗衛他聽說過，一直駐守皇宮禁地，兩日前皇宮禁地失火，人人都暗傳這一支暗衛都葬身在了火海，沒想到卻是被花顏收了。可見，這也是太子殿下允許的。

他想著雲遲對花顏可真好，這麼一支暗衛都給了她，絲毫不懼臨安花家勢大危及南楚江山。

他見安十六躺下很快就睡了，他也跟著躺了下來，這幾日，他著實沒睡上一個好覺，如今可以好好地安心地睡上一覺了。

不多時，雲暗便審完了那人，來到花顏車前，對她稟告：「主子，審完了，這批殺手是程家養的死士。」

「果然是程家。」花顏歎了口氣，看來太后的僥倖心裡是存不住了，她道，「知道了，這個活口不要讓他死了，帶去北地，我親自還給程家。」

雲暗應了一聲，退了下去。

雲遲出城送花顏一趟，再回到東宮時，衣袍浸濕，渾身都被雨水打透。

小忠子見雲遲回來，看到他的模樣，駭了一跳，連忙迎上前：「殿下？您……」

雲遲看了他一眼，面色平靜，恢復一如既往的溫涼：「備水沐浴。」

「是。」小忠子應了一聲，連忙去了。

雲遲沐浴完，方嬤嬤端來一碗薑湯：「殿下，趁熱喝了吧！」

雲遲端起薑湯，一氣喝了。

方嬤嬤仔細打量雲遲臉色，見他不像是不好的樣子，心底微微地鬆了一口氣。

小忠子這時才敢試探地開口詢問：「殿下，您出去一趟，可追上太子妃了？」

雲遲「嗯」了一聲，「追上了。」

小忠子看著雲遲：「您……還好吧？」

雲遲又「嗯」了聲，吩咐小忠子，「即刻吩咐下去，半個時辰內，東宮幕僚都來見我。」

小忠子一愣：「殿下，天色晚了，又下著雨，您不歇著還要議事？」

雲遲揉揉眉心：「睡不著，不如議事。」

小忠子暗想著太子妃走了，殿下怕是又開始夜不能寐，寢食難安的日子，而他這個殿下身邊侍候的人也要開始苦日子了。見雲遲主意已定，不敢耽擱，立即去了。

半個時辰後，東宮幕僚齊聚東宮，等著雲遲示下。

雲遲只說了一句話：「今年秋試，本宮要讓天下學子都湧到京城。」

東宮所有幕僚齊齊一驚，本來，今年是多事之秋，春夏出了西南內亂，如今又出了北地災情，川河谷一帶水患治理提上日程，再加上太子殿下大婚事宜，諸多事情加在一起，是騰不出手來理會秋試一事了，所以，秋試勢必要推遲到明年了。

但是如今雲遲的意思是今年還有秋試，且還要讓天下學子應試，也就是說，對這秋試極其重視，要當作今年的重事兒了。

眾人都看著雲遲，其中一名老者拱手開口：「太子殿下，如今已是中秋，早先一直未曾準備秋試，此時開始著手，是不是已經有些晚了？時間上不是十分緊促，畢竟還有幾個月，您就要大婚了，大婚還有諸多事宜。」

雲遲淡淡道：「三個月內，將秋試進行完。本宮需要有能之士，本宮不想天下哪裡出了災情，縱覽朝野，無人可用。」

後面留了一句話他沒說，那句話是朝野若是有人可用，就不必他的太子妃暗中去北地了。

除了蘇子斬，前往北地的人選，他是真找不出一個來，將朝堂上的官員扒拉一圈，也沒有一個適合去北地相助蘇子斬的人。

「太子殿下主意已定？」又一名老者開口。

「嗯，本宮主意已定。」雲暹沉聲道，「本宮希望，這一場秋試之後，能讓朝廷換一波新鮮的鮮血。」

眾人因這一句話，又齊齊暗驚，暗暗地想著太子殿下這是要動手清洗朝堂了。

一人上前一步拱手：「殿下，您還未登基，此時清洗朝堂，會不會時候尚早，還不太成熟？況且今年事多，雖然朝局還算安平，但卻不甚安穩，若是此時動手，下臣怕朝局動盪，影響您大婚。」

「本宮不怕，你們只管著手秋試就是，本宮說了，是遍布天下的有能之士，只要有大才，本宮就希望在秋試上看到他的名字，本宮不希望看到像三年前的秋試那樣應付，舉薦和選拔上來的沒有一個布衣寒門，只有大把的無能世家子弟。」

眾人又是一驚，一人脫口道：「殿下要重用寒門學子？那世家……」

雲暹臉色寡淡，眸色溫涼，糾正道：「本宮說的是有能之士，無論寒門還是世家，本宮先要看到大才。」

眾人聞言相互對視一眼，暗暗地想著這還是要重用寒門。

雲暹看著眾人，身為東宮幕僚，他治下的東宮自己人，他們也是不明白他的，他說的熔爐百煉這個天下，只說給了花顏一人，那時，都將她驚了個夠嗆，若是他此時告訴他們他一直以來的心之所想，不止是重用寒門，哪怕他就立在這裡，哪怕他身為太子，哪怕他們一直對他敬服有加，怕是也會一個個嚇趴到地。

這個天下，被世家掌控太久，久到上千年，盤根錯節，拔出根帶出泥。

無論是覆滅了的前朝後樑，還是今朝的南楚江山，滅了一個王朝，沒落了一堆世家，但同時也因為新江山又崛起了一堆世家。

這個天下，可以說，一半掌控在皇室之手，一半掌控在世家之手。世家們織起了一張細密的網，無數世家子弟遍布朝野，一直以來，牽制左右皇權的各項決策。

自從雲遲監國後，雲遲行事果斷，手腕強硬，謀算高絕，世家們漸漸落於下風。

如今，雲遲若是以秋試來提拔寒門學子，可想而知，世家們定然不滿，這一場秋試，將會掀起怎樣的軒然大波和滔天巨浪。

眾人都不敢想像，所以在雲遲話落，都各自思量，一時間，書房寂靜無聲。

雲遲給予他們充分琢磨的時間，負手立在窗前，看著夜色，想著花顏如今走到哪裡了，天黑路滑，雨又下了一日，道路可難走？若非太祖爺的那一支暗衛被她收服，跟隨她前往北地，即便有花家暗衛相護，他也是不放心的，定然要派大批的東宮暗衛跟去。

如今，東宮的人省下了，自然也要找些事情做。

比如，秋試。

既然她想快些見到南楚在他的治理下四海河清盛世長安，那麼，他以前的計畫便改改也無妨。她對他所求本就不多，他自然要滿足她。

那麼，便以秋試來拉開序幕好了。

眾人一邊思量一邊看著雲遲，他挺拔的背影如雲山般高遠，他們這些人，跟在雲遲身邊夠久了，都知道，雲遲不同於皇帝和歷代先皇，他有抱負，決計不會允許南楚的江山在他的治理下維持當今表面的安穩。

至於他要怎麼做，他們確實都不知道，也不敢胡亂猜測揣摩。

過了許久，雲遲淡淡地問：「想好了嗎？」

眾人齊齊垂首：「一切聽殿下吩咐。」

雲遲頷首，寡淡地道：「那就著手吧！十日內，本宮要天下所有有能之士的名單，半個月內，本宮要秋試天下皆知，一個月內，本宮要讓這些人必須參加秋試，兩個月內，本宮要會試順利舉行，三個月內，本宮要在殿試上看到他們。三個月後，本宮要讓他們入朝。」

他一席話說完，眾人都提起心。

雲遲回轉身，看向眾人，眉目溫涼地道：「另外，本宮要讓朝堂在三個月內騰出大批的位置，在秋試期間，但凡徇私舞弊擾亂秋試者，一律清出朝堂。」

眾人齊齊倒抽了一口冷氣。

雲遲話落，挑眉：「做得到嗎？」

眾人垂首：「謹遵殿下吩咐。」

雲遲滿意，揮手：「既然都明白了，明日開始，就按本宮所說的做，都退了吧！」

眾人應是，齊齊告退。

一行人出了東宮，不少人已經汗濕了脊背，秋雨涼寒，秋風一吹，頓時覺得透心的冷。不由得暗想著，這天是真涼了，秋風起了。

雲遲在一行人離開後，依舊負手立在窗前，看著窗外，夜色涼寒，秋雨涼寒，他的心自從花顏離開東宮後，便也跟著空落落的涼。

不過他給自己找了秋試一件事兒，從明日開始忙起來，日子大約比閒著總是想她應該好過得多。哪怕，秋試有著可以預見的困難和棘手。

雲遲連夜召集東宮幕僚，動靜雖小，但朝臣們還是知道了此事，雖然不知道出了什麼事兒，但想著太子殿下好久沒召集所有東宮幕僚議事了，如今怕不是小事兒。

奈何，眾人只能猜測，打探不出來，無論是東宮，還是東宮的人，宮牆和人嘴都如銅牆鐵壁，撬不開。

這一晚，自然誰也沒想到是關於秋試。

所以，當第二日早朝時，雲遲將秋試提上日程時，朝臣們都有些發愣。

畢竟今年事多，都想著秋試會推遲到明年了，如今雲遲突然提到秋試，都不由地想著還有幾個月太子殿下就大婚了，這期間插手秋試，紛紛摸不清雲遲想法。

不過，有對政局敏感的老臣，還是從中嗅到了幾分不同尋常。

花顏自然不知雲遲著手秋試之事，當日夜冒雨趕路，行出百里路。

轉日，天清氣朗，花顏休息一夜，精神極好，便不再窩在車裡坐馬車。於是，除了身上重傷不輕的程子笑和懶得騎馬的天不絕，其餘人都騎馬而行。

又走了兩日夜，又行出三四百里路時，路上遇到三三兩兩行乞的人。

開始時，花顏沒太注意，但接連遇到幾波後，不由得皺緊了眉頭。

安十七在一旁說：「少主，我找一人問問，看看是怎麼回事兒？為何行乞的人會這麼多？看樣子，是去京城？」

花顏「嗯」了一聲。

安十七下馬，去問一個領著小孩行乞的老者。

老者鬚髮花白，衣衫襤褸，渾身髒汙，拄著拐杖，走路極慢。小孩很是瘦小，面黃肌瘦，嘴角乾癟，看到衣著光鮮的行人，眼神露出羨慕。

安十七甩開馬韁繩，對老者詢問：「老伯，您這是從哪裡來要往哪裡去？為何路上行乞的人會這麼多？」

老者歎了口氣，幾乎要落下淚來：「公子，小老兒是從鳳城縣來，要去京城投奔我女兒。鳳城遭了大水，城外的農莊和良田都淹了。我家的大兒子、兒媳、大孫子都淹死了，只剩下一個小孫子，小老兒怕自己活不久，獨剩下個小孫子沒人管，所以，打算去京城投奔我小女兒，將小孫子託付給她。」

安十七一驚：「您說鳳城遭了大水？這是什麼時候的事兒？」

老者道：「不久，就半個月前。」

「半個月前？」安十七更是心驚，「聽您如此說，災情想必十分嚴重？」

老者邊抹淚邊說：「公子有所不知，鳳城的城牆都被大水給泡塌了，死者不計其數啊！」

安十七面色大變，轉頭去看花顏。

花顏此時也打馬過來，甩了馬韁，翻身下馬，看著老者：「老伯，您說半個月前，鳳城遭了大水？死者不計其數，那活著的人呢？是怎麼安排的？」

老者看看安十七，又看看花顏，二人的面相衣著打扮，一看就是富貴人家的公子小姐，他流著淚說：「當官的都跑了，還有誰管？死的人死也就死了，活著的人自找活路。」

花顏頓時肅然：「據我所知，不是魚丘縣遭了大水嗎？怎麼鳳城也遭了大水？」

老者道：「魚丘縣遭了大水沒錯，但其實最早遭了大水的是鳳城，眼看鳳城就要被淹，上面下了命令，開閘引流，大水被引走，這才沖了魚丘縣。」

花顏臉色一沉：「為何水勢這麼凶猛？鳳城的水是從哪來的？」

老者道：「半個月前，大雨連綿，黑龍河堤壩決堤，大水便沖湧到了鳳城，眼看鳳城被淹，下面的幾城也要不保，便引流到了魚丘縣。」

花顏抿唇：「也就是說，最終的源頭是因為黑龍河了？」

老者點頭：「可以這麼說。」

花顏問：「老伯剛剛說上面下了命令？是什麼人下了命令？」

老者抹淚說：「聽說是東宮太子。」

「胡說！」花顏薄怒，「東宮太子怎麼會下這樣的命令？鳳城縣是他的子民，魚丘縣也是他的子民，鳳城縣被淹，魚丘縣被淹，都是一樣被淹。」

老者被花顏的怒意一震，身子一顫，不由得後退了兩步。

花顏壓著怒意，鎮定地說：「老伯是聽什麼人說的？」

老者看著花顏，臉色發白地哆嗦說：「不知姑娘是什麼人？」

花顏知道剛剛她一時氣怒將老者嚇到了，面色稍緩，溫聲說：「我哥哥在東宮當差，與東宮有些干係，未曾聽聞太子殿下有下過這樣的命令，太子殿下至今只知魚丘縣被淹之事，不知鳳城被淹一事。」

老者愣了愣：「都這麼說，小老兒也不知是誰說的，總之，姑娘隨便找個人問問，都是這樣的話。」話落，他又說，「太子殿下為保鳳城下面幾個城池，命人引流魚丘縣，也是對的。」

花顏壓制著惱怒，剛要說話，前方來了一隊官兵，大約四五十人，兩人看到了衣衫襤褸的老者，當即上前就抓人。

老者駭了一跳，連忙拽著小孫子後退，但他畢竟年邁了，動作不俐落，後退著反而一屁股坐到了地上。

那兩個兵士不由分說，就要粗魯地拉起他。

花顏看了安十七一眼。

安十七上前，出劍攔住了那兩個士兵，冷著眉目問：「你們為什麼抓人？」

那兩個士兵看到明晃晃的寶劍，不由得縮回手，後退了一步，打量花顏和安十七像是富貴人家出外遊玩的公子小姐，其中一人說：「他犯了事兒，我們老爺有命，抓了收監候審。」

「你們老爺是哪位？他犯了什麼事兒？」安十七問。

其中一人說：「我們老爺是兆原縣守，公子還是別多問了，也別插手，對你沒好處。」

那老者白著臉哆嗦地說：「我沒犯事兒，沒犯事兒……公子救我……」

安十七穩穩當當地拿著劍，冷眼看著這兩名士兵，然後，又看向隨後跟來的幾十名士兵，其中一人三十多歲，絡腮鬍子，明顯是頭目。

那人領著人來到近前，打量了一眼安十七和花顏，在看到花顏臉時，不由得露出驚豔之色，暗想著天下怎麼會有這麼美的女子？

花顏此時一肚子怒火，臉色不好看，在這人看來時，凌厲地看了回去。她的眼睛素來清潤明亮，鮮少有凌厲的時候，如今看到這些人一上來就抓人，已經猜想到了一二，所以，目光便猶如利劍。

那三十多歲的頭目乍然被花顏眼神一掃，似如一把尖刀刺破了他的眼睛，不由得心下一顫，趕緊移開了視線。

花顏冷冷地說：「這位老伯是從鳳城前往京城投奔親戚，人還沒到兆原，我倒想知道，怎麼就犯了事兒？」

那人立即說：「姑娘還是別多管閒事。」

花顏氣笑了：「我還就喜歡多管閒事。」

那人面色一變，已經看出花顏不是好相與的了，但見她身邊只有安十七一人，二人衣著打扮明顯就是富貴人家的公子小姐，他雖被花顏的凌厲眼神震住，但還真不怕花顏，畢竟他帶了幾十號人。於是，他一擺手，對身後說：「將這老頭子和小孩子給我帶走。」

後面的士兵呼啦啦地上前，就要從安十七的劍下奪人。

安十七也不客氣，揮手一劍，他只輕飄飄地一掃，上來三四人胳膊齊齊被劃了一道血痕，他不出手殺人，但也要讓他們見血不敢再上前。

那頭目見安十七一劍就讓他帶的三四個人受了傷，臉色這才真正駭住了，看來是個敢下狠手的，他開口道：「敢問公子和小姐是何人？在下奉我家老爺之命，兩位可知道我家老爺？我家老爺是兵部尚書的小舅子。」

花顏瞇了瞇眼睛：「哦！你家老爺也就是兆原縣守，趙德？」

那頭目見花顏能叫出名號，連忙點頭：「正是。」

花顏向身後瞅了一眼，她們剛出城不久，不足十里地，那座縣城也就是兆原縣，她不介意再返回去。於是，她露出一抹笑：「這真是大水沖了龍王廟，不識得一家人了。我祖母與兵部尚書夫人交情甚篤，按理說應該去拜會你家老爺。」話落，她道，「請帶路。」

那人一聽大喜，看向被安十七劍護住的那祖孫倆，試探地問：「那這老頭和小孩……」

花顏看向安十七：「帶著！」

安十七意會，收了劍，伸手拉起老人，順勢在他耳邊用傳音入密說：「老伯，別怕，我和姐姐護著你。」

老者身子打顫，不知自己犯了什麼事兒，但若不是花顏和安十七，他和孫子此時已經被帶走了，如今只能相信他說的話，勉強點了點頭說：「公子，我真沒犯事兒。」

安十七「嗯」了一聲，「也許這裡面有什麼誤會也說不定，老伯既然沒犯事兒，不用怕。」話落，他對遠處停著的車馬喊，「十六哥，姐姐要去兆原縣守府認親，走唄。」

安十六應了一聲：「好。」

這時，那頭目和幾十名兵士才看到不遠處停著的車馬，那頭目心下沒底，看著花顏，不太相信地問：「姑娘的祖母真與兵部尚書夫人交情甚篤？」

花顏淡淡笑著說：「自然，兵部尚書夫人出自姚江大族，乳名瑤兒，嫁給尚書大人後生有兩子一女，很受尚書大人愛重。」

這人頓時信了，他是兆原縣守的親信，從縣守的口中聽過他喊姐姐的乳名。乳名只有近親之人才能知曉，立即笑呵呵地問：「尚不知姑娘名姓？可否告知？」

花顏淺笑：「你不必知我名姓，見了你家老爺，他就知道了。」

言外之意，她的名姓他沒資格知道。

這人碰了個軟釘子，見問不出什麼，也不敢再問，暗暗地猜測花顏是什麼身分。

十里地不算遠，很快就到了。

進了兆原後，那人領著花顏直奔縣守府衙。

兆原縣是個不大不小的縣城，說不上熱鬧，但也說不上冷清。

花顏發現沿街的百姓們看到府衙的士兵都露出異樣的眼神，那眼神似好奇又不敢看。

花顏對采青使了個顏色，采青意會，立即悄悄地詢問。

不多時，采青回來，附在花顏耳邊，小聲說：「據說這幾日，兆原縣守派人在抓入京的流民，如今已經抓了上百人了。縣衙的大牢都關不下了。」

花顏眉峰一皺，想著果然如她所想，怪不得一路來京城五百里內看不到一個流民，合著是在兆原縣被縣守將流民截住了。

她心裡又冷了冷，想著北地路遠，雲遲在京城鞭長莫及，只收到了魚丘縣大水的密報，卻沒有收到鳳城大水的密報，可見如今北地官官相護到了什麼分上。

她本來想著到了北地再動手，如今看來是要在這兆原先開一刀了。

來到兆原府衙，府衙門前冷清，一個人都沒有。

那頭目早已經派人回來稟告，如今不見縣守老爺人影，立即對花顏和安十七說：「公子，姑娘，請稍等，卑職去喊我家老爺。」

花顏擺擺手，卻也沒在門口等著，而是下了馬後，徑直走進了府衙大堂。

兆原地方雖小，府衙倒是修建得氣派，府衙大堂十分寬敞，只是過於安靜了。整個府衙內，似無人辦公，府衙也沒什麼人。

采青又在花顏耳邊小聲說：「據說這幾日衙門的人都被派出去抓人了，見著北地來的流民就抓，衙門裡要告狀，也找不到青天大老爺。」

安十七小聲說：「北地距離京城千里，如今此地距離京城五百里，可見北地有些人的手伸得夠長，竟然伸到了兆原。攔了流民進京的路，這是想將北地的一切事宜瞞得死死的？真不怕太子殿下派人去北地查？」

花顏面色又冷了冷：「很顯然，北地不怕，大約是打著去一個糊弄死一個的主意，否則監察御史也不會被淹死在魚丘縣，至今下落不明，連屍骨都找不到了。」

安十七歎了口氣：「沒想到北地已經嚴峻到了這個地步。」

花顏早就想到了北地嚴峻，但確實也沒想到嚴峻到這個地步，竟然不止魚丘縣一地災情嚴重死傷千人，而是鳳城大水，淹沒了半個城池，死傷無數，比當年川河谷大水真怕是不遑多讓了。

當年川河谷大水，恰逢她趕上，哥哥和她動用了花家上百糧倉賑災，如今北地嘛，看來還不如川河谷幸運，顯然北地的官員都想著層層瞞著，當年川河谷一帶官員也都瞞著，雲遲親自去了川河谷後，所有官員，砍的砍，收監的收監，那時所有人見識了太子殿下的鐵血手腕，世家死了不爭氣的子孫，連個屁都沒敢放。

如今北地，她抖了抖袖子，她也不是手軟的，這些官員們也是活夠了想重新投胎了。

花顏進了大堂後，坐在了堂前主人待客的首位上，安十七護著那一老一小，立在了堂外。安十六、天不絕、程子笑、五皇子等人隨後進來，依著身分，五皇子坐在花顏旁邊，其餘人隨意地找了個地方坐了，采青立在了花顏身後。

那些士兵瞧著這幾個人，覺得今日這事情不太對勁，幾十人將大堂圍住，守在外面。

不多時，一個衣著打扮精緻，滿頭珠翠，年約五十的婦人由七八個婢女侍候著走來，衙門的士兵們見了都喊：「夫人。」

那夫人點點頭，進了府衙大堂，見到裡面坐在主座上年紀輕輕的花顏，臉色一下子就僵了僵，畢竟花顏坐的是主人待客的位置。

不過她也算是見過世面的，顯然想著這姑娘怕是金尊玉貴，敢坐在主位上，身分自然是很高，最起碼，比她家老爺身分高，想必是一位嬌貴之客。

那夫人又笑了，連忙走上前，對花顏笑問：「敢問姑娘……」

她剛開口，花顏懶得和一個婦人說嘴皮子，對身旁的采青說：「將她給我綁了，捂住她的嘴，我不想聽她說話。」

采青應是，從花顏後面出來，不見她如何動作，三兩下便將那夫人用挽手臂的絲條給綁了。綁成了一個麵團，嘴裡塞了一塊帕子，將之扔在了花顏的腳下。

那夫人大駭，睜大了眼睛，滿臉的驚懼和不敢置信。

跟隨夫人來的婢女，此時尖叫出聲，有人大喊：「你們是什麼人？為何綁我家夫人？」

不等花顏開口，采青上前，將七八個婢女都敲暈了，頓時府衙大堂又安靜了。

五皇子也驚了驚，本來她以為花顏會和這夫人周旋片刻，沒想到這夫人剛開口，她就將人給綁了，出手很是乾脆，絲毫不拖泥帶水。

外面的士兵們也駭住了，想要湧進屋，但想起早先安十七那一劍傷了三四個人，都沒敢進屋，有人連忙慌張地去稟告縣守。

花顏也沒攔著，她等的就是縣守來。

過了大約兩盞茶，一個五十多歲身形微胖身穿縣守官袍油光滿面的老者匆匆而來，他身後跟著七八個府衙當值的官員，身後還帶了幾百士兵。

花顏坐在大堂裡瞧著，想著這個兆原縣守還不算是個酒囊飯袋，知道事情沒那麼簡單，這是有備而來，她心中冷意更甚，嘴角冷冷地勾了勾。

兆原縣守姓姚，出自姚江大族，是個旁支，因有個一母同胞的好姐姐，嫁給了隴西陳家的嫡次子，也就是如今官拜兵部尚書的陳運，所以，給他謀了兆原縣守的職，十幾年來，雖沒熬到官職再往上挪動挪動，倒也安守本分，沒出大事。

而他娶的這個夫人，是望江趙家的庶女，望江趙家與北地程家是數百年的秦晉之好的姻親，所以，她不用去查，也知道這背後定然是程家的吩咐，所以，這姚縣守才敢膽大包天在這裡攔住進京的流民。

畢竟北地程家是太后的娘家，無論是皇帝還是太子殿下，都是太后撫養長大的。

花顏心裡又怒了怒，想著她以為程家不會有這麼大的膽子，如今看來真是膽大包天了。

世家姻親如蜘蛛網，幾乎是網盡了官場，五年前川河谷水患就是因為世家子弟聯合起來官官相護，而事情鬧大後，各大世家又背後出手包庇，只不過大約沒想到雲遲鐵血手腕動手快，說殺就殺了，川河谷當年不止百姓們血流成河，官場上也一片血河。

如今北地顯然又走川河谷一帶的老路，官官相護，世家相護，那些人真就沒想過後果？難道有太后的娘家頂著天就能法外容情？

她終於明白為何雲遲說要熔爐百煉這個天下了，如今這天下，還真是不得不煉了。

姚縣守來到臺階上，看到地上躺著的夫人，還有橫七豎八地躺在夫人身邊的婢女，他也不敢置信地睜大眼睛，猛地反應過來，後退了一步，對身後大喊：「來人，將這些私闖公堂的歹人都給本官抓起來。」

第八十三章 肅清北地

花顏冷笑了一聲，沒說話。

采青倏地竄了出去，不等姚縣守退走，便一把拽住了他的衣領，將手中的劍橫在了他脖子上，冷冷地說：「你說誰是歹人？我看你是活膩歪了。」話落，她看著姚縣守身後的人，厲喝一聲，「誰敢上前，我就先殺了他。」

那些人一個個嚇破膽，不但不上前，還後退了好幾步。

雖有幾百人，但是擒賊先擒王，姚縣守被抓住，這些人便投鼠忌器不敢動了。

安十七就站在門口，護著那一老一少，連劍都沒拿出來，對采青笑著說：「動作挺快。」

采青臉一紅，沒了話，但劍穩穩地擱在姚縣守的脖子上。

姚縣守嚇白了臉，哆嗦地問：「你們……你們膽大包天……你們是什麼人？」

花顏懶洋洋地說：「將他押進來。」

采青用劍押著姚縣守，來到大堂前，抬腳踹了姚縣守一腳，他「噗通」一下子跪到了地上。

花顏看著姚縣守，輕飄飄地問：「我問你，派人抓北地來的流民，阻止他們進京，可是北地程家的意思？」

姚縣守面色大變，驚懼駭然地看著她。

花顏心知自己猜對了，想著北地程家也是忒張狂了，不止派人殺程子笑，還要派人瞞下這麼大的事兒，當雲遲是紙糊麵捏的呢？真以為捅破了天，太后娘家人的身分就能被罩著？還是說，誰給了程家這麼大的膽子？

花顏對安十六說：「給他筆墨紙硯。」

安十六意會，起身找到筆墨紙硯扔到了姚縣守的面前。

花顏看著姚縣守說：「將你知道的所作所為都寫在這張紙上，簽字畫押，若是有一字虛言，我現在就殺了你。」

姚縣守看著花顏，見她坐在那裡，一副握著他生殺大權的模樣，他哆嗦地問：「你……你到底是何人？」

花顏從袖中拿出雲遲的令牌，在他眼前輕輕地晃了晃，雲淡風輕地問：「這個認識嗎？」

姚縣守霎時白了臉：「東……東宮太子令……」

花顏冷笑：「算你還有見識，認識這個。」話落，隨意地道，「寫吧！你的命是小事兒，你們全家老小的命，全族的命，就是大事兒了。自己斟酌著些，是說實情和實話，還是說虛言假話，就看你豁不豁得出去了。」

姚縣守腿一軟，一屁股坐在了地上，渾身發抖：「說……說什麼？」

花顏冷冷地看著他：「你做了什麼，自己知道，府衙裡的大牢據說已經人滿為患了。還用我再提醒你？」

姚縣守駭然地說：「誰……誰知道你這枚太子令是真是假……」

花顏瞇了瞇眼睛，對采青說：「斷他一隻手，讓他見識見識，這太子令是真是假。」

采青見他到了這地步，命都在她劍下懸著，竟還懷疑東宮太子令真假，著實可恨，她頓時揮劍斬斷了他一隻手，出手乾脆，就如她在山上抓野雞砍斷跑著的野雞的雞脖子一般。

姚縣守「啊！」地慘叫了一聲，然後眼睛睜大，瞳仁放大，須臾，眼前一黑，暈死了過去。

花顏收起太子令，對采青說：「潑醒他。」

采青收了劍，然後出門從不遠處的水井打了一桶水，回來潑在了姚縣守的腦袋上。

外面那些人從沒見過這等陣仗，竟然轉眼間縣守就被人斬斷了一隻手，那些人嚇得腿軟，覺得怕是見到了活閻王，一下子就蜂擁的要逃出縣守府衙。

「雲暗，一個人都不准給我放出去！」花顏清聲吩咐。

雲暗在暗中應了一聲是，帶著暗衛，頃刻間守死了府衙大門。

黑衣黑面罩清一色的暗衛，如地獄的修羅鬼煞，人人持劍而立，那些人見了哪裡敢再逃。

不多時，姚縣守醒來，白著臉像見鬼一樣看著花顏，已經再說不出話來。

花顏冷聲道：「如今相信太子殿下的東宮令是真的了嗎？」

「相……相信……姑娘饒命！」姚縣守頓時認慫了，他不知道花顏是誰，但是她手裡拿著東宮太子令，敢二話不說就砍掉了一個朝廷命官的手，他此時再也不敢打馬虎眼。

「既然相信，那你寫不寫？」花顏看著他。

「寫……我寫……」姚縣守忍著鑽心的疼，用那隻沒被砍的右手拿起筆開始寫。

她很有耐心地等著姚縣守寫完，有他斷了一隻手在先，她敢料定，他寫的東西不敢再欺瞞。

五皇子本來以為花顏二話不說綁了縣守夫人已經是果斷，如今見花顏乾脆地又斬斷了姚縣守一隻手，他從沒見過這等陣仗，雖覺得跟著花顏來北地，會見識到很多以前不曾見識過的事兒，但如今後背還是出了一層冷汗。

花顏心裡窩著一團火，如今斷了姚縣守一隻手，也不能讓她發洩心中的怒氣，見姚縣守乖乖地寫罪狀，她不再言語，餘光掃見五皇子微白的臉，不由得轉過頭，對著他笑了：「怕？」

五皇子暗暗地吞了一口口水，鎮定地搖頭：「回四嫂，沒怕。」

「沒怕就好。」花顏笑著說，「這一趟北地之行，會讓你更深刻地知道太子殿下為何不喜歡他的兄弟們被養成窩囊廢了。畢竟這江山，再不整治，都快廢了。」

五皇子以前覺得南楚江山正值繁榮昌盛的時候，一直十分太平，如今才深以為然地知道根本就不是那麼回事兒。先是西南，如今是北地，背地裡這骯髒的事兒一樁樁一件件，若是一個處置不好，足以毀了江山基業。

姚縣守哆嗦著寫完了罪狀，擱下筆，白著臉看著花顏：「我已經全部交代了，求……求姑娘開恩，饒了我一家老小吧……」

采青接過姚縣守寫的罪狀，遞給花顏。

花顏接過，從頭到尾看了一眼，這罪狀中交代了程家在十日前派人來讓他攔住流民，只不過罪狀裡沒寫那人姓甚名誰，只說是程家派來的人，他不敢得罪程家人，想著攔幾個流民而已，便著手攔了，沒想到從北地而來的流民陸陸續續越來越多，將兆原府衙的大牢都裝滿了再也裝不下了，但已經做了，就更不能半途再將那些人放了。

花顏看罷，對他詢問：「程家派來的人是誰？」

姚縣守搖頭：「下官不知。」

花顏冷笑：「你不知便敢聽來人的吩咐？」

姚縣守立即說：「那人拿著程家當今家主的令牌，並且給下官送了十萬兩白銀。下官……下官夫人與程家又有親緣關係，所以……所以下官就依了。」

花顏冷哼一聲，將罪狀放下，對安十六和花容說：「你們兩個去審外面的官員和師爺，逐一審問，每人一份罪狀。」

安十六和花容點頭，立即站起身，走了出去。

姚縣守連忙說：「下官所言句句屬實，求姑娘……」

「求我沒用。」花顏冷著眸光看著他，「你敢做這樣的事兒，就該料到後果。我若是查清你這一份罪狀毫無隱瞞句句屬實，今兒我就不殺你，留著你的命，等著太子殿下裁決吧！」

姚縣守知道今日說什麼也逃不了了，一時間臉色灰敗，心裡十分恐懼，天下任誰都知道太子殿下賞罰分明，他不敢想像，若是到了太子殿下面前，是否還能有命。

姚縣守伏法，其餘人逃無可逃，早已經嚇破了膽，如今安十六和花容要審問，他們自然沒膽子瞞著，很快都寫了罪狀。

不多時，安十六和花容將七八份罪狀呈遞給花顏。

花顏逐一看過，與姚縣守所書相差無幾，她冷著臉吩咐：「十七，你帶著人去府衙大牢裡將那些流民放出來，然後將姚縣守家眷以及府衙所有官員收押進府衙大牢。」

「是，少主。」安十七點頭。

花顏轉頭又將所有罪狀遞給安十六：「十六，將這些認罪狀即刻派人快馬送進京交給太子殿下，再將鳳城大水之事告訴他。」

安十六頷首：「是，少主。」

安十七押著姚縣守及其家眷和府衙牽扯此事的官員去了府衙大牢，放出了關在府衙內的所有流民，安十六依照花顏的吩咐，選出一名暗衛，將所有認罪狀和花顏提筆簡單書寫的一封信函快馬加鞭送進京。

那老者有些激動，沒想到自己命好不但沒受牢獄之災還見證了這樣一樁辦案的奇事兒，他顫顫巍巍地接過花顏吩咐采青給的進京銀兩，含著淚一邊道謝一邊小心翼翼地問花顏是何人？

采青自然不會透露花顏身分，只說：「我們是東宮太子殿下的人。」

老者當即跪在地上，對天叩頭：「太子殿下千歲千歲千千歲。」

花顏站在府衙門口，目送著老者牽著他的小孫子離開，對花容說：「傳信給花家沿途的暗哨，暗中護著進京的流民，若有誰再動手，擒了送去東宮。」

花容點頭：「是，十七姐姐，我這就去傳信。」

五皇子此時已經平靜下來，站在花顏身邊說：「四嫂，這裡距離京城不過五百里而已，卻發生這等欺瞞之事，四哥若是知道，估計會十分震怒。」

「自然。」花顏頷首，這事兒擱誰知道，都會氣死，更何況是執掌江山的雲遲。

五皇子有些不解：「程家這是為了什麼？這麼多年，皇祖母和父皇對程家十分厚待，四哥監國後，對程家雖不如父皇厚待，但也不薄，並未打壓。程家若是一直安安分分，不出這種大罪之事，四哥將來登基，也不會針對程家的。」

花顏冷笑：「誰知道呢？也許是人心不足蛇吞象，也許是安穩張揚久了忘了自己是誰了，也許迫不得已被誰拉下水了，總之，北地災情，逃不開程家。」

五皇子轉頭看向程子笑，對他問：「你是程家人，你怎麼說？」

程子笑也冷笑了一聲：「我只是出身程家而已，程家多我一個不多，少我一個不少，在程家，我就是腳底下的螞蟻，庶出子嗣，或者說連螞蟻都不如，見不得光。」

五皇子皺眉：「你的生意遍布北地，在程家難道沒有身分？」

程子笑大笑：「五皇子，你太天真了，我為何要讓程家人知道我的生意遍布北地？等著程家人將其搶走納入族中嗎？他們蠢，一直不知道。」話落，改口，「或者最近才知道，否則也不會派大批的死士來殺我了。」

五皇子問：「你攥著程家的把柄？」

「何止？我攥著北地所有有頭有臉的人物的把柄。」程子笑也不隱瞞，得意地笑，「否則，太子妃何必費心保護我呢，我這條命……如今可比五皇子你的命值錢。」

五皇子看著程子笑，他笑得邪魅得意，他今日驚了一場，他卻絲毫不受影響，面對這樣的事兒，還能笑得出來，暗想著程子笑果然是個人物，怪不得四嫂看重他派人護著他，他的命如今確實比他一個普通皇子值錢。

他不再與程子笑多言，又看向花顏：「四嫂，如今將這兆原縣守及其家眷以及牽扯此事的官員入獄，這府衙就空了，無人辦差了，該怎麼辦？」

花顏早就考慮到了這一點，對他說：「快馬八百里加急，今日夜裡就能到京城，太子殿下知曉此事後，會第一時間派人來兆原，來人動作快的話，明日一日就能到兆原，後日便能赴任。這一兩日，留些暗衛看著府衙大牢就是了。」

五皇子尋思著說：「四嫂，我們這樣會不會打草驚蛇？」

花顏笑了一聲：「不怕打草驚蛇，就怕打了草蛇不驚。」

五皇子不解。

花顏淡聲道：「且看著吧！北地的地頭蛇膽子快大到捅破天了。」

五皇子點點頭。

安十六和安十七各自處理完花顏吩咐的事情後，又依照花顏所說，暫時封了府衙大門，調了五十暗衛看守大牢，等著雲遲派來的人接手兆原，安排完所有事情後，花顏一行人出了府衙。衙門的士兵們一個個嚇破了膽子，眼看著花顏等人離開，人人噤聲，連大氣也不敢喘。

花顏坐上了馬車，出了兆原縣後，提筆給蘇子斬寫了一封信，言簡意賅地說了她今日所知之事，信函寫好後，她遞給安十六：「通過花家的暗線，送去北地給蘇子斬，他如今一定到北地了。另外，傳我命令，北地所有暗線，保護他，萬不能讓他出任何差池。」

安十六應聲，伸手接過，立即啟動了暗線將信送去北地，也將花顏的命令傳達了下去。

花顏送走了信函後，臉色依舊不好，靠著車壁，眉目沉沉。

采青在一旁輕聲勸慰：「您別生氣，仔細氣壞了自己的身子。」

花顏輕歎：「自古以來，果然是縱容外戚最是要不得。我當初想自逐家門，也是怕花家以後走歪路。若沒有太后的關係，程家有幾個膽子也不敢如此張狂，以為在北地能隻手遮天，將北地弄成這步田地。」

采青立即說：「您多慮了，花家與程家不同，您與太后也不同。」

花顏笑了笑：「以前，太后剛做皇室媳婦兒時，程家未必不曾謹小慎微小心謹慎過，只不過幾十年了，漸漸浮躁了。花家是比程家要強百倍，但我到底是破壞了花家的規矩，自古以來，但凡規矩被打破，有一就有二，長久多次之後，便難以禁得住年年歲歲的時日打磨了。」

花容從車外探進頭，認真地對花顏說：「十七姐姐放心，您嫁給太子殿下後，我們都會好好地幫公子，教導後繼子孫好好做人，代代傳承不忘本，我們花家人，永遠不會像程家一樣的。」

花顏露出笑意，隨手探出車廂，輕輕地拍了拍花容腦袋：「花家有自己的命數和運數，是我操心太多，總想著千秋萬載，簡直是癡人。」頓了頓，她輕聲說，「其實，這世間的東西，哪有什麼能夠千秋萬載的？無論是短還是長，都有命數。」

花容小聲說：「我們花家，其實，守護的不止是花家一家，暗中也是守護著天下子民的。能救的江山，我們一定會救，能救的子民，我們從不會不救。一代又一代，無論朝代如何更替，千百年未變，十七姐姐說得對，若是有朝一日守護不了了，那麼，也就是命數到了。」

花顏「嗯」了一聲，吐了一口濁氣，「是啊！能救的江山，一定會救，除非不能救。」

後樑便是已經到了剝皮抽筋從根上爛的地步，不能救了，所以，她為花家做了選擇破舊立新，救了江山，唯一對不起的就是懷玉了。

如今，南楚能救，自然要救。

西南境地，雖因她而起，但花家全力相助，才使得西南境地短短時間收整乾淨，士農工商皆步入正軌。如今北地，她自然也要啟用花家一切能用的力量，短時間內，肅清北地，讓北地無論是官場還是民生，一片清平。

雲遲自從花顏離開後，在鳳凰西苑住了一晚，幾乎一夜未睡，看哪裡都有花顏的影子，第二日晚，他站在西苑的主屋中看著空蕩蕩的屋子，終於再也忍不住，挪回了他的鳳凰東苑住。

鳳凰東苑內沒有花顏的一丁點兒氣息，她自從進京住進東宮西苑，便沒來過東苑。

小忠子分外感慨，如今總算是回來了。

雲遲躺在東苑自己睡了十年的床上，覺得屋中分外冷清，不過自從花顏走後，他將秋試提上日程，再加上朝中諸事以及大婚事宜親力親為，一下子十分忙，累得狠了，便也沒力氣再想花顏，很快就睡了。

朝臣們發現太子殿下這兩日似乎又與以前一樣了，一個早朝下來，也見不到他扯動嘴角笑那麼一下，一時間都有些不適應，有本啟奏時，都加了十二分的小心翼翼，生怕一不小心觸太子楣頭不得好。

不過朝臣們即便再小心，這一日早朝，雲遲在收到了花顏加急書信，看到書信後，臉色一瞬間冰寒，真正地怒了。

朝臣們見雲遲看罷八百里加急信函後，臉色是前所未見的難看，一時間都在暗暗地猜測出了什麼大事兒。

雲遲沒想到他收到的魚丘縣水災的密報只不過是北地災情的冰山一角，竟然還有黑龍河決堤，鳳城被淹，受災死傷百姓不計其數，流民入京被攔這樣的欺瞞大禍。他當即目光凌厲地看向兵部尚書陳運。

陳運也正在猜測，倏地被雲遲冰寒的眼神盯住，猛地打了個冷顫，身子頓時有些虛軟。

雲遲冷冷地盯著陳運看了好一會兒，直把他看得後背冷汗森森再也立不住時，才緩緩地冷沉地開口：「本宮以為，陳尚書這個尚書是不是做到頭了？」

陳運在雲遲看來時就覺得不對，此時被他點名說出這樣一句話，面色霎時慘白，再也支撐不住，立即出列，「噗通」一聲跪在地上，「太子殿下……臣犯了何罪？請殿下明示。」

「明示？」雲遲怒笑，緩步走到陳運面前，將一疊罪狀砸到了他的頭上，「你自己看。」

陳運駭然，抖著身子抖著手拾起那些罪狀，第一個就是他小舅子兆原縣守姚德旺的認罪狀，詳細地陳述了他聽從北地程家人的教唆，攔截入京流民之事。

他看罷，身子哆嗦地叩頭：「太子殿下明鑒，臣對此事半絲不知，不曾想到他這個混帳東西糊塗做出這等事情，是臣失察，太子殿下恕罪。」

雲遲冷眼看著他：「你到底是真不知失察，還是知而縱容，本宮自然會查清楚。」

陳運磕頭不敢抬起：「臣是真不知，殿下明察……」

雲遲目光落在他頭頂上，看著他匍匐在地：「本宮想知道，是誰給了他的膽子，單憑北地程家一個信使，便讓他言聽計從知法犯法，陳尚書在京這官做得威風，助長了姚德旺的狗膽？」

陳運身子頃刻如抖篩：「臣不曾……」

雲遲打斷他的話，冷聲道：「即日起，你閉門思過。」

陳運心裡「咯噔」一下子，但此時也不敢再出聲多言，當初，他妻弟姚德旺的官是他保薦的，如今出了這樣的大事兒，太子殿下沒當堂罷免了他的官，已經算是格外仁厚了。他當即謝恩，「謝太子殿下，臣領旨。」

百官看著陳運當堂被停職閉門思過，心中都駭了駭，陳運畢竟是兵部尚書，正二品。雲遲這般當著滿朝文武的面讓他閉門思過，這是天大的沒臉。這在雲遲監國以來，還從沒有過。

文武百官紛紛想著，可見此次事大，否則太子殿下不會如此震怒，因為陳運的妻弟而讓他當堂吃了掛落兒。

雲遲罰了陳運，並沒有因此心情好，沉聲道：「北地的黑龍河於半個月前決堤，大水沖了鳳城，又被引流到了魚丘，魚丘縣千人罹難，監察御史趙仁生死不明，鳳城死者不計其數，這樣的大事兒，朝廷竟然沒收到北地來的奏報，真是好得很。」

群臣聞言，頓時譁然。

這樣的大事兒，絲毫不比五年前川河谷水患一事輕，更甚至，十分嚴重。當年太子親自去了川河谷，經歷了五年前一事的朝臣們至今依舊記得，川河谷一帶的大批官員被太子殿下斬立決，牽連了好幾個世家大族，那幾個世家大族損失慘重，至今五年已過，依舊沒緩過來。

如今北地出了這等大禍，怪不得太子殿下如此震怒。

尤其是姚德旺的認罪狀上提及受了程家的教唆，如今太后健在，誰也不會忘了北地程家，那是太后娘家。有程家參與其中，都暗暗地猜想，太子殿下會如何對程家。

一時間，眾人各懷心思，面對雲遲的冷厲怒火，皆不出頭言聲。

雲遲鳳目掃了滿堂文武一圈，看得人人心下膽顫後，他倏地笑了，語氣卻沒半絲笑意：「本宮倒想看看，南楚朝局背地裡骯髒汙穢到了什麼地步，官官相護，欺上瞞下，本宮便不信，誰的命這麼大，不怕本宮誅九族。」

「太子殿下息怒！」終於有人出聲。

雲遲冷眼看去，是御史台一位鬚髮花白的老御史孫鐸，他冷聲道：「孫老御史有何話說？」

孫鐸顫著身子道：「殿下息怒，古語云，天子一怒浮屍百萬，殿下雖未登基，但儲君亦是君，人無長論之短過，切忌以怒論過，以免殃及四方，禍極……」

雲遲冷笑打斷他的話：「御史台監察百官，卻屢屢出此大禍，長年彈劾些雞毛蒜皮之事，真正的大事兒，卻沒一樁監察出真章，老御史年邁，本宮看你可以告老了。」

孫鐸身子一顫，鬍鬚抖了三抖：「太子殿下，您……」

雲遲此時不耐煩聽倚老賣老的長篇大論，打斷他的話，沉聲道：「本宮素來賞罰分明，如今北地出此大禍，御史台有監察失職之過。孫御史年邁，老眼昏花，本宮看來已不能再任職御史台，今日便告老吧！」話落，吩咐，「來人，扶他出金殿。」

孫澤臉色真正地白了，他沒想到他只開口勸解這一句話，太子殿下便當堂罷免了他的官職，甚至比懲罰兵部尚書的閉門思過還要嚴厲，他在兩名內廷護衛過來後，頓時受不住暈厥了過去。

護衛抬起暈厥的孫鐸，摘了他的官帽，脫了他的官服，送出了金殿。

太子殿下一言罷免了一位御史台資格最老的御史，徹底讓早朝的金殿落針可聞，再無人開口，大氣也不敢出，甚至連頭也不敢抬了。

百官們猜測到，太子殿下這是在朝堂上殺雞儆猴立威，也是在告訴朝野上下所有官員，北地出此大禍，他怒極，定要嚴懲北地一眾官員，若有誰阻攔或者再私下暗中官官相護包庇，那麼，便會如兵部尚書陳運以及老御史孫鐸受牽連之罪。

雲遲發落了兩人，依舊怒意不減，但見已經達到了他要的效果，便也不再繼續發落人，沉聲開口：「梅疏延接旨！」

梅疏延一怔，出列。

雲遲淡沉地道：「本宮命你即刻啟程前往兆原縣，暫代兆原縣守一職，原兆原縣守姚德旺，斬首遊街示眾，其家眷發配嶺南，其它官員，論罪酌情處置。」

梅疏延拱手：「是，臣領旨。」

眾人心底齊齊一驚，太子殿下此時重用梅疏延，也就是告訴文武百官，他這時候相信梅家。

一個是皇后的娘家，一個是太后的娘家，太子殿下選擇相信皇后娘家，也就是他的外祖家。

眾人這時才想起，梅府二公子梅疏毓如今在西南境地與陸之凌一起鎮守百萬兵馬，而大公子梅疏延前往兆原，兆原距離京城五百里，雖是個不大不小的縣城，但卻是北地通京城的要道。

梅疏延去了兆原，也就是相當於鎖死了北地通京城的要道，朝中人員關於北地的信函往來，以及北地的聯絡走動等等，一時間，一半官員的心提了又提。

梅疏延離開金殿，快速回到梅府收拾。

雲遲在梅疏延離開後，又看了一眼噤若寒蟬的朝臣們，壓下心中的怒意，再不談論此事，淡淡地揮手：「退朝吧！」

朝臣們三叩九拜退了早朝。

梅大少奶奶得知梅疏延要立即動身去兆原，驚了又驚，還沒詢問他為何，梅老爺子便將梅疏延叫去了書房。

梅老爺子年歲已大，除了每月的朝會以及特殊日子必要時上朝走一趟，尋常時已不再上朝，如今聽聞梅疏延說了北地之事，心中也十分震怒。

他對梅疏延教誨道：「延兒，你的弱點便是寬厚心慈，你要知道，如今太子殿下選中你去兆原，是看重你，也是信任梅家。你到了兆原後，該嚴懲的嚴懲，該整治的整治，將兆原牢牢抓在手裡，切忌心善手軟，一定不要讓太子殿下失望。」

梅疏延頷首，重重地點頭：「祖父放心！」

梅老爺子見他聽進去了他的話，心中知道他的優點便是能知人善聽，放寬了些心，道：「我將青鬃衛給你帶走，兆原雖不如北地如今是凶險之地，但也是各大世家必爭之地，如今太子殿下讓兵部尚書閉門思過，又罷免了孫老御史的職，短時間內，有這般震懾，想來無人敢輕舉妄動，但也保不准狗急跳牆，總之，你萬事多加小心。」

梅疏延應是：「多謝祖父。」

雲遲在早朝上的一番震懾，震動了朝野。

皇帝聽聞後，命王公公前去請雲遲前往帝正殿詢問。

雲遲也正要找皇帝，於是，下了早朝後，便去了帝正殿。

皇帝見到雲遲後，見他臉色極差，監國四年來，從不曾見他如此震怒過，他對雲遲詢問：「北地局勢十分嚴峻？」

雲遲見禮後坐下身，將花顏給他的信函以及姚德旺的認罪狀交給皇帝過目，同時沉聲道：「何止嚴峻，北地如今怕是遍地災情和死屍。」

皇帝接過，先看了姚德旺的認罪狀，又看了花顏給雲遲的信函，看罷之後，他也震怒道：「真是膽大包天，這程家是反了天了。」

雲遲冷聲道：「程家反沒反天兒臣不知，只知關於北地災情，程家躲不開。」

皇帝又氣又恨：「是朕這些年念在太后的面子上縱容了他們，朕一直以為，他們幹不出大禍之事。」

雲遲淡淡看著皇帝：「如今說這些都沒用，背地裡應該不止程家一家參與其中，否則，兒臣不至於只收到一份密報，若不是太子妃從行乞老人的口中得知黑龍河決堤鳳城被淹，至今兒臣還不知有這等事兒。程家雖是北地大族，但也不至於這般隻手遮天，程家不過是頂在頭頂上的那個罷了。」

皇帝深吸一口氣：「你打算怎麼辦？出了這等大事兒，可要親自去北地？」

雲遲搖頭：「兒臣不去北地，北地有蘇子斬和太子妃在，兒臣相信他們。」話落，他看著皇帝道，「兒臣要藉此機會動些老人，只想問問父皇，捨不捨得。」

皇帝如今正在氣頭上，剛想吐口說你只管動，但看著雲遲神色，話又吞了回去，謹慎地問：「你想怎麼動？動什麼人？」

雲遲寡淡地道：「但凡與北地災情有牽扯的人，無論是保薦者如兵部尚書，亦或者監察不嚴的御史台，再或者與北地來往頻繁的朝廷官員，以及其身後的世家大族。五年前，川河谷水患，兒臣沒有監國，也沒有監控朝臣之能，只懲治了涉案之人，奈何不了牽扯之人，如今，既然北地官員敢生這個亂子，兒臣就敢牽一髮而動全身，將他們的骯髒汙穢曝曬於陽光下！」

皇帝聞言提起心，對雲遲道：「如今你雖監國四年，根基算得上穩，若是動手清朝局，還不是好時候，如今是否再忍忍？」

雲遲沉沉地說：「早是早了點兒，但父皇，什麼時候算是時候正好？多拖一時，不見得就能安穩無憂。從西南境地回來時，我就有心清理北地，只不過是想等著我與太子妃大婚後再動手，可是短短時日，卻出了這等事情。若是早些動手，未必北地就出這麼大的亂子。」

皇帝一時沒了話，沉默片刻，道：「若是動作太大，朕怕你適得其反。」

「兒臣不怕。」雲遲冷寒地道，「以天下民生為己任，是為君之道。兒臣雖身為儲君，但亦知天下百姓無辜，官官相護，政績腐敗，暗中汙流，朝中蛀蟲，一日不整，一日為禍。」

皇帝見雲遲主意已定，也覺得他說的話不是誇大其詞，北地如今這般嚴峻，也與他一直以來對北地的不作為息息相關，真是太過縱容了，如今為禍一方。一方不穩，動亂的話，天下堪憂，他懂得很。

於是，他又沉默片刻，點頭：「既然如此，你想如何便如何吧？朕無能，累你辛苦，如今北地事態嚴峻，秋試之事，是不是推遲到明年？」

「不推遲，秋試照常進行。」雲遲沉聲道，「兒臣也正好趁機看看這天下，北地的汙穢到了怎樣洶湧的地步。秋試是一個試金石，也是一把試路劍。」

皇帝頷首：「你需要朕做什麼？」

雲遲看著皇帝，面色稍溫，他這個太子，最幸運是沒有一個拖後腿的父皇，從小到大，一心培養他做接班人，幾乎所有事情，他雖偶爾持不贊同的意見，但最終還是會支持他。

他溫聲說：「父皇不需要做什麼，您只需要好好地休養身體就好，若是兒臣動手後，有人來您的帝正殿哭訴的話，您將人趕出去就是了。」

皇帝點頭：「這個容易。」話落，對他又問一遍，「當真不需要朕相助？」

雲遲歎了口氣，依舊搖頭：「父皇心善手軟，若是讓您動手，你下不去手。」

皇帝默了默，也逕自歎了口氣：「你說得對，罷了，隨你吧！」

雲遲從帝正殿出來，望了一眼甯和宮的方向，太后那裡沒派人來請他，但他還是對小忠子吩咐：「你去甯和宮一趟，將北地程家對兆原縣守教唆牽扯災情流民一事對太后說說。」話落，囑咐，「太子妃去北地之事，以及她的信函，就不必說了。只說是我派去的東宮幕僚，本意是前往北地配合蘇子斬，不曾想半路在兆原縣撞破此事。」

小忠子應是：「奴才明白，奴才這就去。」

雲遲又向北方看了一眼，在帝正殿門口駐足片刻，收回視線，冷著眉目去了議事殿。

太后也聽聞了早朝之事，聽說了兆原縣守攔截流民一事與程家有關，雖如今只是個說法，沒確鑿查清詳情，但她覺得十有八九是真的了，又隱約得知北地那麼大的災情朝廷竟然沒收到北地來的奏報，只太子殿下收了一份密報後，心裡也十分震怒，想著程家真是活膩了。

有雲遲提早給她打的預防針，她心裡倒也不多難受，更多的是震怒生氣。

周嬤嬤在一旁為太后拍背順氣：「太后，您別氣，當心氣壞了身子。」

太后閉上眼睛：「是哀家錯了，哀家太縱容程家人了，這不是對他們好，是害他們。之前哀家聽聞花顏答應太子後，要自逐出家門，彼時還覺得她作天作地矯情得很，如今卻明白了，她是不想害花家，她年紀輕輕，比哀家看得透徹，可惜哀家活了一輩子，還需要人教。」

「也不怪您，從您嫁進宮，再沒回過程家，是他們不爭氣。」周嬤嬤小聲說。

太后又歎息幾聲，不再說話。

小忠子來到後，依照雲遲的囑咐，將事態說了一遍，然後偷看太后的臉色。

太后臉色雖不好，但神色倒是平靜，對小忠子道：「你告訴太子，該如何做，就如何做，不必顧忌哀家。哀家永遠是皇家的太后，是他的皇祖母。」

小忠子叩首：「是，奴才一定一字不差地將太后您的話轉述給太子殿下。」

太后點頭：「也告訴他注意身子，人身都是肉長的，不是鐵打的。」

小忠子垂首應是。

太后忽然想起花顏，又問：「哀家聽聞太子妃離京了？哀家還以為中秋後她會來與哀家道別呢？怎麼走的不聲不響的？」

小忠子立即說：「回太后，太子妃接到花家公子的書信，便急急離京了，那時正下著雨，她便沒來打擾您，她走時說，請您見諒，她總歸過幾個月後是要嫁進東宮的，到時候就常來給您請安了，請您勿掛念。」

太后笑起來：「這個孩子，還真怕她那個哥哥。」話落，對他擺手，「好好侍候太子，如今太子妃走了，他身邊沒個知冷知暖的人兒，你一定要盯著他休息，可別累壞了，若是累壞太子，哀家唯你是問。」

小忠子心下一苦，連忙應是：「奴才一定好好盯著太子殿下。」

雲遲到了議事殿後，提筆給花顏寫了回信，信中將他當堂讓兵部尚書回府閉門思過，罷免了孫老御史的官職，以及派了梅疏延前往兆原之事告知了她。

同時又讓她在北地放開手查辦，但凡她查出的東西，第一時間八百里加急交給他，但凡京中朝堂上有牽扯此案的人，他都會在京城將牽扯此案的人以及背後的家族剝皮抽筋。

又說到此次北地之事，與五年前的川河谷水患雖相同，但是他不會同日而語地如當年那般處置，一定要從野到朝，從下到上嚴懲不貸。

最後，又說北地事態嚴峻，風聲鶴唳之下，怕是會狗急跳牆反撲，叮囑她萬事小心。

雲遲選花顏為太子妃時，只因心之所向，夢寐以求，從沒想過要讓她做為他披荊斬棘的那把劍，只覺得她陪在他身邊，與他並肩看天下就好。如今，還未大婚，她為他扛起了披荊斬棘的利刃，他忽然覺得，他配不上她。

她這一世，本該悠閒悠哉地過著清平的日子，他卻死拽著她將她拖進漩渦。這個天下，是南楚雲家的，是他雲遲肩上的責任，而她，為他承接了一半。

他封好信函後，看著厚厚的信函，長長地吐了一口濁氣，喊出雲影，將信函交給他：「祕密送去給太子妃，不要讓朝中人探查到動靜。」

雲影應是，接了信函。

「從今日起，密切注意京城出去的信件，一旦有前往北地的信件，都給本宮攔下來。」

雲影又應是。

雲遲交代完，擺擺手，雲影退了下去。

雲遲負手立於窗前，外面有人稟告：「殿下，梅府大公子說啟程前見殿下一面。」

雲遲回轉身：「請進來。」

不多時，梅疏延進了議事殿，對雲遲見禮後，詢問，「殿下，臣此去兆原縣，殿下想臣怎麼做？」

明面上的話是明面上的，他此意在問，雲遲可有別的不能拿到明面上的交代。

雲遲沉聲道：「本宮讓你暫代兆原縣，但意在讓你將來外放到北地。」

梅疏延一愣。

雲遲看著他：「若是將來將你外放到北地，做北地的鎮北督察史，你可願？」

梅疏延心裡驚了驚，他如今在翰林院從五品，若是一躍到鎮北督察史，那麼就是正三品，而且，京中人才濟濟，他雖有些才華，但也不是十分顯眼，如今顯然雲遲要重用他，讓他以兆原為踏板，外放到北地做鎮北督察史，那是實實在在的實權，也就是說，替他將來監察北地官員。

他心下激動，當即跪在地上：「臣願意。」

雲遲點頭，伸手扶起他：「表兄既然願意，就好好治理兆原，若是兆原在你手中成了鐵板一塊，北地與京城來往悉數瞞不過你的眼時，本宮再派人替你，多不過半年，本宮就調你去北地。彼時，北地就交給你做本宮的眼睛了。」

梅疏延心中頓時升起了一股豪情：「臣一定不負太子殿下信賴。」

雲遲微笑：「你心中有數就好。」話落，他吩咐，「來人，拿一壺酒來。」

有人立即端了一壺酒進來。

雲遲親手倒了兩杯酒，一杯端給梅疏延：「本宮以這杯酒敬你，你素來心善仁厚，想必你來找本宮之前，外祖父已經與你說了些話，本宮便不多說了。本宮將來要這天下四海河清，所以，心善寬厚對百姓而言是福，但手有利刃，也要用起來，懲治貪官汙吏，也是為百姓造福。本宮選你前去，也是以這兩點為考量，萬望表兄能記住本宮的話。」

梅疏延接過酒杯，重重頷首：「太子殿下放心，表弟放心，殿下為天下萬民，臣鞠躬盡瘁，以殿下之命是從，願萬民安順，四海河清。」

「好。」雲遲頷首，與他碰杯。

二人一飲而盡杯中酒。

梅疏延喝了酒後，告辭出了議事殿，腳步如風，比來時快了許多。

梅疏延離開後，小忠子從甯和宮回到議事殿，稟告轉述了太后的話，雲遲聽罷點頭：「皇祖母不糊塗，本宮心下甚慰。」

小忠子也覺得太后沒拖太子殿下後腿，讓他心下也敬愛了些。

第八十四章　梅花印

花顏一行人離開兆原縣後，行出百里，又遇到了兩批殺手死士。這兩批殺手死士與之前相比更為狠辣陰毒，箭上都淬有劇毒。

雲暗的暗衛中，重傷中了毒箭者三人，兩匹拉車的寶馬中了箭，倒地不起。幸而天不絕在，所幸，保住了三名暗衛的命，但兩匹馬卻命中要害沒救回來。

雲暗在血腥中跪在地上對花顏請罪：「主子，沒抓到活口，除了被我們斬殺的，其餘幾人服毒自盡了。」

花顏冷著臉頷首，聲音溫和：「不怪你，起來吧！」

雲暗站起身，對花顏道：「這兩批人不是北地程家的人。」

「我知道。」花顏臉色清寒，「死人未必不會說話，將這些屍體仔細地查，定能查出些東西來。」話落，囑咐，「小心些，仔細他們身上有毒。」

雲暗應是。

花顏不再急著走，而是站在車前，看著雲暗逐一徹查。

五皇子雖然知道跟隨花顏來北地會有些驚險，但也沒想到還沒到北地，他們這一路上便遇到了好幾批殺手，這些殺手死士，是真正地血腥殺戮，要的是他們所有人的命。不過幸好花顏手中有雲暗隱衛，還有花家暗衛，否則，這兩批前後不足半盞茶出現的殺手，沒有強大的暗衛相護，他們此時已丟了命。

程子笑冷眼看著遍地死士，對花顏說：「看來，北地境況十分嚴峻，這些人應該知道災情之事瞞不住了，想在太子殿下派人來之前，把能捂的捂住，比如我手中攥著他們的東西，把我毀了，東西自然就拿不出來了。」

花顏點頭：「自然是瞞不住了，否則也不會層層關卡之下，還讓流民到了兆原。通往兆原的路有好幾條，大片災情之下，人手不夠，堵不住所有的路，兆原是入京的最後一處要道，想入京，必經兆原。所以，才讓兆原縣守設最後關卡，攔了流民。」

程子笑點頭：「可見事態有多糟，還沒到北地，便一批又一批的殺手，這若是踏進北地，怕更是明目張膽了。」

花顏冷笑：「不怕他們明目張膽，就怕他們這時收起了狗膽，剪了尾巴藏起來，一旦藏得深，倒不好查了。」

程子笑想了想說：「倒是有這個可能，但最可能的是，如今他們派殺手死士，一旦知道殺手死士奈何不了我們後，怕是會動兵。太子妃可知道，北地的駐北軍零零散散有二十萬。」

花顏皺眉：「有這麼多？」

程子笑點頭：「太子妃應該知道，南楚兵權一分為四，皇上攥了一份，太子監國後，便給了太子殿下。武威侯攥了一份、敬國公攥了一份，安陽王攥了一份。太子的兵權分在兩處，一處是距離京城五十里的西山兵馬大營，有二十萬兵馬。一處是西南邊境，有三十萬兵馬。」

花顏點頭：「這我知道。」

程子笑繼續道：「武威侯、敬國公、安陽王的兵權分別有二十萬，但卻被拆散了分配在東南西北四境之地，也就是分了四處。三府爵位代代相傳，如今距離太祖建朝已經四百年，這兵權，除了西山兵馬大營在皇上和太子眼皮底下，西南境地的兵權自太子監國從皇上手中接收後重新整頓外，其餘的三府兵權，一直遵照舊例，論掌控程度，皆不好說。」

花顏瞇了瞇眼睛，看著程子笑：「你的意思是，如今這三府，已掌控不了手下的兵權了？」

程子笑搖頭又點頭：「也不能說全然掌控不了，但畢竟三府的兵權太零散了，太祖爺給兵權，是重視信任三府，但同時也不是對三府全無設防，也是為了互相牽制。」

「三府兵權雖各二十萬，東西南北四境之地各五萬，每一代，三府都派近親子嗣信任人接手，分派到四境之地掌軍，雖集中調令在三府掌權人手中，但四百年，代代相承之下，他們在京中對千里之外兵權的遙控力卻是一代比一代弱。到了如今，誰能保證他們手下的兵不叛變？明著是三府中人，但私下裡，難保不背叛投靠了別人。」

花顏抿唇：「你這樣說來，的確有道理，我倒是沒想到這一點。」

程子笑冷笑：「太子妃要知道，我是從北地泥裡打滾混出來的人，對於北地那些人，背地裡的蠅營狗苟，我實在是太瞭解了。他們是敢將手伸進軍中的。」

花顏冷了眉峰：「我還在想他們憑什麼有這麼大的膽子敢這般欺瞞朝廷，怕是有心人要在北地擁兵自立吧？」

安十六在一旁聽著，頓時一凜：「若是這樣的話，少主要另做安排了。」

花顏頷首：「不錯，防患未然，有備無患。」

經由程子笑提了軍隊一事，花顏當即採納了這種可能，她立即又給蘇子斬去了一封信，告誡他，到了北地之後，沒等到她與他會合之前，一定不要露面，一旦露面，必有危險。

畢竟蘇子斬是奉了雲遲之命前往北地處理北地災情的人，雲遲雖未對他委任官職，但卻給了他自行查辦權。

這樣的大權，在朝中是過了明路的，如今人人都知道蘇子斬去了北地。而北地的人，應該早已經得到了消息。

他們知道蘇子斬的厲害，畢竟這些年，子斬公子的名聲不是吃乾飯的，北地如此事態，怕牽扯的不止北地程家一家，應該牽扯了北地上下抱成團的一大批人。

若是蘇子斬要動他們，他們怕是會不惜一切代價，也要殺了蘇子斬。只要殺了蘇子斬，那麼，北地那些人會暫且安穩，暗暗與雲遲對抗博弈。

雲遲一是在朝中走不開，二若是他親自去北地，那麼等著他的也是龍潭虎穴。說不準他們還會動了殺雲遲之心，或者，已經動了。

如今擺在蘇子斬面前的有三條路，一條路是暗中徹查，暫不露面，等著她去；一條是他露面，以他與雲遲素來不合為幌子，暫且與這些人與虎謀皮，他在明處虛與委蛇，她到了之後在暗中做該做的事兒；一條是他露面，乾脆地與北地那些人對抗，不是他除了他們，就是他們殺了他。

若是讓花顏琢磨著選，她自然要為蘇子斬選第一條。

一是蘇子斬身體還未大好，與那些人虛與委蛇耗費精力，一個不小心，便會栽跟頭；二是他公然動手，以他的本事，雖做好了準備，怕是也與她一樣，沒想到北地軍隊，那麼，一旦那些人動用軍隊，一旦動手，輸面會很大。

所以，在程子笑點破後，她當即書信一封，千叮嚀萬囑咐，讓他等她到了商議之後再針對北地事態定奪，特意提了軍隊怕是有可能參與之事。

寫好書信後，花顏交給安十六：「用最快的線，送去給子斬。」

安十六知道事態緊急，鄭重地點頭。

雲暗將所有死士查了個遍，最終在一人身上查到了梅花印，帶著那人來花顏面前稟告。

花顏瞳孔微縮：「竟然是梅花印。」

程子笑好奇：「這梅花印太子妃識得出處？我倒未曾聽聞誰家以梅花為印養暗衛死士。難道這批人不是北地派來的人？」

五皇子也未曾聽聞，也看著花顏。

花顏輕飄飄地說：「識得。」

程子笑看著花顏，見她臉色平靜，語氣卻似有不對，他試探地問：「這梅花印的來歷可是十分不同尋常？」

花顏慢慢地點頭：「是很不同尋常。」話落，她輕聲說，「是前朝的皇室暗衛印記。」

程子笑陡然一驚。

五皇子也頓時驚了，脫口說：「前朝亡國四百年了，怎麼還會有梅花印的暗衛在傳承？」

花顏身子有些冷，伸手抱住肩膀，輕若雲煙地說：「我也不知道為何。」

安十六、安十七對看一眼，都沒說話，同時也十分心驚。前朝皇上暗衛的存在意味著什麼？最簡單的一點，是意味著前朝皇室的人還有血脈活在當今世上。

他們不由得想到了後樑懷玉帝，都說懷玉帝是後樑最後一顆啟明星，在懷玉帝飲毒酒死後，太祖爺讓所有後樑子孫都隨懷玉帝陪葬了，不曾聽說有漏網之魚，在世人的認知裡，後樑已經絕後了。

可是如今，這梅花印卻是實實在在的梅花印。

天不絕一路上都不怎麼管這等事兒，他只負責看顧花顏的身體，治病救人，如今看花顏神色，生怕她已經不再犯的癔症再犯，來到她身邊，對她說：「你確定這是後樑皇室暗衛的梅花印？一個梅花印，做不得假嗎？興許是哪個家族養暗衛，覺得這個印記不錯，以此為印呢？」

花顏盯著那暗衛心口處的梅花印說：「不是假的，後樑皇室的梅花印，以皇室祕辛手法為印，一旦印刻上，除非挖骨，否則終生不會掉，從植入伊始，便如長在骨頭裡的梅花。這種手法，只有後樑皇室嫡系中人會，直到後樑滅亡，也從未被外人所知。」

天不絕也有些心驚：「這麼說，後樑皇室未絕後？還有人倖存活在這世間？」

花顏模棱兩可地說：「興許吧！」

天不絕看著花顏，她臉色平靜，眼裡卻有些虛飄，他心裡沒底，提著心說：「小丫頭，仔細身子。」言外之意，可不能再嘔心頭血了。

花顏點頭：「我知道。」話落，對雲暗道，「將這個死士的屍首找一個冰棺先收起來，待我書信一封給太子殿下，再做定奪。」

雲暗垂首應是，他自從知道花顏是四百年前的淑靜皇后，震驚駭然後，徹底投靠了她，這一路護著她前往北地，也沒想到竟然在這一批殺手裡見到了梅花印。

他們身為太祖爺傳承下來的暗衛，對梅花印自然知道，也知道這梅花印的出現意味著什麼。梅花印存在這世間，必有後樑嫡系子孫在代代傳承。

而太子妃四百年前曾是後樑的淑靜皇后，沒有誰比她更真切地認識梅花印。

花顏久久地站在原地沒動，安十六、安十七、花容、天不絕四人知道內情，也都不言語，靜靜地陪著她。

程子笑和五皇子覺得花顏十分不對勁，一時間也猜不透她在想什麼。

采青從車中拿了一件披風出來，輕手輕腳地為花顏披在身上，小聲說：「太子妃，夜深露重，秋風寒涼，您仔細身子。」

花顏「嗯」了一聲，伸手攏了攏披風，對一旁的安十六說：「給哥哥去信，讓哥哥查查梅花印。」

安十六應是。

花顏轉過身，對眾人說：「走吧！繼續趕路。」

五皇子這時忍不住開口：「四嫂，後樑皇室暗衛梅花印出現之事，你不告知四哥嗎？」

花顏腳步頓了頓，搖頭說：「先不告訴他吧！」

五皇子不解：「為何？這樣的大事兒，為何不告訴四哥？」

花顏剛要回答，前方有快馬疾馳而來，轉眼，便來到了近前，那人見到一行人，目光掃了一圈，翻身下馬，單膝跪在花顏面前，將一封厚厚的信函呈遞給她：「雲意攜太子殿下信函拜見太子妃。」

花顏看了他一眼，伸手接過，笑了笑：「起來吧！出了什麼大事兒？太子殿下怎麼讓你來送信函？」

雲意站起身，恭敬地道：「收到太子妃的信函和姚德旺的認罪狀後，殿下已不相信京城通往北地的驛站，雲影便派了卑職親自來給您送信。」

花顏點頭：「你先去一旁歇會兒。」話落，對安十六說，「給他拿些糕點茶水。」

安十六頷首，示意雲意跟他來。

十二雲衛在西南境地時與安十六、安十七打過無數交道，分外熟悉，雲意點頭，跟著安十六去了一旁歇息。

花顏打開雲遲的信函，從頭到尾看了一遍，看罷之後歎了口氣，對一旁的五皇子溫聲說：「太子殿下坐鎮京中，除了要操神川河谷一帶水患治理別出亂子外，還將今年的秋試提上了日程，再加上籌備我們的大婚，查辦北地災情牽扯的京中一干人等，如今諸事都加在他身上，他鐵打的身子也受不住。這梅花印之事，我先讓哥哥來查，等查出些眉目，再與他說也不遲！」

五皇子聞言點頭，慚愧地說：「四嫂說得是，是弟弟不對，聽聞前朝的梅花印，心下駭然，恐四哥不知，危急江山，四嫂恕罪。」

花顏笑了笑：「不枉你四哥辛苦教導兄弟們一場，你想立即告訴他，也沒有什麼不對。不過你放心，既然被我所知，與他知道一樣，我會查個明白的。」

五皇子又對花顏拱了拱手：「弟弟相信四嫂。」

花顏不再多說，提筆給雲遲回信，信中提了北地程家的暗衛要殺程子笑被雲暗捉了一個活口，又提了在程家暗衛之後，又有兩批死士，十分陰狠毒辣，沒能留下活口，正在查明身分。

說完了刺殺之事，又提了程子笑所言的怕北地軍中也有參與之事，那麼早先她制定的計畫怕是要有所更改了。她也覺得十有八九北地軍中會叛亂，武威侯府、安陽王府、敬國公府在北地各有五萬兵馬，四百年來，明面上是三府掌控兵符，但是背地裡如何，不好說，所以，她問問他意見，看看該如何施為？

說完了這兩件事兒後，又提到若是再有信函，不想走朝廷的驛站，覺得不安全，就將信函派人送去山珍館，交由花家的暗線，送來北地好了，不必雲意特意跑一趟。如今尚且在路上，路程短，若是一旦她到了北地，那麼路程遙遠不便。

最後，她又讓他必須仔細注意身子，她可不想從北地回來後看到他瘦成麻秸稈的模樣，她如今記著他的斤兩呢，若是他身上掉一塊肉，她就敢跟他悔婚不嫁了。

這也算是威脅了。

花顏覺得沒寫多少，待寫完後，將信函封起來一看，也是厚厚的一摞。她好笑地揉了揉眉心，她與雲遲都是素來乾脆果斷的人，如今兩個人在一起，反而彼此絮絮叨叨磨磨唧唧了。

她將信函掂了掂，喊來雲意，遞給他：「路上小心。」

雲意伸手接過：「太子妃放心。」話落，行了個告退禮，翻身上馬，須臾，馬蹄聲向京城方向疾馳而去。

安十六已經為馬車重新換了馬，花顏對眾人道：「繼續趕路吧！」

眾人點頭，騎馬的騎馬，坐車的坐車，一行人繼續向北而去。

花顏上了馬車後，躺回錦被裡，明明深夜，卻沒多少睏意，她盯著車棚頂看了一會兒，對采青說：「若是讓三府上交北地的兵權，你說，他們會同意嗎？」

采青想了想，小聲說：「奴婢覺得敬國公府一定會同意的，單不說敬國公府是您的半個娘家，只說敬國公耿直忠心，私下裡早就找過殿下，有上交兵權的心思，只是太子殿下監國後，短時間內不想打破平衡，所以，才一直沒答應。」

花顏點頭：「嗯，確實像是敬國公會做出的事兒。」話落，又問，「其餘兩府呢？」

采青搖搖頭：「其餘兩府說不準，不過如今子斬公子負責查辦北地災情一事，武威侯應該會相助子斬公子的吧？他只有子斬公子一個嫡子，繼夫人至今未給他生下一兒半女。他手中的虎符，按理說，將來也是要傳給子斬公子的。」

花顏不語。

采青看了花顏一眼，車廂內小顆的夜明珠微光照在她面上，她神色平靜，眉目淺淺，她又道：「至於安陽王府，安陽王生性風流，世子也是個風流性子，本就棄武從文，雖手握著兵權，一直以來也是交給族中從武的子弟，這一代，書離公子文武雙全，不過他似乎沒有接手的打算，至今內裡對這兵權是如何掌控的，也不好說。」

花顏頷首：「先等太子殿下回信吧！看看他怎麼說。」

采青將花顏身上的被子往上拉了拉，將她蓋了個嚴實：「太子妃，您睡吧！昨日到今夜，您都沒怎麼睡。」

花顏點點頭，閉上了眼睛，腦中想著時隔四百年後再看到梅花印，真是意外中的意外。

花灼自從花顏進京，將雲霧山翻了個底朝天，也沒有找到他想要的，正準備進京時，見安十三從京城回來，安十三著急地要將花顏自己下魂咒的事情告訴花灼，所以，頭未梳臉未洗衣服未換，一身風塵地到了花灼面前。

花灼即便由秋月陪著，每日藥膳料理照顧他身子骨，但依舊清減了許多，見到安十三，他立即問：「出了什麼事兒?怎地這般急迫?」

安十三喘了口氣，將京中發生的事兒與花灼說了一遍，說到太子殿下帶著少主進皇宮禁地溫泉宮後，少主被封死的靈識回歸本體，想起了魂咒是她自己被迫無奈所下之事。

花灼靜靜地聽著，將所有事情聽罷，長久地沉默。

安十三坐在一旁，看著花灼，等著公子示下的同時，既心疼少主，又心疼公子。

一旁的秋月受不住，躲去了一旁大哭起來。

這個消息，對於花灼和秋月來說，無異於晴天霹靂，知道了這件事兒，還不如不知，至少，他們心中會存著希望，總有一日，魂咒能解，可是如今花顏告訴他們，魂咒是她自己所下，永世無解，那麼，哪裡還有什麼希望？

秋月傷心至極，悲慟之下，哭得暈死了過去。

花灼長久地沉默後，轉過身，看向遠處倒在鳳凰木下的秋月，看了一會兒，起身走了過去，彎身將秋月抱了起來。

安十三看著花灼一言不發平靜至極的模樣，只怕心中已難受至極，他擔心的說：「公子？」

花灼閉了閉眼，嗓音沙啞：「既是她的命，還能有什麼辦法？」頓了頓，又說，「我倒寧願她死在四百年前，身死魂歸，我沒有這個妹妹。」

安十三眼睛也頓時紅了。

花灼睜開眼睛，眼底一片平靜：「去歇著吧！」

安十三應是，退了下去。

花灼抱著秋月，看著偌大的雲霧山，目光落在鳳凰木上那盞長明燈上許久：「來人。」

「公子。」有人應聲出現在花灼身後。

「備船，回府。」

「是。」那人應聲。

不多時，花灼帶著秋月，乘船乘車回了花府。

臨安一如既往的繁華，花府一如既然的熱鬧，沒有因為花灼不在府中而冷清，也沒有因為花顏離開而打破往常，花府的一眾人等，過著尋尋常常的快樂日子。

花灼回府後，也沒有驚動一牆之隔的花府，而是回到了自己的院子。路過花顏苑時，花灼駐足看了許久。

秋月醒來時，發現自己躺在花灼的床上，她哭得眼睛紅腫的睜不開，費了好半天的勁兒，才睜開了一條縫，透過縫隙，他看到了疲憊地靠著床頭半躺著的花灼。

她嚇了一跳：「公子？」

花灼「嗯」了一聲，眼睛依舊閉著，詢問，「醒了？」

秋月點頭，愣愣地看著他有些回不過神來，過了片刻，恍然記起她昏迷前聽到的消息，頓時起身，伸手拽住了花灼袖子，急急地問：「小姐説魂咒是她自己給自己下的？永世無解？」

花灼睜開眼睛，看著她，秋月長得也算是個美人，只不過是擱在花家，這美便被比得不顯眼了，如今她的臉哭成了花貓，眼睛紅腫不堪費很大力才能睜開一條縫，真正算得上醜透了。但花灼看慣了秋月動不動就哭鼻子，所以，他拿出帕子遞給她：「擦擦臉，比花貓還醜。」

秋月接了帕子扔掉，又忍不住想哭：「那小姐怎麼辦？她若是出事兒，我怎麼辦？我不能沒了小姐……」

說著，眼淚劈里啪啦又從縫隙裡往下掉。

花灼不客氣地說：「她都沒哭，據説自從知道魂咒是自己下的時，竟是笑了。你哭什麼？當心再哭下去，把眼睛哭瞎了，她還沒死，你就已經看不見她了。」

秋月一噎，頓時止住了眼淚。

花灼奪回帕子，動作不太溫柔地給秋月擦了擦眼睛，平靜地說：「好歹還有五年，把你的眼淚留著，五年後再哭也不遲。」話落，補充，「她死了，你還有我。」

秋月愣愣地看著花顏，須臾，撲在他懷裡，又哭了起來。

花灼撇開臉，似對她這般難看的哭相不忍直視，過了一會兒，見她不停，又將頭扭回來，慢慢抬手，輕輕地拍了拍她的後背，溫聲說：「對比尋常人，她多活一世，總歸是賺了的，別哭了！你即便哭死，也代替不了她。」

秋月只哭著不吭聲。

花灼歎了口氣：「真不知道你怎麼這麼多眼淚，我與妹妹自小就不愛哭，你跟著我們長大，怎麼就沒學了我們？這般愛哭，多少江河的水也不夠。」話落，又道，「也罷，你若是哭瞎了，我將你送回北地懷王府就是了，眼不見為淨。」

秋月頓時又止住了眼淚，哽咽地說：「我不回去，死也不回去，我就要跟著公子。」

花灼嗤笑：「我不喜歡眼瞎的。」

秋月癟了癟嘴，小聲說：「我不哭就是了。」說著，她坐起身，用袖子猛擦眼淚

花灼看看自己身上的衣服，又看看她的，狠狠地揉了揉眉心：「好好的兩身衣服，被你這般糟蹋了。」

秋月聞言低頭一看，花灼胸前一片髒汙，她身子僵了僵，小聲說：「我這就去洗。」

花灼聞言俐落地解開外衣扔給她：「去吧！這就去。」

秋月抱著衣服跳下床，快速地出了房門，當將衣服放在盆裡搓洗時，才想起她本來還要與公子說小姐的魂咒呢，怎麼就被他這般打發出來了？

公子怕是比她還要難受吧?他與小姐雖不是雙生子,但兄妹情分卻是如山似海,這些年,彼此相互扶持著一起長大,沒有小姐,早就沒有公子這個人了。

她想著,又止不住地紅了眼睛。

花灼給秋月找了事情,將她打發出去後,屋中靜了下來,他又閉上了眼睛。他能夠理解花顏瞞著雲遲魂咒之事,他雖與雲遲接觸的不多,無非是他來臨安求親時住的那幾日,但他知道,雲遲十分愛重花顏,怕是更受不住她只有五年性命。

花顏不想毀了他,為了南楚江山萬民百姓瞞著他,也無可厚非。

他只有這一個妹妹,既然瞞著雲遲,看著他熔爐百煉天下,四海河清是她的心願,那麼他這個當哥哥的,理當幫她達成心願。

兄妹一場,也是他修來的福氣,可以說,沒有她,他早就死了,更清楚明白生命的意義。若是但凡有一絲可能,她是萬不會不要自己的命的。

魂咒永世無解,四百年前,她沒給自己留退路。如今四百年後,也算得上是因果循環。不能倒回四百年前,誰又如何能改了這因果?

秋月洗完衣服回來,對花灼說:「公子,我想去北地。」

花灼看著她:「你不是打死也不回懷王府嗎?改主意了?」

秋月搖頭:「才不是,我不是要回懷王府,而是想去北地幫小姐。」

「她用不著你幫。」花灼不客氣地說,「你老實待著吧!若是你到了她身邊,動不動就哭,她還得抽出力氣哄你,你哪裡是去幫忙,明明是要去添麻煩。」

秋月跺腳:「公子這是埋汰我呢,這些年我一直跟在小姐身邊,她也沒有嫌棄我麻煩,我也沒有動不動就哭，多數時候，我都是能幫得上忙的。」

花灼瞧著她，眼睛用冰水敷過，沒那麼腫了，總算也沒那麼難看了，他依舊搖頭：「如今她不比以前，你就乖乖地在我身邊待著好了。」

秋月看著他，使用懷柔政策：「您就不擔心小姐嗎？」

「不擔心！」花灼搖頭，「能過得好時，她從不虧待自己，你也別擔心了。」

秋月沒了話，無奈地耷拉下肩膀。

花灼看著她蔫頭蔫腦的模樣，勾了勾嘴角，難得心情好了些，這些年，她跟在花顏身邊，學了她許多東西，也學會了在他強硬時不敢對他反抗。

傍晚時，安一來見花灼，交給他一封信：「公子，少主給您的信？」

花灼「哦？」了一聲，挑眉，「親筆信？」

安一點頭：「是親筆信。」

花灼輕哼：「她只有大事兒找我時，才會親筆給我寫信，尋常時候，也只是派人傳個話的事兒。我倒要看看，她如今又有什麼大事兒了。」

安一笑了，站在一旁，不接話。

花灼打開信箋，信很簡短，但他看罷後，不由得皺起了眉頭。

秋月在一旁著急地說：「公子給我看看，小姐說了什麼？」

花灼將信遞給了秋月。

秋月接過，快速地看完，驚訝不已：「後樑皇室暗衛的梅花印？後樑滅了四百年了，據說四百年前，太祖爺將所有後樑後裔悉數給懷玉帝陪葬了，效忠後樑皇室的暗衛也都悉數陪葬了。

如今怎麼還有梅花印？」

這個秋月是知道的，公子與小姐聊過皇室暗衛和天下各大世家的暗衛，便說到過後樑皇室暗衛的梅花印。

花灼抿唇，臉色端凝：「如今後樑皇室暗衛的梅花印出現，也就說明後樑皇室未絕，當年，怕是有漏網之魚。」

秋月倒吸了一口冷氣：「也就是說，如今有前朝後裔要反南楚江山復國？」

花灼笑了一聲：「說不準，今年確實是多事之秋，比往年都亂得很。」話落，對安一吩咐，「傳令花家所有暗線，徹查梅花印。」

安一躬身，「是！」

南楚建朝四百年，花家也不知竟然還有後樑皇室暗衛的梅花印存於世，可見，若是有後樑皇室後裔存在，能隱藏至今，何等之深。

花灼下了命令後，提筆給花顏回信。花顏的信簡短，他的信更簡短，只說知道了，他會讓所有人徹查此事。

秋月見花灼只寫了一句話就要用蠟封了信函，立即攔住：「公子，我想小姐了，我要給她寫一封信，跟你的信一起送去北地。」

花灼閑閑地瞥了她一眼，拒絕：「不行。」

秋月惱怒：「你不讓我去北地也就罷了，給小姐寫一封信為何也不行？」

花灼不客氣地說：「你寫的信太沉，一點翠飛不動。」

秋月立即說：「用暗線送去。」

「那也不行。」花灼依舊拒絕，「暗線要查梅花印，沒空給你送信。」

秋月氣得跺腳，轉身就走：「公子太欺負人了，我不理你了。」

花灼看著秋月氣沖沖地出了門，將信箋用蠟封好，遞給安一：「讓一點翠送去。」

安一接過輕飄飄的信箋，咳嗽了兩聲：「公子，秋月姑娘給少主寫一封信而已，您為何攔著不讓？」

花灼閑閑地說：「這些年，她一心撲在妹妹身上，我再不扭轉，斷了她們的聯繫，她怕是一輩子要把我排在她後面。」

安一「撲哧」一聲，不厚道地笑了，誠然地說，「公子高見。」

花灼對他擺擺手。

安一好笑地退了下去。

花顏很快就收到了花灼的回信，一點翠落在她肩頭，鳥和信都輕飄飄的沒有多少分量，她解下綁在鳥腿上的信箋，看到了花灼行雲流水的一句話，撇撇嘴，嘟囔：「真是懶得很，多一個字都沒有。」

采青坐在旁，看著花顏，她雖不太高興地嘟囔，但還是將信箋在看完後收進了懷裡，妥貼地存放，沒扔掉。

花顏拍拍一點翠，乾脆不回信，放她飛走了，待一點翠離開後，她忽然想起來一事兒，又嘟囔道：「秋月怎麼沒給我寫信呢？」

采青眨眨眼睛，知道花顏和秋月情分深厚，自然不接話。

花顏想了又想，忽然嗤了一聲：「定然是哥哥攔著。」

采青這回終於開口，不解地問：「花灼公子為什麼要攔著秋月姑娘不給您寫信啊？」

花顏又氣又笑地說：「我哥哥的心黑著呢，總有他的理由，懶得說他。」

采青想著在臨安花家時，連太子殿下在花灼公子的面前都占不到什麼便宜，因為他要娶太子妃，所以，在大舅兄面前只能他說什麼是什麼，的確是個厲害的，普天之下，她也就見識了唯花灼公子能在太子殿下面前橫著走。

經歷了那兩批殺手後，似乎再往北的路一下子平靜了下來，連走了三日，都再沒遇到殺手和波折。只看到三三兩兩的流民和行乞之人，破衣爛衫，面黃肌瘦。

在距離鳳城和魚丘的分叉路時，安十六詢問花顏：「少主，是先去鳳城，還是先去魚丘？」

花顏算算日子，雲遲和蘇子斬的回信應該這一日就到了，她道：「我們在這裡等等，等到了太子殿下和子斬的信再定。」

安十六點頭，停了車馬。

果然，半日後，雲遲和蘇子斬的回信先後到了。花顏先看了蘇子斬的回信，他說他於五日前到了北地之後，已經知曉了鳳城之事，北地確實比他們想的災情嚴峻，且北地官場一片亂象，他如今沒在魚丘也沒在鳳城，而是在川山。

花顏知道川山，是個不起眼的小地方，距離鳳城和魚丘各百里，是一個小鎮，但這個小鎮雖不起眼，卻是在黑龍河的堤壩上游。

他說他暫時沒公開身分，會在川山等著她去，再做商議。

花顏鬆了一口氣，她知道蘇子斬不是冒進之人，既知道她也要來北地，自然不會不等她就先動手，如今他早早到了北地，應該是在暗查，想必川山有他要的東西。

花顏看完了蘇子斬的信，又看雲遲的信，雲遲隨信而來的還有一塊虎符，花顏先拿起虎符看了看，是敬國公府關於北地兵權的北兵符，她收進袖子裡，開始看雲遲的信。

雲遲信中說，程子笑提議得對，關於北地軍中是否有參與災情一事，不得不防，北地除了三府每府各五萬兵權外，還有北地各個州郡縣零零散散的散兵，合起來也有五萬之數了。所以，整個北地的兵權，的確有二十萬。

他在收到了她的書信後，當即去了敬國公府，與敬國公密談後，敬國公將他掌管北地的北兵符交給了他，而武威侯府和安陽王府，他並沒有去。

武威侯府和安陽王府與敬國公府不同，敬國公府代代傳承下來，一直人丁稀薄，尤其是目前，更是三代單傳，所以，人員不雜，每一代敬國公世子都會去軍中歷練，哪怕這一代混不吝貪玩混帳將敬國公每每氣得跳腳覺得他不務正業的陸之凌，也是去過軍中的。

敬國公府對於自己掌管下的兵權，可以肯定地說，是有著絕對的忠心和威信的，見虎符，便能調兵聽令。不過敬國公也有言在先，若是萬一有變，軍中副將見虎符也不聽調令的話，只管打殺。

總之，他的虎符交給了雲遲，北地的五萬兵馬，聽他安排調遣。

而武威侯府和安陽王府是世家大族，除了底蘊深厚外，還子嗣眾多，武威侯府子嗣，歷來是文武兼修，族中子弟在十歲後，都會扔去軍中歷練，軍中將領也都是族中子弟。

尤其是，京中侯府與北地蘇家是同宗同族。所以，北地蘇家也有大批的子弟在軍中。可想而知，軍中不如敬國公府簡單，內情頗為複雜，還真不好說。

而安陽王府，更不必說了，安陽王府本是文士文史之家，只不過四百年前太祖爺非給了一支兵權，所以，安陽王府才給族中子弟開了武學，安陽王府這等文化底蘊的世家大族子孫太多，出類拔萃的也多，所以，文不能出類拔萃出頭的子孫，便轉向了從武之路，四百年下來，倒也出了些文治武功兼備的人物，但良莠不齊，內裡如今如何，也不好說。

畢竟世襲兵權，朝廷也不會出手查控，身為太子的雲遲，也無法插手查。這是一直以來延續了太祖兵制。

因敬國公一直有還兵權的心思，又因花顏與陸之凌八拜結交，雲遲相信敬國公府忠心，這才第一時間去找了敬國公，拿了他的兵符。

另外這兩府，他思索之下，沒輕舉妄動，雖然他信任安書離，但安書離是安書離，他不是世子，性情又怕麻煩，所以，從出生以來，從不參與安陽王府的內務和兵務，尤其是他人如今去了川河谷治理水患，找他也分身乏術。

至於武威侯府，就看蘇子斬的了，畢竟他是親辦北地災情一事的人，又是武威侯府目前唯一的嫡子。雲遲的意思，讓她見面與蘇子斬商議，看看他怎麼說。

最後，他又提了一句，為了防患未然，他會給陸之凌祕密去一封信，讓他從西南境地調兵五十萬，囤兵在北地邊界，以防萬一，相助她和蘇子斬。

雲遲也說他會仔細身體，一定不讓自己瘦了，但也讓她注意身子，萬事小心，不可大意，也不可操之過急。

花顏看罷信後，不由得笑了，雲遲就是雲遲，在北地邊界屯兵五十萬，一旦事態嚴峻，那麼，只能以兵制兵了。

她提筆給雲遲回信，說明白他的意思了，她會依照他的意思，看著辦，有備無患極好，但是不到萬不得已時，她不會以兵制兵，畢竟一旦動兵必有大批損傷，損傷的總歸是南楚自己的兵力，對南楚整體軍事大不利。

花顏寫完回信後，遞給安十六。

安十六接了信，派暗線送去京城東宮。

花顏轉向程子笑，對他問：「你存的東西放在哪裡？」

程子笑對她道：「在北地程家。」

花顏挑眉。

程子笑聳聳肩，笑著說：「你知道的，最危險的地方是最安全的地方，就放在程家老祖宗供奉的祠堂裡。」

花顏失笑：「你倒是會找地方。」話落，對眾人道，「我們先去川山，與蘇子斬會合再議。」眾人沒意見。一行人車馬轉向鳳城方向，從鳳城繞道去黑龍河川山。

蘇子斬自從在臨安收到了雲遲和花顏一起寫給他的信函後，連中秋也沒在臨安過，便告辭了花家一眾長輩，前往北地。

花顏的太祖母十分喜歡蘇子斬，萬分捨不得他，拉著他的手不停地說：「什麼事兒這般急？不是說要在家裡住上一年嗎？怎麼這才幾日說走就走？就算要走，也該在家裡過了中秋才是。」

蘇子斬溫和淺笑地說：「是有很急的事兒，非我不能辦，太祖母原諒則個，待辦妥了事兒，我再回來。」

太祖母埋怨他：「你身子骨還未好，有什麼事兒別人不能做？非你不可？依我看啊，就是你小子非要逞強，太祖母一把年紀了，看得明白，這世上啊，沒有離得誰做不了的事兒。」

蘇子斬微笑：「我答應太祖母，待辦妥了事兒，一定回來。」

太祖母還是不太高興：「你這身子骨單薄的，勞累怎麼成？小丫頭臨走還跟我說了，讓家裡人好好看著你養身子，她這才剛走幾日，你便就要走，太祖母一把年紀了，也攔不住你……」

蘇子斬無奈地笑，眼看太祖母怎麼也不讓他走，只能將花顏供出來，笑著說：「是花顏寫信，有一樁事情，她與我一起去辦。」

「咦？」太祖母瞧著蘇子斬，明顯不信，「你別糊弄我。」

蘇子斬搖頭：「不敢糊弄太祖母，是真的。」

太祖母皺眉：「這個臭丫頭，有什麼事兒不自己辦，非要拉你一起。這都臨到中秋了，她自己不在家裡過中秋也就罷了，竟然也要把你弄走。」

花顏的娘笑著接過話：「祖母，您就別攔著了，的確是她來的信，必定是有很重要的事兒，否則小丫頭也不會特意來信的。」

花顏的爹也勸：「年輕人有年輕人的事兒，祖母喜歡子斬，他也說了，辦完了事兒就回來，您就別捨不得了。」

其餘長輩們也齊齊點頭，一人也勸了一句。

蘇子斬坐在一旁，看著花家一眾長輩幫著他勸太祖母，眾人和和睦睦，說說笑笑，才讓太祖母鬆了口，他心中溢滿暖意。

在武威侯府，自小到大，他沒體會到一家人的溫暖，他娘在世時，與侯府裡的側妃小妾也多有鬥氣，面和心不和，等娘沒了，他經歷了太多事兒，雖沒自立門戶，但也從侯府隔出了一面牆，過起了獨立的日子。

來了花家，他是真正地見識到了花家人，這一家嫡系旁系分支上千人，住了這麼多日子，從沒見過明爭暗鬥也沒見過兄弟妯娌不和，每個人都和和氣氣的，一家人熱熱鬧鬧地過著開心的日子，每日府內都歡聲笑語，感染得他每日都要笑上幾回。

他心中清楚，若非北地的事情雲遲實在找不出人選來，不會寫信讓他去。若非實在找不出人來，花顏也不會同意讓他去，畢竟，她比誰都更在意他將養身體。

他的確是去北地最合適的人選，而且，越早啟程越好。

太祖母放開拉著蘇子斬的手，再三對他說：「可是你說辦妥事情再回來的，可不能食言而肥，太祖母可是在家裡等著你呢。」

蘇子斬微笑：「若非事情緊急，我也捨不得走，太祖母放心，辦完了事情，我立馬回來。」

太祖母這才放了他，同時囑咐：「出門在外，一定要多帶些人護著。」話落，對花顏的爹說，「你給灼兒傳信，讓他多派些人跟著斬兒。」

花顏的爹點頭：「好，我這就給他傳信。」

蘇子斬想說花灼已經給他安排好了，在書信來臨安的第一時間，就先送去了花灼那裡，才送來了他這裡，不只他的暗衛跟著，花灼特意調派出了花家的一部分暗衛，給了他一枚令牌，可以隨時調派花家在北地所有暗樁暗線。但看著太祖母鄭重其事的模樣，他笑著住了口。

花家從上到下，都將他當作了自己人一般地護著，是他的福氣。

蘇子斬當日便啟程，十三星魂明著護著蘇子斬，花家的暗衛暗中護著，悄悄離開了臨安。

蘇子斬一路上在臨安花家暗線的打點下，悄無聲息地順利進了北地的地界。

進了北地後，他才知道，北地比雲遲和花顏書信中說的要嚴峻十數倍。這麼大的災情，絲毫不比五年前川河谷一帶災情輕，甚至更重，尤其是，事發後，北地官員不但沒有有效的施救措施，反而避重就輕地說北地只幾處發生了水災，而說的那幾處，災情十分輕微，反而，全力地隱瞞壓下更重的重災區。

黑龍河決堤，鳳城被淹，眼看著鳳城下面幾城也要被淹沒，便人為地炸毀了百年也不會發水的魚丘，將大水引流到了魚丘，導致魚丘縣被淹，上千畝良田毀之殆盡，千人罹難，監察御史趙仁被大水沖走，生死不明。

百姓們流離失所，朝廷只設了零星幾個粥棚，一日只施粥一次，百姓們根本就吃不飽，饑餓之下，百姓們四散地離開北地，去投奔親戚。而官府這時出兵攔截，死活也要將流民都留在北地，且設了一個難民營，都困在難民營裡。

據說難民營裡連日來餓死的不知凡幾，人死了就扔去了亂葬崗。

若是這樣下去，北地早晚會起一場極大的瘟疫。可是北地的官場老爺們不知是不怕還是怎地，同氣連枝，誓死要將此事捂得密不透風。

蘇子斬踏入北地知道這些後，震怒不已，幾乎忍不住就要衝出去亮出雲遲給他的令牌，將北地官場這些官官相護，不為民做主只知貪墨不知百姓疾苦的官員們殺個乾淨，但他還是死死地忍住了。

他不能一意孤行，必須要等花顏到北地與他會合再說，北地出這麼大的亂子，朝廷竟然半絲不聞，被蒙混得以為只區區幾個地方受了輕微的災情，雲遲才只收到了一份密報，可想而知，北地官官相護根深蒂固到了什麼地步。

北地水深，他一腳踏出去不怕，但是他要顧忌雲遲和花顏背後的籌謀，他們要的是肅清北地，自此後，使北地官場風氣清正，要北地百姓安居樂業，所以，如今這般境況，他也得先忍著等花顏到來一起做商議。

於是，他暗中徹查著，擇選了一處不起眼的地方，黑龍河的上游川山。

這一日，他收到了花顏的書信，得知她快要踏入北地的地界，信中又提了北地軍中也許有可能參與時，他也眯起了眼睛。

他生來娘胎裡帶寒症，自小身子骨弱時常犯病，所以從未想過到軍中去歷練，五年前，他娘毫無預兆地死在東宮時，他在她的教養下，習文習武，是溫潤端方的公子，她打算讓他入朝幫著雲遲，也沒打算讓他離京去四境之地。後來，他娘死在東宮，他爹娶了柳芙香，他身體更是屢犯寒症，離不得京城，自然，也沒去碰武威侯府掌下的軍權。

這些年，他還真不知道武威侯府掌下的兵權是什麼樣。

他一直以來覺得他命不久矣，早晚有一日要死，所以，他父親的東西，他的爵位，他通通都沒打算要，活一日算一日，只是不成想，遇到了花顏，她給了他信心，為他續了命。

蘇子斬攥著花顏的信尋思了許久，最終，還是沒給京城武威侯寫信。

青魂見蘇子斬神色凝重，自從踏入北地後，他每日都在震怒中，卻生生忍著，這一日，難得從他面上看到除了震怒外的凝重情緒，他試探地問：「公子，可有十分要緊的難解之事兒？」

蘇子斬放下信箋，轉過身，負手立在窗前，外面陽光明媚，小院裡風吹桂花香，明明是極好的天氣，可他心中卻有著濃濃沉鬱，他沉聲問：「青魂，你自小跟在我身邊，你可知父親是一個什麼樣的人？」

青魂一愣：「公子說侯爺？」

「嗯，除了他也沒別人是我父親。」蘇子斬微嘲。

青魂想了想才說：「侯爺十分愛重公子您，這些年，一直在為公子找治寒症的法子。」

蘇子斬笑了一聲，有些冷意：「還有嗎？」

青魂又說：「據屬下所知，繼夫人不是不能有孕，而是侯爺每次都讓她喝避子湯，所以，繼夫人五年來至今無孕無子。想必侯爺此舉是為了公子著想，畢竟您是侯爺嫡子，若是繼夫人再有子嗣，也算得上是嫡出，但終究侯府是只能給一個人的。」

蘇子斬又冷笑了一聲：「所以，你的意思是說他是一個好父親？」

青魂垂下頭，又說：「屬下不明白，為何當年侯爺不顧忌您，要娶繼夫人。」

蘇子斬收了冷笑，看著外面的日色，一圈圈蕩開光芒，他沉沉地道：「我也不明白。」

青魂沉默，不再接話。

蘇子斬也沉默了片刻，淡聲道：「雲遲不信任他，所以，他陳請來北地，雲遲未准，滿朝文武，他選不出人來，才無奈選了我。」

青魂又抬起頭：「太子殿下為何不信任侯爺？按理說，公子與太子殿下自小便不和，如今雖因太子妃，但依舊……」後面的話他住口不語了。

蘇子斬笑了笑：「一個在我娘前腳死了後腳便娶了別的女人的男人，且沒緣由，查不出緣由，只憑這一點，別說他不信任他，我也不信任他。」頓了頓，涼聲道，「我與雲遲不和，是天性不和，與信任無關。」

青魂垂首：「屬下明白了。」

兩日後，花顏一行人來到了川山，川山實在是一個小地方，小村落，十分不起眼。只有十多戶人家，沿著黑龍河依次居住，每一戶人家的房舍間隔的不算近。

不過似乎受黑龍河決堤影響，這十多戶人家十室九空，只一家茅草屋冒著輕煙，有些煙火氣。其餘的房舍內無甚動靜，似早已無人居住。

花容在車前說：「十七姐姐，到了川山了。」

花顏挑開車簾，向外看了一眼，說：「看到那棵槐樹了嗎？老槐樹門前的那一處房舍。」

花容順著花顏的目光看去，沿著黑龍河居住的十多家房舍後幾百米處的矮山坡上有一棵幾個人環抱的老槐樹，老槐樹後有幾間房舍，他點頭：「看到了。」

三輛車馬順著小路趕了過去。

車馬來到門前，房舍內也有了動靜，中間一處房舍裡房門打開，蘇子斬從裡面走了出來。

青魂打開了籬笆門，給花顏見禮，看到車上下來的五皇子，他微微露出一絲訝異。

花顏笑著對青魂擺手，然後看向來到門口的蘇子斬。

「總算是來了。」蘇子斬見到花顏扯出一抹笑，「你若是再不來，我就忍不住先出手了。」

花顏笑著說：「知道你等急了，放心，接下來有你大展身手大殺四方的時候。」

天不絕這時走上前，上上下下瞅了蘇子斬一眼：「調養得不錯，還有個人樣，以為會見到一個乾巴巴的瘦猴子，如今看來還好。」

蘇子斬淡笑：「離開臨安時，秋月姑娘為我準備了半個月的藥丸，每天一丸，奔波些也不顯疲憊。」

天不絕抖了抖鬍子：「那丫頭還算孺子可教。一會兒我再給你把把脈。」

蘇子斬點頭。

安十六、安十七、花容給蘇子斬見禮，蘇子斬含笑點頭，花容對蘇子斬問：「子斬哥哥，知道你來北地，花離沒鬧著要跟你來？」

蘇子斬微笑：「鬧了，你家公子不允，拘著他學藝呢，說他本事不精，性子不改，不放出來丟他的人。」

花容嘻嘻一笑：「小時候十七姐姐就告訴我，乖的孩子有糖吃，我照做了，果然有糖吃。」

花顏失笑，伸手拍花容的腦袋，轉身看了一眼下車的五皇子和程子笑，對蘇子斬道：「五皇子我就不必介紹了，你比我熟，另一位是北地程家七公子程子笑。」

五皇子走上前，仔細地看了蘇子斬一眼，壓下心中的驚異，拱手：「表兄。」

依照雲遲的關係，他要稱呼蘇子斬一聲表兄。雖都生活在京城，五皇子卻不常見到蘇子斬。在他的印象裡，蘇子斬無論什麼時候都是一身冰寒，但凡靠近他十步之內的人都能被他周身的氣息凍僵。但如今的蘇子斬，誰都能看出他身上的變化。

不再冰寒冷厲，不再冷得凍死人，他身上有平和的日光照耀和生機，令人十分的舒服。

蘇子斬從花顏的信中知道雲遲臨時起意讓五皇子跟隨前來歷練，在他的印象裡，五皇子是得雲遲教導最多的一個兄弟，倒也有許多可取之處，他淡淡點頭：「五皇子。」

「子斬公子！」程子笑傷勢已好，走上前，對蘇子斬拱手。

他雖一直沒見過蘇子斬，但耳聞他的事情不少，如今一見，才知百聞不如一見。

蘇子斬見到程子笑，倒是不同於對五皇子的淡淡，而是笑了笑：「若論做生意，趙宰輔要退後三尺，程七公子早就應該找我，我比趙宰輔會做生意。」

程子笑一愣，沒想到蘇子靳會說出這一番話來，不過很快他就明白了，蘇子靳這是給他面子，他哈哈大笑：「是在下之過，早就耳聞子靳公子厲害，怕踏足你門前被打殺出來，一直沒膽子找你，如今子靳公子這樣說，那在下以後就厚顏請教了。」

蘇子靳的生意遍布京城，但凡皇城能叫得上名號的產業，十之七八都是他的，任誰都得承認，他會做生意，且把生意做得高高在上。

「好說。」蘇子靳笑著回了程子笑一句，轉向花顏，「進去吧！你舟車勞頓幾個日夜，今日沐浴用過午膳後就好好休息，待你休息夠了，我們再做定奪。」

鎮國公功高震主，當今陛下聽信讒言視白家為臥側猛虎欲除之而後快！南疆一役，白卿言其祖父、父親叔叔與弟弟們為護邊疆生民，戰至最後一人誓死不退，白家二十三口英勇男兒悉數戰死沙場，百年簪纓世家鎮國公府，一朝傾塌灰飛煙滅。

上輩子白卿言相信那奸巧畜生梁王對她情義無雙，相信助他登上高位，甘願為他牛馬能為白家翻案，洗刷祖父「剛愎用軍」之汙名……臨死前才明瞭清醒，是他，聯合祖父軍中副將坑殺白家所有男兒；是他，利用白卿言贈予他的兵書上的祖父筆跡，偽造坐實白家通敵叛國的書信；是他，謀劃將白家一門遺孤逼上絕路，無一善終；

上天眷顧，讓嫡長女白卿言重生一世，回到二妹妹白錦繡出嫁前一日，世人總說白家滿門從不出廢物，各個是將才，女兒家也不例外！

白卿言憑一己女力，絕不讓白家再步上前世後塵……一步步力挽狂瀾，洗刷祖父冤屈、為白家戰死男兒復仇，即使只剩一門孤兒寡母，也要誓死遵循祖父所願，完成祖父遺志……「願還百姓以太平，建清平於人間，矢志不渝，至死不休！」

全十四卷完結

千樺盡落——著

百年簪纓世家鎮國公府，一朝傾塌灰飛煙滅，
嫡長女白卿言重生一世，
絕不讓白家再步前世後塵……

- 年度閱文女頻、風雲榜第一名！
- 破億萬人點閱，二百萬人收藏推薦！
  2024 年十大必讀作品！

STORY 098

花顏策 卷六

作者 西子情
主編 汪婷婷
編輯協力 謝翠鈺
企劃 鄭家謙
美術設計 卷里工作室 季曉彤
董事長 趙政岷
出版者 時報文化出版企業股份有限公司
108019台北市和平西路三段二四〇號七樓
發行專線——（〇二）二三〇六六八四二
讀者服務專線——〇八〇〇二三一七〇五
（〇二）二三〇四七一〇三
讀者服務傳真——（〇二）二三〇四六八五八
郵撥——一九三四四七二四時報文化出版公司
信箱——一〇八九九 台北華江橋郵局第九九信箱
時報悅讀網 http://www.readingtimes.com.tw
法律顧問 理律法律事務所 陳長文律師、李念祖律師
印刷 勁達印刷有限公司
一版一刷 二〇二四年十一月二十二日
定價 新台幣三八〇元
缺頁或破損的書，請寄回更換

時報文化出版公司成立於一九七五年，
並於一九九九年股票上櫃公開發行，於二〇〇八年脫離中時集團非屬旺中，
以「尊重智慧與創意的文化事業」為信念。

花顏策 / 西子情作 . -- 一版 . -- 臺北市 : 時報文化出版企業股份有限公司 , 2024.11-
冊 ; 14.8×21 公分 . -- (Story ; 98-)
ISBN 978-626-396-976-6 (卷 6 : 平裝). --

857.7 113016743

Printed in Taiwan